講談社文庫

本格王2019

本格ミステリ作家クラブ・編

講談社

CONTENTS

本格王2019

序

まず読者のみなさまに、ご説明を。本格ミステリ作家クラブは昨年まで年ごとに短編傑作集を編纂《へんさん》し、『ベスト本格ミステリ』として講談社ノベルスより刊行してまいりました。その傑作集が今年リニューアル。お手頃な文庫アンソロジーとなって生まれ変わりました。その名も『本格王』——覚えやすいですね。しかしその一方で——「本格王って？　本格って何さ？」そんな疑問も聞こえてきそうです。

リニューアル初年度ですし、この問いには明確な答えを出したいところ。ですが、これが意外と難しい。なぜなら本格の定義は人それぞれ。「これが本格！」といえる物差しを探してみても、そんな便利なものはありません。そうして思考が堂々巡りに陥った挙句、私の脳裏にふと浮かんでくるのは、案外こんな疑問だったりします。——そもそも本格に難しい定義なんて必要？　そんなのみんな知ってるでしょ？

「いいえ、私は知りませんよ、本格ミステリなんて全然……」

そういって首を真横に振っている、そこのあなた！　そんなあなただって、実はもう本格が何であるかを、よーくご存知なのですよ。ええ、間違いないですとも！

たとえば一般の読者たちに、「ミステリといえば何？」というような質問をしたとしましょう。すると有名作家や人気作の名前が挙がるのは、まあ当然のこと。ですが、その他に挙がりそうなワードとして、おそらく「名探偵」や「トリック」などは誰でも思い浮かぶはず。あるいは「密室」や「アリバイ」もお馴染みの単語ですね。「謎」とか「謎解き」と答える人もいるでしょう。「フーダニット」という専門用語は知らずとも、「犯人捜し」と答える人はきっといる。「ロジック」と答える人は少ないかもですが、「推理」という単語はまだ健在でしょう。そして「意外な結末」特に「どんでん返し」は、あなたもきっと大好物なはず。——そう、それですよ！　それらがまさに本格を形作るワード。やっぱり、よくご存知じゃないですか！

要するに、あなたのイメージするミステリに最も近い、謎と論理と意外性に満ちた作品たち。それこそが本格であり、その真髄を文庫で味わえるのが『本格王』——というわけで紙幅が尽きました。もう面倒なことはいいません。さっそく『本格王２０１９』をお楽しみください。そして願わくは今後とも末永くご愛顧のほどを！

二〇一九年五月

本格ミステリ作家クラブ会長　**東川篤哉**

ゴルゴダ

飴村 行

Message From Author

二年程前からある情景が去来するようになった。〈海辺の家。二階の部屋。机の上に原稿用紙〉それだけだが、情景が去来するたびに生じる「どこの家？」という疑問が、やがて「誰の家？」という好奇に変わったので想像を巡らせ始めた。半年後、ようやく脳裏の闇に浮かび上がった「家主」は意外な人物であり、それを元に書いたというか書いてしまったのが本作だった。まさに瓢箪から駒を地で行く『本格王』選出に驚駭《きようがい》することしきり。今後の方向性を決める上で貴重な指標となった。

飴村行（あめむら・こう）
1969年福島県生まれ。東京歯科大学中退。2008年『粘膜人間』で第15回日本ホラー小説大賞長編賞を受賞しデビュー。第2作『粘膜蜥蜴』が各種の年末ミステリランキングにランクインし、2010年に同作で第63回日本推理作家協会賞長編および連作短編集部門を受賞。ホラーとミステリを融合した作風で異彩を放つ。近著に『粘膜探偵』。

※

千葉県に住む伯父の岡光英一《おかみつえいいち》から、西早稲田にある明彦《あきひこ》のアパートに速達が来たのは三日前の土曜日だった。英一は父親の二歳年上の兄で、千葉市内の商事会社に長年勤務していた。定年間近になって関連会社に出向し役員になったが、その任期も去年終えた。顧問として残ることもできたが、ためらうことなく退社し、現在は房総半島東部にある小さな町で隠棲していた。

封入されていた三枚の便箋には活字のように整った字で書状がしたためてあった。一枚目の便箋には大学を中退後、実家を出て一人暮らしをする明彦への気遣いが綴《つづ》られており、『必ず小説家になれると信じております』という一文で締めくくられていた。二枚目の便箋は打って変わって伯父の近況で占められていた。賃貸マンションから一戸建てに引っ越した事、二ヵ月前に亡くなった伯母を偲《しの》ぶ会が行われた事に続き、念願の一人旅に出る心境が綴られていた。

『来週の火曜日から六十年余の人生を見つめ直す旅に出ます。十日間の予定で、東北地方の沿岸をぐるりと一周します。ただ無人となる新居が郊外の一軒家であるため、防犯面からちょっと心配です。そこで一つ頼みがあるのですが、私が留守の間、君の創作活動の場を都内から拙宅に移して欲しいのです。房総の田舎町《いなか》ですが避暑地としての歴史は古く、戦前から戦後にかけて多くの文人がこの地で涼を取りました。未来の文豪として、後学のためにも体験してみる価値はあると思いますので何卒《なにとぞ》よろしくお願いします』とあった。

明彦は面喰《めんくら》い、絶句した。こちらの予定を無視して〝家守〟を強制する手口が如何《いか》にも伯父らしく腹立たしかった。

しかし三枚目の便箋に綴られていた特記事項を読み、明彦は強い脱力感に襲われた。そこには『①交通費及びお小遣い支給②冷蔵庫の中身全品無料③バルサンにて害虫駆除済み④見晴らし&日当たり抜群の寝室完備』とあった。便箋の下半分には自宅の見取り図が描かれ、その下に赤マジックで『鍵、在中』と書かれていた。

「嘘《うそ》だろ」

明彦は便箋を放り投げ、テーブル上の白い封筒を摑《つか》んだ。ちぎり取ったフラップ部分を下にすると、銀色のシリンダー錠が音を立てて落ちた。

「嘘だろ」

明彦はもう一度叫び、右手を額に当てた。伯父の姿が脳裏を過《よぎ》った。六十三歳とは思えない艶のある丸顔は、いつものようににっこりと微笑《ほほえ》んでいた。

「やるか普通？」

明彦は呆《あき》れたように言い、封筒を裏返した。差出人の住所には『千葉県鷗賀郡瑪瑙町字麦原三番八号』と書かれていた。

「ちばけん、おうがぐん、めのうまち、あざ、むぎはら、さんばんはちごう」

明彦は声に出して読んだ。鷗賀郡は聞いたことがあったが、瑪瑙町は初耳だった。

※

クロマツの防砂林を抜けると砂利の入り混じった砂浜が現れ、その向こうに茫洋《ぼうよう》たる太平洋が見えた。

町の南西にある瑪瑙海岸だった。

波は穏やかだが海風循環による大気の流れが顕著で、被っていたパーカーのフードが勢い良く飛んだ。潮のにおいが濃く、魚介特有の生臭さが漂っていた。明彦は波打ち際で立ち止まった。フードを被り直して頭のてっぺんを押さえ、吹きつける海風に目を細めた。快晴の空は雪原のように白み、平坦に近い凪《な》いだ海は薄墨のように濁って見えた。南北に約四百メートル続く海岸線は閑散としており、観光客は勿論《もちろん》、地元住民の姿も見当たらなかった。

明彦は海岸線の南側に視線を向けた。長々と続く砂浜の先には切り立った崖があり、崖の上には灯台らしき白い塔が建っていた。しかしそれは船舶用の航路標識というより、水難者用の巨大な墓標のように見えた。

※

防砂林を出、葱《ねぎ》畑に囲まれた農道を八分ほど直進すると伯父の新居があった。築五十年の古民家で、台所と風呂場の他に一階に和室が二つ、洋間が一つ、二階に和室が一つだけのこぢんまりした造りで、南側に小さな庭が付いていた。

明彦が到着した時、時刻は午前九時半を回っていた。開錠し、玄関の格子《こうし》戸を開けた途端、廊下の奥からプルルルルという着信音が聞こえてきた。明彦は慌ててスニーカーを脱ぎ、上がり框《かまち》に駆け上がった。板張りの廊下を走り、台所の奥にある和室に飛び込むと、サイドボードの上に置かれたプッシュホンの受話器を取った。

「はい」と明彦が言った途端「誰だ？」という声がした。低い男の声だった。

「え？」明彦は思わず聞き返した。一瞬間違い電話だと思った。「え？」

「お前は誰だ？」また声がした。年配の男だったが、勿論伯父ではなかった。「名前を言え」

「……甥《おい》です」咄嗟《とっさ》に明彦が答えた。正体不明の人物に個人情報を漏らしたくなかった。「岡光英一の甥です」

「岡光英一の甥」男は明彦の言葉を繰り返すと、なぜか急に黙り込んだ。驚いた、というより戸惑っているような沈黙だった。

「……そこで何をしている？」しばらくして男が言った。

「留守番です」明彦は慎重に答えた。余計なことは一切言わない方が身のためだと思った。

「いつからだ？」

「今日からです」

「お前はどこから来た？」

「東京です」

「………」男はまた黙り込んだ。今度は何かを考え込んでいるような沈黙だった。

「あの、どちら様でしょうか？」明彦が思い切って訊《き》いた。

「美保《みほ》はどうした？」男が明彦の質問を無視して言った。

「ミホ……？」明彦は言葉に窮し、受話器を右手に持ちかえた。「僕は今日来たばっかりで、何のことだか分からないのですが」

「寺田《てらだ》」男が思い出したように言った。「寺田修《おさむ》を知っているか？」

「知りません」明彦は即答した。ミホもテラダオサムも全く心当たりがなかった。

「あの、伯父は今出かけているので、こちらから電話するよう伝え」

「すぐに行く」男は明彦の声を強引に遮った。「そこにいろ」

「ちょ……」

ちょっと待ってと言いかけた時、電話を切る音がした。回線が遮断され、ツーという発信音に変わった。明彦は受話器を耳から離し、フックに戻した。

「どうなってんだ一体」

明彦は首を傾《かし》げた。男は酔っている訳でもふざけている訳でもなく、かといって怯《おび》えている訳でも困っている訳でもなかった。多少混乱しているものの声は冷静であり、言葉の端々に年長者特有の貫禄《かんろく》が満ちていた。

明彦は腕組みをし、サイドボードに寄りかかった。ぞんざいな物の言い方から、男が社会的地位の高い職種、あるいは組織における指導的立場の人物であることが窺《うかが》えた。伯父は出向後、関連会社の役員を務めていた関係で企業の経営者に知己が多く、そのうちの何人かとは未だに入魂《じっこん》であると聞いたことがあった。

「勘弁してくれよ」

明彦はため息を吐くように呟いた。

※

男は言葉通り、すぐにやってきた。

電話を切ってからわずか十分後、表で車のドアを閉める重々しい音が響いた。葱畑の中に建つ一軒家のため、明彦はすぐ来訪者に気づいた。慌てて玄関に向かうと格子戸が勢い良く開き、恰幅《かっぷく》のいい男が入ってきた。

「あっ……」明彦は思わず後ずさった。

男は六十代前半に見えた。麻のスーツに白いワイシャツ姿で、長い髪を後ろで束ねていた。黒い革のサンダルを履き、高級ブランドのトートバッグを提げていた。

「……………」

明彦は絶句した。それは胡散《うさん》臭い社長というよりもスタイリッシュな組長に近い出で立ちだった。自分の判断が甘かったという後悔と、伯父の秘密を知ってしまったという罪悪感が胸中で交叉《こうさ》した。

「とにかく中で話そう」

男はサンダルを脱ぎ、家に上がった。明彦の腕を取り、半ば引きずるようにして台所の向かいにある洋間に入った。応接室として使っているらしく、絨毯《じゅうたん》の敷かれた床にはソファーセットが置かれていた。

「座れ」男は無造作に言った。

明彦は向かって右側のソファーに座り、男は左側に座った。二人は籐《とう》のテーブルを挟んで向かい合った。天板の上には置時計とガラスの灰皿が載っていた。

「お前、岡光明彦だな?」男が満を持したように言い、バッグを足元に置いた。

「そうです」明彦は素直に認めた。やはり伯父の知り合いのようだったが正体は不明であり〝敵・味方〟の区別がつかなかった。「どうして分かったんですか?」

「俺を知っているか?」男は明彦の質問を無視して言った。

「いいえ」明彦は頭を横に振った。二十五年の人生の中で初めて接する人物であり人種だった。「記憶にないです」

「じゃあ……」男はスーツの内ポケットから写真を取り出し、テーブルの上に置くと指でこちらに押しやった。「こいつらを知っているか?」

「……?」

明彦は身を屈《かが》め、L判の写真に目を凝らした。そこにはベンチに並んで座る男女が写っていた。二人とも揃《そろ》いのアロハシャツを着、仲睦《むつ》まじそうに微笑んでいた。右側に座っているのは伯父の英一だった。最近撮られたものらしく、六十代になってからの見慣れた顔だった。しかし左側に座る四十代後半くらいの女に見覚えはなかった。

明彦は写真を手に取り、鼻先に近づけた。女は小柄で痩《や》せていたが、どことなく品があり、カメラに向けられた眼差《まなざ》しも控え目だった。素性は分からないが、水商売の女でないことは確かだった。

「片方は伯父の英一ですが、もう片方の女性は知りません」明彦は簡潔に答え、写真を男に差し出した。

「なるほど」男はうなずくと、写真を受け取り内ポケットに戻した。「なるほど」

「その人は伯父の彼女ですか？」明彦は上目遣いで男を見た。

「まあ、そんなところだ」男は初めて明彦の質問に答えた。

「もしかして」明彦は先ほど電話で聞いた名前を思い出した。「その人が美保さんですか？」

「そうだ」男はソファーにもたれかかった。

「原口《はらぐち》美保、四十五歳。短大を卒業後、英一が勤めていた商事会社に入社した。総務部に二十年以上いたが、英一が出向したのを機に会社を辞め、この町に移り住んだ」

「……そういうことか」明彦は顎を指でつまんだ。もつれていた糸が少しほぐれた気がした。「つまり、伯母が生きていた頃から二人はできていたんですね？」

「先日、芳江《よしえ》を偲ぶ会があった」男がまた明彦の質問を無視した。芳江とは伯母、つまり伯父の亡き妻の名前だった。「式場の中ホールで行われ、多くの人が集まった」

「はぁ……」明彦は何と答えていいか分からず口ごもった。

「俺も美保も出席し、色々と語り合った」

男はしんみりした口調で言った。伯父とは家族ぐるみの付き合いをしているらしく、目にやわらいだ光が浮かんだ。外見にかなりの問題があり、物言いもぞんざいだったが、少なくとも敵でないことは分かった。

「お前」男が何かに気づいたような顔をした。「芳江とは仲が良かったのか？」

「普通でした」明彦は少し考えてから嘘を吐《つ》いた。

伯母の芳江は教師だった。習志野《ならしの》市内の私立中学で国語を教えていた。背が高く、男勝りの性格で、めったに笑わなかった。顔を合わせるのは盆と正月だけだったが、会えば必ず説教をされた。作家志望が気に入らないらしく、現実の厳しさを知らないとなじられた。言っていることは正しく反論する気にはならなかったが、一事が万事この調子なので取り付く島がなかった。なので決して嫌いではなかったが極めて苦手であり、できるものなら関わり合いになりたくないというのが本音だった。

「最後に芳江に会ったのはいつだ？」

「確か」明彦は記憶を辿《たど》ったが良く分からなかったので適当に答えた。「二年前の正月です」

「どこで会った？」男はさらに探りを入れてきた。「その場には他に誰がいた？　どん話をした？」

「うーん」明彦は執拗な問いかけに困惑した。「ちょっとそこまでは憶《おぼ》えていないですね」

「お前は芳江のことを何と呼んでいた？」

「普通に伯母さんと呼んでいました」

「そうか」男はそれで納得したらしく、数回うなずくと口を閉ざした。

「もしかして」不意に明彦は先ほど聞いたもう一つの名前も思い出した。「あなたが寺田修さんですか？」

「違う」男は即答した。鞭《むち》で地面を打つような声だった。明彦は反射的に「すみません」と謝った。

「俺は、重富《しげとみ》だ。重富博則《ひろのり》だ」

男は大声で言い、明彦を睨《にら》みつけた。英一の甥なのにナゼ俺を知らないんだと言わんばかりの苛立《いらだ》った表情だった。いたたまれなくなった明彦はもう一度「すみません」と謝り、申し訳なさそうにうつむいた。

「そういえばお前」重富が思い出したように言った。「この家で留守番していると言ったな。そうなるまでの経緯を説明しろ」

「速達が来たんです。伯父さんから」

明彦は先週土曜日の記憶を辿りながら、事の経緯を順序だてて説明した。

「なるほど」話を聞き終えた重富は、ソファーから体を起こした。「じゃあ、お前はここに十泊する訳か？」

「伯父が十日で帰ってくれれば、ですけど」明彦はこころもとない表情で言った。

「この家をどう思う？」重富は周囲をぐるりと見回すと、視線を明彦に戻した。「何か、感じないか？」

「脅かさないでくださいよ」明彦は露骨に眉をひそめた。ただでさえ不気味な古民家だった。これで〝訳あり〟なら十日間耐えきるのは無理だと思った。「冗談でしょ？」

重富は答えなかった。無言で足元に置いたバッグを取り、中から丸紐の付いた紙袋を取り出すと、テーブルの上に置いた。

「土産《みやげ》だ。後で確認しろ」

明彦は重富と紙袋を交互に見ると、鼻から勢い良く息を吐いた。「あの、今さらなんですけど」

「何だ？」

「重富さんは、伯父とどういった御関係なんですか？」

「考えろ」重富は立ち上がり、バッグを肩に担いだ。「俺の言葉を反復し、推理しろ」

「どういうことですか？」明彦も立ち上がった。「言っている意味が分かりません」

「答えは意外なところにある」

重富は戸口に向かい、ドアを開けた。明彦は慌てて後を追った。重富は玄関に出ると三和土《たたき》のサンダルに足を入れた。

「説明してください」明彦は叫び、上り框で立ち止まった。「これだけ混乱させておいて、逃げるなんて卑怯《ひきょう》です。納得のいく説明をしてください」

「庭の隅に自転車が置いてある」重富は前を向いたまま言った。「鍵は居間の小物入れに入っているから自由に使っていい」

「重富さん、せめてあなたの連絡先を教えてください」

「また来る」

重富は格子戸を開け、出ていった。

※

重富の置いていった紙袋を開けると、一冊の単行本が入っていた。

「……？」

明彦は恐る恐る取り出した。それは古い推理小説だった。タイトルは『海辺の迷宮』、作者は堀永彩雲で、版元は銀鶏《ぎんけい》社だった。初版発行（昭和三十九年五月八日）

で帯は付いておらず、カヴァー全体が日焼け・色落ちでかなり傷んでいた。

「ほりなが、さいうん」

明彦は低く呟いた。聞いたことのある名前だったが、それだけだった。

「どういうことだ？」

明彦はソファーにもたれかかった。情報量が多すぎて頭が混乱した。意識を集中することができず、思考がまとまらなかった。明彦は舌打ちし、体を起こした。やけくそ気味に本のページをめくっていくと、真ん中あたりに紙が挟まっていた。

「あっ」明彦は間の抜けた声を上げた。それはA7サイズのメモ用紙だった。明彦は紙片を取り、目を凝らした。方眼罫の入った紙面にはサインペンで大きく『表札』と書かれていた。

「ひょうさつ？」

明彦は眉根を寄せた。重富からの謎のメッセージだった。同時にこの家の表札がどんなものか全く知らないことに気づいた。

※

明彦は自転車から下りるとリアスタンドを立て、後輪にU型ロックを掛けた。

かつてのメインストリートは現在〝シャッター通り〟と化しており、開業している店舗は十軒ほどに過ぎなかったが、お目当ての不動産屋は幸運にもその範疇《はんちゅう》に含まれていた。

明彦は汗ばんだ額を手の甲で拭い、顔を上げた。

そこは雑居ビルの一階に事務所を構える路面店で、入口の上のキャノピーには『メノウ不動産』と記されていた。

明彦は不動産広告が隙間なく貼られたサッシ戸を開け、中に入った。十五坪ほどの室内は無人だった。明彦は「すみませーん」と声をかけた。事務机とキャビネット、業務用コピー機があるだけの簡素な事務所で、薄《う》っすらとタバコの臭いが漂っていた。明彦がもう一度「すみませーん」と声をかけると奥のドアが開き、中年の男が姿を現した。

「ちょっとお聞きしたいのですが」

明彦は口元を緩め、一礼した。

「……………」

四十代前半の、角ばった顔をした男は答えなかった。ドアの前で立ち止まると、無言でこちらを凝視した。その表情は硬く、目には凝固したような光が浮かんでいた。

明彦は男の意外な反応に驚いたが、自分がよそ者であることを思い出し、なんとか気を取り直した。

「ここから自転車で十五分位の所に麦原という地区がありますよね？　その麦原の三番八号にある古民家に泊まっている者ですが、玄関に古い表札が掛かっていまして、達筆で『ハライソ庵《あん》』と書いてあるんです。そこは伯父の家なのですが、旅行中で連絡がつかず、他に知り合いもいないんです。なので、もしご存知でしたら、あの家の歴史というか由来を教えていただきたいのですが……」

男は無言のまま目を逸《そ》らし、角刈りの頭をガリガリと音を立てて掻《か》いた。そして大きなため息を吐くと、面倒くさそうに「堀永彩雲の家だよ」と言った。

「ほりながさいうん？」明彦は思わず叫んだ。心臓がどくりと鳴り、古い単行本が脳裏を過った。「それって、あの小説家のほりなが」

「そうだよ、作家の堀永だよ。他に誰がいる？」

男が明彦の言葉を遮った。叩《たた》きつけるような声だった。明彦は息を呑《の》み、後ずさった。ショックで顔が強張《こわば》るのが分かった。元々は漁師町で、気性が荒い土地柄だと聞いたことはあったが、よそ者に対してここまでの拒否反応を示すことが信じられなかった。

「こっちは忙しいんだ、用が済んだらとっとと出てってくれ」

男は顎で外を指した。

「お、お邪魔しました」

明彦は一礼すると、サッシ戸を開けて外に出た。

※

明彦は自転車に乗って大通りを北へと進んだ。

時刻はすでに昼前で、太陽は中天に差し掛かっていたが、相変わらず町は閑散としていた。通りのどちらを向いても色褪《あ》せたシャッターが延々とつらなり、たまに営業中の店を発見すると違和感を覚えるほどだった。人通りはほとんどなく、車道を走る車もまれで、異様に明るい白夜の町を彷徨《さまよ》っているような錯覚に陥った。

町立図書館はバス停近くの案内板に記されていた通り、三つ目の交差点を左折して五十メートルほど進んだ場所にあった。二階建ての平べったいビルで、外壁にレンガタイルが貼られており、正面玄関の傍らには小さな噴水が設けられていた。

明彦は駐車場に自転車を停め、館内に入った。玄関ホールの左右に雑誌コーナーと個人貸出室があり、二階フロアの半分が公開図書館になっていた。大きな書棚が重なり合うように並び、窓際には学習机が配されていた。明彦は日本文学の『ホ』の棚から『堀永彩雲』のプレートを見つけ、所蔵されている書籍をチェックした。そして十数冊の著作や関連本の中から文芸評論家が記した堀永の伝記を選ぶと、有料の複写サービスを利用して巻末の年譜をコピーした。

図書館を後にした明彦は自転車に乗って大通りに出、来た道を引き返した。途中、大型スーパーに寄っていつものウイスキーを買い、さらにかなり迷ってから、しばらくやめていたタバコも買い求めて帰路についた。

※

■堀永彩雲

大正九年（一九二〇）、東京の日暮里《にっぽり》に生まれる。本名は堀長良一。父親は紡績・綿糸会社を経営。昭和四年（一九二九）、両親が離婚。母親に引き取られるが、生活苦のため千葉県海上《かいじょう》郡西銚子町《にしちょうしまち》（現・銚子市）にあるカトリック系孤児院「ハライソ園」に預けられる。そこで出会ったカナダ人修道士マック・セネットの献身的な態度に感銘を受け、キリスト教に興味を持つ。昭和八年（一九三三）、十三歳の誕生日に自ら進んで洗礼を受ける（洗礼名マリア・ヨゼフ、後に棄教）。昭和十三年（一九三八）、早稲田大学文学部に入学。昭和十九年（一九四四）六月、本土防衛のため召集されるが、翌二十年八月、九十九里《くじゅうくり》浜沿岸の防衛陣地において終戦を迎える。戦後、千葉県稲毛《いなげ》に移住。昭和二十三年（一九四八）、文学部時代の恩師の伝で千葉民報に入社、学芸部に配属される。昭和三十年（一九五五）文芸誌「黒豹」の懸賞小説で入選。同年十二月、同僚の里見藍子と結婚。昭和三十一年（一九五六）『電氣十字』で第三十六回芥川賞受賞。同年十月、千葉民報を退社。昭和三十三年（一九五八）鷗賀郡瑪瑙町に転居。青春時代を過ごした孤児院にあやかり自宅を「ハライソ庵」と称する。昭和三十六年（一九六一）八月、長男・誠也が生まれる。昭和三十九年（一九六四）、瑪瑙町を舞台にした推理小説第一弾『海辺の迷宮』第二弾『珊瑚の迷宮』を銀鶏社より刊行。翌四十年、第三弾『人魚の迷宮』を銀鶏社より刊行。ベストセラーとなる。昭和四十四年（一九六九）『自選短編集』『自選長編集』をグロオブ社より刊行。昭和四十八年（一九七三）長男・誠也が病死。享年十二歳。翌四十九年、妻・藍子と離婚し棄教する。昭和五十年（一九七五）一月、神経衰弱が高じる。同年三月八日発病し、鷗賀総合病院に入院。十五日午前零時五分永眠。享年五十五歳。本人の遺言により葬儀・告別式は行われず。昭和五十二年（一九七七）遺稿集『マアメイドの骨』を銀鶏社より刊行。

川北正晃『ガラスの十字架〜堀永彩雲伝（雷明社）』より抜粋

※

明彦は氷の入ったグラスを手に取り、ウイスキーを口に含んだ。上品な芳香ととろけるような甘味が舌の上に広がった。明彦はゆっくりと味わうように呑み込み、小さく息を吐いた。

時刻は午後七時を少し回ったところだった。日は完全に暮れ、青黒い闇が窓の外を満たしていた。初めは八畳の居間で呑んでいたが、座卓に座椅子《ざいす》というスタイルが窮屈でならず、洋間に移動した。テレビもゲームもマンガもない殺風景な室内だったが、くたびれた体を休ませるにはちょうど良かった。

明彦はグラスをテーブルに置くと、ソファーにもたれかかった。頭上で灯る蛍光灯が白く寒々しい光を放っていた。

脳裏を堀永彩雲の顔が過った。自伝に掲載されていた三十代半ばの写真だった。七三の髪形に度の強い眼鏡《めがね》を掛け、口を真一文字に結んだ顔は、気鋭の作家と言うより気弱な憲兵に近かった。右下に向けられた物憂い目には疑りぶかそうな光が浮かんでおり、絶頂からどん底に落ちる己《おの》が未来を幻視しているように見えた。

明彦は子供の頃から小説家志望だった。国内最高峰と言われるミステリ系の新人賞受賞を目指しており、大学を中退したのも「背水の陣」を敷くためだった。その関係で中学時代から堀永の存在は知っていたが、「大家」＝「退屈」という思い込みから一度も読んだことがなく、予備知識はゼロだった。そのため晩年の悲劇は勿論のこと、孤児院時代や新聞社勤務、芥川賞受賞、千葉県移住も全て初耳で、年譜を読みながら何度も声を上げた。

明彦はソファーの背もたれに肘を掛け、辺りを見回した。

かつてここに堀永彩雲がいた、ということがどうしても信じられなかった。あの、気弱な憲兵のような男が妻子と共にあたり前のように寝起きし、この洋間を含む全ての部屋を自由に行き来していたという事実を、現実に起きた出来事として実感することができなかった。

明彦は上体を起こし、パーカーのポケットからタバコとガスライターを取り出した。先ほど買ったもので、銘柄は『セーラムライト』だった。一本口にくわえ、ライターの火を近づけた。煙を吸った途端、息がつまり激しくむせた。明彦はゲホゲホと咳《せ》き込み、滲《にじ》み出た涙を指でぬぐった。約一年ぶりに吸うアメリカ産メンソールは炭酸水のように強烈だった。明彦は思わず苦笑し、タバコを灰皿に置いた。十五歳で初めて喫煙した時以来の急性ニコチン中毒だと思った。こめかみがズキズキと痛み、吐き気が込み上げてきた。明彦は耐えきれず、またソファーにもたれかかった。そのまがっくりとうなだれ、両手を力無く垂らした。

※

不意に肩を掴まれ、全身がびくりと震えた。「うわっ」明彦はソファーの上で飛び上がり、慌てて周囲を見回した。左側に人が立っていた。恰幅のいい男だった。麻のスーツに白いワイシャツ姿で、右手にトートバッグを提げていた。

「起きろ」

重富が言った。なじるような声だった。明彦は反射的に「はい」と答え、ソファーの上に座り直した。いつの間にか夜が明けており、窓の外はまばゆい陽光に満ちていた。

「昨夜は大宴会があったようだな」

重富が傍らのテーブルを一瞥《いちべつ》した。天板の上には呑みかけのグラスとライターと『セーラムライト』が放置され、中央に置かれた灰皿の周囲には細かい灰が飛び散っていた。

「盛り上がったか？」重富が真顔で言った。

「おかげさまで」

明彦は目を逸らし、大きく息を吐いた。重富の雑言に慣れてきたらしく〝組長〟に対する怒りよりも〝老童〟に対する憐《あわ》れみを覚えた。明彦は灰皿の隣にある置時計を見た。針は午前十時四十分を指していた。十五時間以上寝たにしては疲れがとれておらず、首から肩にかけての筋肉が強張っていた。

重富は体をめぐらすと向かいのソファーに座り、バッグを足元に置いた。

「本は読んだか？」重富がこちらを見た。昨日くれた『海辺の迷宮』のことだった。

「ええ」明彦は咄嗟に嘘を吐いた。読むつもりだったが酔いの回りが異様に早く、不覚にも泥酔していた。

「どうだった？」

「そうですね……正攻法というか、ミステリの王道だと思いました」明彦は咄嗟に機転を利かし、曖昧な表現で感想を述べた。「それにオマケで入っていた謎のメッセージがまた良かったです。無事、『表札』からハライソ庵を経由して堀永彩雲にたどり着きました」

「驚いたか？」

「驚きました。名前しか知らなかったので色々調べましたよ。こんな」そう言って明彦は辺りを見回した。「素敵なお化け屋敷に泊まれて光栄です」

「彩雲の晩年は地獄だった」明彦のウイットに富んだ皮肉を無視して重富が言った。

「地獄に至った最大の原因は、長男の死ではなく妻の裏切りにある」

「どういうことですか?」明彦は眉根を寄せた。彼の年譜には記されていない裏歴史があるようだった。

「長男の誠也が急性リンパ性白血病で逝去した後、妻の藍子は精神が不安定になり、埼玉の実家に帰った。海を見ると、息子を思い出してつらいというのが理由だった。藍子はその時四十五歳で、人生の全てに絶望していた。しかし一ヵ月後、突然下腹部痛に襲われ検査したところ妊娠が発覚。皮肉にも第二子を身ごもっていたのさ。勿論藍子は出産を決意する。相前後して、同窓会で再会した同級生……早い話が中学時代の元カレだが、地元で和菓子屋を営むその男とヨリを戻して交際を始めた。人間、余裕ができると大胆になり、さらに尊大になる。藍子は日に日に大きくなる腹を抱えながら、誠也が死んだのも、さらには千葉での生活がダメになったのも全て彩雲のせいだと考えるようになった。怒り、というか逆恨みのエネルギーはドンドン溜まり、そのはけ口を求めた藍子は本能的に筆をとった。『砂上のハライソ〜無能作家との十八年』と銘打たれた約五十枚の手記は既知の編集者を通して中堅出版社にもちこまれ、週刊誌に一挙掲載された。文壇の大家になっていた彩雲のスキャンダルは注目され、大きな反響を呼んだ。藍子はさらに彩雲を誹謗中傷する発言を繰り返した後、離婚届を瑪瑙町の自宅に送付し、捺印《なついん》を迫った」

「よく判をつきましたね」明彦は感心したように言った。「反論しなかったんですか？」

「彩雲はプライドの塊だったから〝言い訳〟は彼の美学に反したようだ」重富は抑揚の無い声で言い、足を組み替えた。

「だが彩雲にとどめを刺したのは再婚ではなく第二子の誕生だった。翌年の春、藍子は生まれたばかりの次男を抱き、再婚相手と肩を並べた記念写真を瑪瑙町に送付した。それを見て初めて我が子の存在を知った彩雲は取り乱した。知人を介して藍子に電話を掛け、一目でいいから合わせてくれと懇願したが、即却下。逆に誠也を殺した〝主犯〟と罵倒された挙句、絶対あの子には合わせないと宣言された。

その日を境に彩雲は自宅、つまりこの家に引き籠るようになった。電話にも出ず、ポストに投函された郵便物にも手をつけなくなった。心配した各社の編集者が東京から訪ねてきたが、彩雲は居留守を使い、応対しなかった。事態が急変したのは翌年……昭和五十年の正月だった。元日の夜、彩雲は全裸になって大通りに〝出動〟した。大声で軍歌を歌いながら、通りの店のガラスを次々と割って回った。驚いた町民は警察を呼び、彩雲を確保した警官は救急車を呼んだ」

「凄《すご》い」明彦は思わずうめいた。プライドの塊ゆえの大崩壊だと思った。

「そこからはアッという間だった。人間、理性を失うとこうなるのかと診察した医師が驚愕したと言うから、その惨状は推して知るべしだ。三月八日の早朝、神社の鳥居の下に全裸で倒れているのを新聞配達の少年が発見して通報。意識はあったが精神は錯乱していて意思の疎通は不可能だった。一週間後に急性心不全で死亡した時、体重は三十五キロしかなかったそうだ」

重富はそこで言葉を切ると、ソファーにもたれかかった。「凄いだろ?」

「凄いです」明彦は改めて答え、何度もうなずいた。

「でも本当に凄いのはこれからだ」重富は満を持したように言い、腕を組んだ。

「彩雲が死亡した三日後、この家の持ち主、つまり大家が久方ぶりに邸内に入った」

「大家?」明彦は目を見開いた。「ここ、貸家だったんですか?」

「貸家だったんだよ。今も昔も」重富は真面目な顔で答えた。

「藍子と離婚してから半年以上も家賃の滞納が続き、大家としては途方に暮れていた。契約書にある連帯保証人はすでに死亡していたため、連帯保証人の相続人を探さなくてはならなかった。勿論、滞納家賃を請求するためだ。さらに残された家財道具を処分するにも色々手続きがあって、すぐに着手できない。大家は考えた末、今後、事態がややこしくなった時のために邸内の写真を撮り、証拠にしようと思った。後になって『捨てた』『捨てない』でモメたくなかったからだ。大家は大学生の息子を連れて車に乗り込み、この葱畑のど真ん中にやって来た。ハライソ庵の玄関は施錠されておらず、あっさり格子戸が開いた。でもその瞬間、異様な臭いが鼻を衝《つ》いた。タンパク質が分解されアンモニアなんかが発生した時の臭い、つまり腐敗臭ってやつだ。二人は反射的に口元を押さえ、顔を見合わせた。お互い、少女の腐乱死体でもあるんじゃないかと思ったからだ。用心して土足のまま家の中に上がり、玄関のすぐ側にある台所を覗いた大家は絶句した。北側にあるシンクの上を、無数のハエが飛び交っていたからだ。ビビりながら近寄ってみると、首のない猫の死骸が二つ、折り重なっていた。腐敗が進行しており、大量のウジ虫がシンク内で蠢《うごめ》いていた。大家と息子はその場でWゲロを吐き、よろめきながら出て行った。警察がやってきたのはそれから十二分後で、三台のパトカーのサイレンが葱畑の中にワンワンと響き渡った」

重富はそこで言葉を切り、ソファーから体を起こした。テーブルの上に手を伸ばし『セーラムライト』とライターを自分の方に引き寄せた。

「八つ当たりというか」明彦は露骨に眉をひそめた。「ストレス解消ってやつですか？」

「違う」重富はタバコを引き抜き、口にくわえた。

「彩雲はイカれていたが、凡人のような単純なイカれ方ではなかった。複雑で壮大なイカれ方であり、狙った標的というか狂気を注ぎ込む対象だけは最後までブレなかった。それが離婚した藍子だった」

「あっ……」明彦は目を見開き、息を呑んだ。「……つまり、猫は生贄《いけにえ》」

「正解」重富はライターの火をタバコの先端に近づけ、勢い良く紫煙を吐いた。

「自己流だと思うが、彩雲は台所の冷蔵庫の上に祭壇をこしらえていた。キリスト教と仏教がごちゃ混ぜになった支離滅裂なやつで、御神体として祀《まつ》られていたものは黄金バットのお面だった」

「黄金バット？」

明彦は思わず繰り返した。年代的にあまりに古すぎて、デフォルメされた金のガイコツがぼんやり浮かんだだけだったが、昭和初期から存在する正義の味方という知識はあった。

「黄金バットのお面てことは、縁日で売っているような」

「セルロイドの安物だ」重富は先に答えを言い、タバコの灰を灰皿に落とした。

「息子のお気に入りだったらしく、額のところにマジックで『ほりながせいや』と書いてあった。そのお面の口の部分だけがきれいに切り取られていて、中に……これも後で分かったことだが、猫の脳みそが大量に詰め込んであった。少なくとも十匹近くが犠牲になったらしいが、残りの死骸は発見されなかった。刑事の一人は葱畑に埋めて肥料にしたと言っていたが、どこまで本当かは分からん。お面の裏側には和紙が貼ってあって、彩雲のものとみられる血で『藍子撃滅』と記されていた」

「………」明彦は無言で目を逸らし、眼前の虚空を見つめた。

伝記に載っていた彩雲の写真が脳裏を過った。恨み骨髄に徹した元妻に対し、直接的な攻撃ではなく間接的な呪いで復讐したのが、いかにも気弱な憲兵らしく納得できた。

「凄いだろ？」重富が改めて言い、タバコをくわえた。「今の話を聞いてどう思う？」

「どう思うと言われても」明彦は身も蓋もない質問に戸惑った。「あまりにも壮絶で言葉もありません」

「言葉もありませんと言いながら、ちゃんと話しているじゃないか」

重富はからかうように言い、頬を緩めた。明彦も釣られて笑い、恥ずかしそうに頭を掻いた。重富は足元からバッグを取り、中から丸紐の付いた紙袋を取り出すと、テーブルの上に置いた。

「土産だ。後で確認しろ」

「小説ですか？」明彦は身を乗り出した。昨日と同じパターンだった。謎のメッセージが脳裏を過った。

「お前の伯父さんは今、入院している」

重富が唐突に言った。その口調があまりにも自然なため明彦は一瞬冗談かと思ったが、こちらに向けられた真剣な眼差しを見て、まぎれもない事実だと直感した。

「先週の土曜日、ちょうどお前のアパートに速達が届いた日、伯父さんは内縁の妻・原口美保と口論になった。泣き叫ぶ美保にうんざりして二階の和室を出、一階に行こうとした時、追いかけてきた美保が背後から突き飛ばした。伯父さんは階段から転げ落ちて、首と腰をしたたかに打った。何とか起き上がり、自分で救急車を呼んだが、全治三週間の重傷だった。伯父さんはカッとなって怒鳴った自分にも非があるとして被害届を出さなかったが、罪悪感に打ちのめされた美保は次の日の朝、家を飛び出した」

「知りませんでした」明彦はうろたえ気味に叫んだ。語尾が震え、顔から血の気が引くのが分かった。「どこの病院ですか」

「さてと」重富は明彦の言葉を無視して腕時計に目をやった。「もうすぐだ」

「え？」明彦は眉をひそめた。意味不明の言動に頭が混乱した。「もうすぐ？」

「カミング・スーン」重富はくわえていたタバコを取り、灰皿に押しつけた。

不意に隣の居間で音がした。電話の着信音だった。明彦は息を呑み、重富を見た。

「どうするかは自分で決めろ」重富は面倒臭そうに言い、揉み消した吸い殻を灰皿に落とした。

「出ます」明彦は戸口に走り、廊下に飛び出した。斜め向かいの居間のドアを開けると甲高い電子音が耳朶《じだ》を打った。明彦はサイドボードに駆け寄りプッシュホンの受話器を取った。

「はい」と答えた途端、「明彦か？」と掠《かす》れた声がした。

「伯父さん？」明彦は反射的に叫び、受話器を耳に押し当てた。「伯父さんなの？」

「そうだ。今、病院にいる」伯父の英一が答えた。言葉を発する度、喘《あえ》ぐように息をした。

「重富さんから聞いたよ。美保さんと喧嘩《けんか》したって。ケガは大丈夫？」

「……すまん」英一は声を震わせて叫んだ。

「美保……美保のことは、俺が悪かった。俺はこれから、美保の全てを受け入れる。本当だ。信じてくれ」

「信じるよ」明彦は断言するように言った。「信じるから安心して」

「本当か、信じてくれるか。ありがとう」

英一は声を詰まらせ、うめいた。泣いているらしく鼻水を啜《すす》り上げる音が断続的に聞こえた。それは普段の伯父からは想像もできない柔弱な反応であり、内縁の妻の出奔がいかにショックだったかを如実に物語っていた。

明彦は困惑した。見てはいけないものを見てしまったような不快な気分になった。

重富の挑発にのって電話に出たことを後悔した時、半開きのドアの向こうから戸を開ける音がした。

「あっ」明彦は弾《はじ》かれたように顔を上げた。受話器を天板に置き、廊下に飛び出した。玄関を見ると、こちらに背中を向けた重富が三和土から出ていくところだった。

「待って」

明彦は叫んだ。訊きたいことが山ほどあった。しかし重富は待たなかった。「また来る」と叫ぶと、背中を向けたまま後ろ手で格子戸を閉めた。

明彦は舌打ちし、板張りの廊下を蹴った。無力な自分が腹立たしかった。居間に戻り、サイドボードの上の受話器を取った。いつの間にか回線は遮断され、ツーという発信音が鳴っていた。「クソッ」明彦はまた舌打ちし、受話器をフックに叩きつけた。

※

紙袋の中には一冊の単行本が入っていた。取り出してみると推理小説第二弾『珊瑚の迷宮』だった。前回同様、初版発行(昭和三十九年十月二十日)で帯は付いておらず、カヴァー全体がかなり傷んでいた。明彦は素早くページをめくった。予想通りページの真ん中あたりにメッセージが挟んであった。明彦はメモ用紙を取り出し、目を凝らした。方眼罫の入った紙面にはサインペンで大きく『神』と書いてあった。

「ということは」明彦は呟き、顔を上げた。「あそこしかないよな」

※

台所はハライソ庵の北東に位置していた。日当たりが悪く、窓が一つしかないため空気が湿り気を帯びていた。明彦は壁のスイッチを押し、天井の明りを点けた。電球の黄ばんだ光が六畳ほどの室内を照らした。中央に四人掛けのテーブルが置かれ、右の壁際にシンクとガスコンロが、左の壁際に冷蔵庫と食器棚が並んでいた。

明彦は歩いていくと冷蔵庫の前で立ち止まった。高さ百五十センチほどの古いタイプで、上に小さな段ボールが載っていた。

「やっぱり」

明彦は我が意を得たように言った。滞在中、何度か出入りしたが見た記憶は無かった。メッセージの付属品として重富が置いたのは明らかだった。

明彦は段ボールを床に下ろした。市販されている無地の新品で、拍子抜けするほど軽かった。封をされていない蓋を開けると、中には金色に塗装された縁日用の小物が入っていた。黄金バットのお面だった。勿論、アニメ風にアレンジされた現代版で、彩雲が使用した実物ではなかったが、額の部分にマジックで『ほりながせいや』と書かれていた。

「ギリギリアウトだろこれ」

明彦はお面を手に取り、裏返した。ちょうど額の真後ろの部分に和紙が貼られており、小筆で『芳江撃滅』と縦書きされていた。明彦は目を凝らした。文字はどれも赤黒く変色しており、箇所によって濃淡の差が激しかった。製作者は彩雲を意識するあまり、本物の血液を使用したようだった。

「この流れでいくと」明彦は血文字を見つめながら思考を巡らせた。「書いたのは内縁の妻・原口美保」

重富が見せてくれた写真が眼前に浮かんだ。伯父とペアルックの美保は仲睦まじそうに微笑んでいた。小柄で痩せていて非力そのものに見えたが、だからこそ激怒した時のキレ具合は常軌を逸するような気がした。そこで明彦はあることに気づき、ハッとした。

「伯母さんて……美保の呪いで死んだのか？」

自問した明彦はすぐに我に返り「まさか」と自答しようとした。しかしなぜか声が出なかった。明彦の視線は引き寄せられるようにお面に向かい、裏側に貼られた和紙で止まった。『芳江撃滅』という赤黒い文字が急に太く、鮮やかに見えた。同時にいつかどこかで見たような奇妙な懐かしさを覚えた。

「まさか」
明彦は声をしぼり出して強引に自答した。

※

その日、明彦は二階の六畳に寝転がって『海辺の迷宮』と『珊瑚の迷宮』を読んだ。彩雲の著作を読むのは初めてだったが、端正な文章と目まぐるしい展開に引き込まれ、気づいた時には夢中になっていた。夕方の五時頃一作目を読了し、パンと紅茶で軽い食事をとった後、すぐに二作目を読み始めた。どちらも主人公は元大学教授の風変わりな探偵で、瑪瑙町らしき片田舎を舞台に八面六臂《はちめんろっぴ》の活躍を見せた。すっかり感情移入した明彦は主人公になりきって架空の町を歩き、情報を集め、大胆に推理した。そして犯人を割り出し、居場所を突き止め、ついに事件を解決した時、明彦は主人公たちと一緒になって笑い、叫び、歓喜の涙を流した。

二作目を読み終えた時、時刻は午後十一時を回っていたが、気分が高揚して中々寝付けなかった。仕方なく明彦は一階に下り、洋間でウイスキーの水割りを呑んだ。すきっ腹だったのでたちまち酔いが回ったが興奮は治まらなかった。（こんなに楽しいのは大学中退以来初めてだ）と思いながら明彦は残りわずかになったウイスキーをグラスに注ぎ、勢い良くあおった。

※

目が覚めた時、向かいのソファーに重富が座っていた。

「あっ」明彦は反射的に体を起こし、座クッションの上に座り直した。昨日と同様いつの間にか夜が明けており、窓の外はまばゆい陽光に満ちていた。

「知っているか？　彩雲は酒好きで、特にこの」重富はテーブルに載った空のウイスキー瓶を指さした。「国産の高級ウイスキーが好物だった。編集者と二人で、一晩に四本空けたこともあったらしい。だから作中の登場人物もみなウイスキーが好きなんだ」

「………」明彦は返事をしようとしたが猛烈な二日酔いで思考が働かず、言葉が何も浮かばなかった。

「ちなみに本は読んだか？」重富が面倒くさそうに足を組んだ。いつものように麻のスーツに白いワイシャツ姿で、足元にトートバッグが置かれていた。「例の迷宮シリーズ」

明彦は大きく二回うなずいた。「読みました」

「そうか」重富はこちらを覗き込むようにして見た。「どうだった？」

「面白かったです。感動しました」明彦は正直に答えた。さらに具体的にどこがよかったか説明しようとしたが吐き気が込み上げてきてえずき、ウエッとうめきを漏らした。

「夢中になったか？」

「なりました」明彦は額に右手を当て、ソファーにもたれかかった。こめかみがドクドクと脈打ち、右の側頭部に圧迫されるような痛みを覚えた。「なりすぎて眠れませんでした」

「彩雲のファンになったか？」

「はい」明彦は即答した。

「原口美保もそうだった」重富はおもむろに腕を組んだ。

「あいつも初めはそんなファンの一人だった。でもこの家に引っ越してきてから変わった。普通のファンが大ファンになり、さらに熱狂的大ファンを経て、信者になった。彩雲教の一番弟子だ。そこから美保は彩雲原理主義に走り、どんどん先鋭化していった。つまり……頭がイカれちまったのさ。やがて美保は美保でなくなった」重富は芝居がかった仕草で肩をすぼめた。

「彩雲に取り憑《つ》かれ」額に手を当てたまま明彦が口を開いた。「彩雲そのものになった？」

「惜しい」重富は即答した。指をパチンとならすような声だった。

「彩雲ではなく彩雲の創作したキャラになった」

「もしかして」明彦は驚いたように目を見開いた。昨日の読書体験が蘇った。「あの、元大学教授の探偵ですか？」

「そうだ。あろう事か、四十代の女が六十代の男のキャラになっちまったんだ」重富は忌々《いまいま》しそうに言った。

「その日から美保は探偵と同じマントを着て山高帽を被り、町に繰り出した。勿論、聞き込みをするためだ。美保の行動は小説に忠実だった。探偵よろしく通りの店を一軒ずつ回り、『忠男《ただお》・M・シュタイナー』なる悪役キャラの情報を集めた」

「集まったんですか？」明彦は断続的に込み上げてくる吐き気に耐えながら尋ねた。

「ほとんどが『知らない』で、残りは『出ていけ』と『二度と来るな』に二分されたが、最後に訪れた不動産屋だけは機嫌が悪かったらしく『殺すぞ』と怒鳴った後、警察に通報した」

「なるほど……」

明彦は納得したように呟いた。メノウ不動産の店内が眼前に浮かび、店長らしき男の罵声が耳の奥で響いた。坊主憎けりゃ袈裟《けさ》まで憎いの論理で、『ハライソ庵』＝

『彩雲』＝『美保』の地雷を踏んだことにようやく気付いた。

「……で、逮捕されたんですか？」

「保護された」重富は大きく息を吐き、頭を左右に振った。

「警察から連絡を受け、お前の伯父さんはようやく内縁の妻の異変に気付いた。元々文学マニアだということは認識していた。彩雲の家だと知ってわざわざこの借家に引っ越し、彩雲の寝室だった二階の部屋を、自分たちの寝室にした位だから筋金入りではあったが、まさか好き過ぎて頭がイカれるとは思わなかった。伯父さんは運び込まれた鷗賀総合病院の医師たちと相談し、美保を入院させた。専門の医師の元で入念な検査を受け、集中的に治療が行われた。半年後、美保は退院した。薬物療法が功を奏し、顕著だった幻覚や幻聴はなりを潜めた。しかし喜んだのも束の間《つかま》、ハライソ庵に戻った美保の精神はわずか数日でまた変調をきたした。毎晩午前二時になると台所にいき、冷蔵庫の上に祭壇を作るようになった。どこからか入手した黄金バッドのお面を御神体にし、くり抜いた口の部分に昆虫の死骸や魚の骨を詰め込んで『芳江撃滅』をひたすら復唱した。無理もない。夫との仲は十年前に破綻していたが、愛人の美保と入籍させないためだけに離婚を拒否していた。しかも会社に出向いて美保との不貞を訴え、自主退職に追い込んだ上、損害賠償請求までしていたんだ。伯父さんがどれだけ止めても儀式は続けられ、祭壇を壊そうとすると気がフレたように抵抗した。しかしここで予想外の事が起きる。呪いを始めてから約三ヵ月後、芳江が心筋梗塞で急死した。美保は呪い殺したと確信し、狂気乱舞する。

伯父さんはこの時、これは病気ではなく本当に怨霊《おんりよう》に取り憑かれたんじゃないかと思った。美保の影響で彩雲の裏歴史にも詳しく、藍子に行った〝マジナイ〟を知っていたからだ。悩んだ末、伯父さんは実力行使を決意。その晩の午前二時、いつものように台所に行こうとする美保の腕を摑み、強引に引き留めた。二人は激しい口論となり、激高した伯父さんは美保を殴りつけ、部屋を出た。本人曰く、頭に来たので家から出て行こうとしたそうだ。しかしさらに激高した美保は階段の前で伯父さんの背中を突きとばし、先に家を出て行ってしまう。首と腰を強打した伯父さんは何とか自力で起き上がり一一九番に電話した」

「今、どこですか？」明彦は思い出したように訊いた。

「鷗賀総合病院の三〇五号室だ。ただ……」

「ただ？」明彦は眉根を寄せた。

「伯父さんよりも、美保の方が問題なんだ」重富は体を起こし、腹の前で両手を組んだ。「実は伯父さんが搬送された後、美保はまたもや美保じゃなくなった」

「つまり、また小説のキャラに？」

「前回は『海辺の迷宮』『珊瑚の迷宮』の主人公だったが、今回はまた違うキャラになった」

　重富は足元のバッグを取り、中から丸紐の付いた紙袋を取り出すと、ウイスキーの瓶の隣に置いた。

「土産だ。今、確認しろ」

「今ですか？」明彦は一向に収まらない頭痛に顔を歪めながら袋を手元に引き寄せた。中に入っていたのは推理小説第三弾『人魚の迷宮』の単行本だった。昨日読んだ二冊と同様、初版発行（昭和四十年二月二十七日）でカヴァーがかなり傷んでいた。

「おい」不意に声がした。明彦が顔を上げると、重富がスーツのポケットからスマホを取り出した。裏面のカメラレンズをこちらに向け、「ハイチーズ」と叫んだ。明彦が「え？」と聞き返した瞬間、パシャリと音がした。

「ほれ」重富が身を乗り出し、ディスプレイをこちらに向けた。

「？」訳が分からないまま明彦も身を乗り出し、目を凝らした。長方形の画面にはソファーに座る中年女性が写っていた。一見して五十歳前後に見えた。

「え？」明彦は目を見開き、画面と重富を交互に見た。「え？」

「お前は、原口美保だ」重富が明朗な口調で言った。

「正確には『人魚の迷宮』の主人公・岡光明彦になりきっている心神耗弱《しんしんこうじゃく》状態のハラグチミホだ。お前の今までの言動、つまり小説家志望の明彦が、伯父から旅に出るという手紙を貰い、鷗賀郡瑪瑙町に行って留守番するという件《くだり》は、すべて『人魚の迷宮』の冒頭と同じ展開だ。ちなみに伯父の岡光英一とは『海辺の迷宮』と『珊瑚の迷宮』に出てくる元大学教授の探偵のことだ」

「え？　え？　え？」

明彦は眉をひそめ、スマホの画面に顔を近づけた。先ほど撮られた写真に写っている女はグレーのパーカーにブルージーンズ姿だった。小柄で痩せており、寝ぐせの付いた髪はぼさぼさに乱れていた。ノーメイクの顔はコケシのように平坦で、特徴が無かった。頬一面に染みが広がり、額と目尻に深い皺《しわ》が刻まれていた。

「よく見て自分の顔を思い出せ」重富は左手でスマホを持ったまま右手をスーツの内ポケットに入れ、写真を取り出した。以前見た、伯父と美保の2ショットだった。

「こっちがメイク後のお前だ」

「…………」

明彦は何か言おうとした。否定するなり反論するなりして重富の悪ふざけを諫《いさ》めたかった。しかし声が出なかった。喉が詰まり、まともに息を吸うことができなかった。明彦はスマホから目を逸らすと、浮かせていた腰を静かに下ろした。

「隣の男がお前の連れ合い、いわゆる内縁の夫の寺田修だ。岡光英一じゃない」重富は写真を内ポケットに戻し、左手を下ろした。

「テラダオサム」明彦は繰り返した。聞き覚えがあった。二日前、いきなり電話を掛けてきた重富が口走った名前の一つだった。

「救急車で搬送されてきた寺田から事情を聞き、すぐにピンときた。再発したなと。真夜中に錯乱状態で家出したことに鑑み、自殺の可能性も充分考えられた。何度も携帯に電話したが繋がらず、ダメ元で家の固定にかけたら、いきなりお前が出たからびっくりした。しかもまた男のキャラになっていた。名前を聞くと『岡光英一の甥』と言ったのですぐに『岡光明彦』だと分かったが、敢えてそれ以上は踏み込まずに様子を探った。お前の実名『美保』、階段から突き落とした連れ合いの『寺田修』の名前を出し、反応をチェックした。以前の経験から、キャラ降臨時には元ネタの小説は勿論、原口美保としての記憶もほとんど消えることを知っていたからだ。なので今回も完全に降臨していることを確認し、岡光英一の甥、岡光明彦として扱うことにした。ちなみにお前、『海辺の迷宮』と『珊瑚の迷宮』を読んでいる時、『岡光英一』という名前を見て何とも思わなかったのか？」

「………………」

明彦は口を半開きにして重富を見つめた。勿論何とも思わなかったが、言われてみれば確かにそうだった。自分の伯父と同姓同名の探偵が登場する小説を二冊も読んで全く気づかないのは不自然以外のなにものでもなかった。

「混乱しているな。まあ、いい」重富は可笑《おか》しそうに言った。

「とにかく俺のやるべきことは、『明彦』の名の元に埋没している美保の記憶を呼び覚ますことだった。しかも少しずつ慎重にやっていかねばならん。だから考えた末、『美保』の心を刺激する小ネタを連発した。それが土産だった。ある意味精神的支柱をなす堀永の迷宮シリーズ『海辺の迷宮』『珊瑚の迷宮』を入れた。挿入した謎のメッセージもミステリ好きの美保の心を揺さぶるためだ。予想通り、お前は自らの意志で謎解きを始め、どんどん核心に近づいていった。二日目には入院中の寺田と打ち合わせをして、指定した時間に電話をかけさせた。自分の連れ合いを原口美保ではなく『岡光明彦』、自分を寺田修ではなく明彦の伯父『岡光英一』だと言い聞かせてな。一つ意外だったのは、永遠の天敵であり死してなお恨み骨髄に徹していた寺田の本妻・芳江に対する感情だった。明彦になりきったお前は恩讐《おんしゅう》を忘れ、本当に逝去した伯母と認識していた。シャレにならない感情だからこそ、キャラを降臨させるため本能が抑制したのかもしれん」重富は真剣な顔で言い、口を真一文字に結んだ。

「あの……」黙って聞いていた明彦が口を開いた。「あなたに見覚えがある。この家の外で確かに会った。あなたは一体誰だ？」

「大分思い出してきたな」重富は嬉《うれ》しそうに笑い、顎で明彦の手元を指した。「答えはその中にある」

「……？」明彦は言われるまま視線を落とした。そこには『人魚の迷宮』の単行本があった。謎のメッセージが脳裏を過った。明彦は手に取り、ページを素早くめくった。紙はちょうど真ん中あたりに挟まっていた。明彦は指でつまみ取った。それはメモ用紙ではなく名刺だった。明彦は目を凝らした。そこには『一般財団法人　鷗賀総合病院　精神科医　重富博則』とあった。

「せいしんかい、しげとみひろのり」明彦は声に出して読んだ。

「つまりお前の担当医だ」

重富は足元のバッグを取り、中から金色の平たいものを取り出した。それは黄金バットのお面だった。一瞬冷蔵庫の上の段ボールを思い出したが、微妙な色の違いから別物だと分かった。重富はうつむき、おもむろにお面を被るとこちらを向いた。アニメ風にデフォルメされたガイコツの額にはマジックで『はらぐちみほ』と書かれていた。

「さあ、病院へ戻ろう。みんながお前を待っている」

重富が満を持したように言った。表情は見えなかったが、声に揶揄《やゆ》するような響きが含まれていた。

逆縁《ぎやくえん》の午後

長岡弘樹

Message From Author

「一人息子を亡くした父親がいた。葬儀の席で、故人の友だちが生前のエピソードを口々に語った。その言葉に耳を傾ける父親の熱心な様子を見て、私は考えを改めた。いままで、スピーチは短いほどいいと思っていた。だが、必ずしもそうではないようだ。心のこもった話なら、少しぐらい長くてもいいのではないか」

　このような文章を、誰かのエッセイで読んだ記憶があります。それを何かの拍子でふと思い出したことが、本作を構想したきっかけでした。

　消防官を主人公にした連作『119』の一編です。

長岡弘樹（ながおか・ひろき）
1969年山形県生まれ。筑波大学第一学群社会学類卒業。2003年「真夏の車輪」で第25回小説推理新人賞を受賞。2005年『陽だまりの偽り』で単行本デビュー。2008年「傍聞き」で第61回日本推理作家協会賞短編部門受賞。2014年、警察学校を舞台にしたヒット作『教場』が第14回本格ミステリ大賞候補、『波形の声』が第17回大藪春彦賞候補になる。近著に『救済SAVE』。

1

「本日はご足労を、ありがとうございます」

市街地に建つホテルの二階。「光輪《こうりん》の間」の入り口で、来場者の一人一人に頭を下げながら、会の主催者であるわたしは、自分の前にできている黒い服の行列にざっと目を走らせた。

いま挨拶《あいさつ》を交わした相手は、わたしと同期で本部勤めの消防司令だった。その後ろにいる二人の男は、東部《とうぶ》出張所の消防士長と消防士。彼らはたしか、勇輝《ゆうき》と同じ高校を出ていたはずだ。そのまた後ろにいる中年の女性は、北部《ほくぶ》出張所の総務課職員で、わたしの古い知り合い……。

今日の会への出欠を伺う招待状は、百人ほどに出した。そのうち「出」に丸がついて返ってきた葉書は半分に満たなかった。招待者のほとんどは消防の関係者だ。開催日が土曜日の昼間とはいえ、休みとはかぎらないから仕方がない。また、事故も災害も時間を選ばず起きる以上、ほんの二時間程度でも職場を抜け出すことがままならないことは、わたし自身も消防官なのだから、分かりすぎるほど分かっている。

腕時計に目をやった。開会の時間が三分後に迫っていたから、出迎えの仕事はもう切り上げ、こちらも会場の中に入ろうとした。そこへ駆け足でやってきた男がいた。見知った顔だ。わたしの同期、今垣睦生《いまがきちかお》だった。

「吉国《よしくに》」

今垣は、わたしの名字を口にしたきり、あとは黙って頭を下げてきた。

「ありがとう。よく来てくれた」

今垣とは幼馴染の仲だ。小学校の三、四年生のときはクラスが同じだった。家も近いため、登下校のときはたいてい一緒で、田んぼの中を通る石ころだらけの一本道を、ランドセルをぶんぶん揺らしながら競走して帰ったものだ。よく、道の両端に自生しているチカラシバを引っこ抜いて遊んだ。穂毛を束にして摑《つか》んだときの、少しちくりとする感覚が手の平によみがえり、わたしは束《つか》の間《ま》、妙に幸せな気分に包まれた。

「それにしても久しぶりだな。そっちのご家族は元気か」

今垣は自殺を企図した女性を助け、その後、彼女と籍を入れた。もう五年も前のことだ。二人の間に女の子が産まれたのは、入籍からちょうど一年後のことだった。

「女房と娘なら、最近同じ俳優のファンになって、毎晩テレビの前で騒いでるよ」

「本当か」

「ああ。異性の好みってやつは、親子で似るもんらしいぞ」

女の子はやっぱり早熟だなと思う。自分の子は男である勇輝が一人だけだから、そういう話を聞かされても、いま一つ実感が湧かない。

会場入り口のドアをくぐりながら、今垣とそんな短い言葉を交わしたあと、壁際の通路を足早に前方へと歩き、主催者の席に着いた。

わたしは、人前に出る機会にはあまり慣れていなかった。五十人近くいる参会者を前にしたいま、緊張のせいで、鼓動はだいぶ速くなっている。自分では落ち着いた表情を作っているつもりだが、鏡を覗《のぞ》けば、たぶん頬《ほお》のあたりは岩肌のように強張《こわば》っているはずだ。

努めて深く呼吸をしながら、わたしは勇輝の方を見やった。今日の主役である息子は、こんなあがり性《しょう》ぎみの父親とは反対に、顔一面に余裕の笑みを湛《たた》えている。

午後二時。開始の時刻になると、会場の隅に設けられた司会者用の演台の前に、やけに大柄な若い男が進み出た。その若者——今日の司会役を自ら買って出てくれた勇輝の同僚、大杉《おおすぎ》はまず、勇輝に向かって一礼した。

「しっかりな」か「頼んだぞ」か。もちろん実際に声など聞こえはしなかったが、祭壇の中央で色とりどりの花に囲まれた勇輝の遺影が、体格のいい友人に向かって何事かを答えたような気がした。

大杉は、次に参会者に向かって辞儀をし、そしてマイクに顔を寄せた。

「それでは定刻になりましたので、ただいまより『吉国勇輝さんとのお別れの会』を始めたいと思います。まず、故人の生前の姿を、ご尊父、吉国智嗣《さとし》さまのコメントを加えつつスライド写真で上映いたします。それではお父さま、お願いいたします」

これ以上緊張しないように、わたしはわざとゆっくり椅子《いす》から腰を浮かせた。大杉に、「ありがとう」と小声を送りつつ、祭壇の前に置かれたスタンドマイクの前に立つ。

「お集まりのみなさま、本日はご出席くださいまして、改めて感謝を申し上げます。わたしは湿っぽい場というものが嫌いです。そこは父親に似て、息子も同じでした。ですから本日の会は、できるだけカラリと明るい調子で進めていきたいと思います。みなさんも、わたしが何か冗談の一つでも口にしたときには、どうぞご遠慮なく大きなお声でお笑いください。不謹慎などということは、今日の場では、これっぽちもございませんので、よろしくお願いいたします」

参会者の席から起きた疎《まば》らな拍手に、わたしは、緊張をねじ伏せてやっと作った笑顔で応じた。

「さて、みなさまご存じのとおり、わたしの息子、吉国勇輝は、和佐見《わさみ》市消防署漆間《うるしま》出張所、第一警防課第一消防係の消防士でありました。その勇輝が、火災現場のマンション五階から転落して死亡したのは、いまから十日前、九月六日の夕方です。二十五歳の誕生日を十日後に控えていました」

マイクの位置がやや低かったので、少しだけ腰を屈めなければならなかった。

「逆縁と申しまして、子が親に先立つことは、この上ない親不孝とされております。その凶事に、まさか自分が見舞われるなどとは、これまで一度たりとも想像したことはありませんでした」

七日に通夜をした。八日の葬儀はいわゆる密葬だった。勇輝が生前、「葬式は嫌い」と言っていたから、近親者だけで線香を上げた。そんな経緯をざっと説明していると、誰かが盛大に洟《はな》を啜《すす》ったため、濁った音が会場に響き渡った。

「そういうわけですから、後日改めて、こうしてお別れ会を開かせてもらった次第です。——さて、わたしも西部《せいぶ》出張所で副所長を務める身でありますが、勇輝が消防士になってからは、互いに仕事が忙しく、親子としての時間をなかなか持てなくなってしまったことが悔やまれます。密葬の際、棺の遺体に氷嚢《ひょうのう》を置くために、息子の頭髪を久しぶりに触りまして、そのときやっと父親に戻れた、という感じがいたしました」

腰を屈めているのがつらくなり、わたしはいったん言葉を切って、マイクの高さを調節し直した。

「前置きは以上にしておきましょう。これからの数分間は、息子との別れにあたり、いま一度皆さまに吉国勇輝という人間を、可能なかぎりよく知っていただきたく思います。どうかお付き合いください」

わたしは大杉のいる方向へ移動した。彼に代わって、司会者用の演台を前にして立つ。

台の上には、こちらが持ち込んだノートパソコンが置いてあった。このパソコンのハードディスクには、スライドショーのソフトがインストールされており、かつ、わたしが用意した画像データも何枚か保存してある。

会場の隅に向かって目配せを送ると、そこに控えていたホテルのスタッフが、壁際のスイッチを操作した。幾つもある室内の照明が一斉にすうっと消えていく。同時に、天井から白いスクリーンがゆっくりと降りてきて、遺影の横に二百インチのモニターが設置された形になった。

わたしはマウスを操作し、スライドショーのソフトを動かし始めた。

2

まずスクリーンに映し出された写真は、産着《うぶぎ》の中でぎゅっと目を閉じている痩《や》せた赤ん坊を写したものだった。

「これは生後間もないころの勇輝です。彼が産まれたとき、体重が二キロ弱しかなく、病気がちな子になるのではないかと心配しました」

息子を初めて抱き上げた際、あまりの軽さに思わず取り落としそうになり、担当の看護師から叱られたことを、いまになって急に思い出した。

「ちなみに、親父のわたしはと言えば、出生時のウエイトは四キロを超えておりました。わたしの父によりますと、小柄な母親の体の中に、こんなに大きなものがどうやって入っていたのか、不思議でしょうがなかったそうです」

参加者の席から小さな笑い声が漏れるなか、スクリーンから赤ん坊の姿を消し、代わって、勇輝の幼稚園時代、小学校時代の写真を、次々に映し始めた。

「その後はご覧のとおり、順調に体が大きくなっていきまして、幸い健康に育ってくれました。それが親としては一番ありがたいことでした」

次に、中学、高校時代の写真に切り替えた。わたしがシャッターを押したものが多いが、彼の友人や学校の事務局から借りたものも混じっている。

「勇輝は十代の半ばごろから、どんどん筋肉質の引き締まった体つきになっていきました。中学、高校とも体操部に所属しておりまして、大会があるたびに代表選手として活躍していました。運動神経がよいことから、わたしは密かにこの子にも消防官になってほしいと願うようになりました」

勇輝と一緒に写っている少年たちは、いまどんな大人になっているだろう――そんな想像も頭をよぎっていく。

「ちなみにわたしは、中学でも高校でも野球部に入っておりましたが、万年補欠のキャッチャーに過ぎませんでした。たまに代打で試合に出してもらっても、凡打の連続というありさまで、スポーツという分野ではまったくパッとしませんでした。鳶《とんび》が鷹《たか》を産むとは、まさにこのことでしょうか」

次のスライド写真を映した。今度の被写体は、一転して人間ではなく物だった。一個の指輪だ。石のない、シンプルなデザインのプラチナリングで、特徴はと言えば、ねじれが一回入っている点ぐらいだ。

「実は、息子には意中の女性がいました。何ヵ月か交際をし、夢中になっていました。死亡する間際は、近々彼女に結婚を申し込むつもりでいたようです。この指輪は、勇輝が彼女にプレゼントするために、百貨店で購入したものです」

会場の空気がふわっと和んだのが、はっきりと分かった。いわゆる「いい話」には誰もが弱い。

「ちなみに、勇輝の母親、つまりわたしの妻は、五年前に病気で他界しておりますが、わたしが彼女に結婚を申し込むために指輪を買ったのも、二十五歳前後のことでした。ついでですので、さらに正直に申し上げますと、恥ずかしながら現在のわたしにも、若いカノジョがおりまして、まあ、よろしくやっているわけでございます」

　ここで客席が大いに沸くものとばかり期待していたが、参加者の間から上がった笑いと拍手は、思ったより小さかった。

　やや気勢を削がれたわたしは、いったんまっすぐ前を向き、一つゆっくりと息を吐きだしてから、ふたたびマイクに口を近づけた。

「話を戻しましょう。わたしは勇輝に何度か訊《たず》ねました。おまえの恋人はどんな女性なのか、名前は何というのか、仕事は何をしているのか……。ですが、息子は照れるばかりで、何も教えてくれませんでした。わたしは、とにかく早くその女性を家に連れてこい、と言ったのですが、仕事で忙しくしているうちに、それもかなわないままになってしまいました。ともあれ息子は、恋愛という幸せな経験をしている最中に死ななければならなかったわけです。人生とは何と皮肉なものかと思わずにいられません」

　わたしは上着のポケットからハンカチを取り出した。涙が出そうになったわけではなく、何となく自然に体が動き、気づいたらそうしていたに過ぎない。

「しかし実は、いまだから申し上げますが、彼は以前にも一度死にかけたことがあったのです」

　会場にざわめきが走った。

「もっと正直に申しましょう。息子は自殺を図ったことがあるのです。それは、受験に失敗したときです。――ここにお集まりの皆さまのほとんどは消防官をしていらっしゃるわけですが、その職業を選ぶ前に、他にやってみたい仕事をお持ちだった方もおられるでしょう。ちなみにわたしは、ある一時期、医者になることを目指したものです。結局、その夢は果たせずに終わりましたが、消防官も医者も、人命を救助するという点では同じ仕事をしているわけですから、いまの自分には大いに満足しております」

次に投影した写真は、自宅二階にある勇輝の自室だった。六畳ほどの狭い洋室で、本棚には書籍にまじって飛行機のプラモデルがいくつも飾ってある。天井や壁に貼ってあるポスターも、大型のジェット機を被写体にしたものばかりだ。

「息子の場合は、旅客機のパイロットになるのが幼いころからの夢でした。そこで、四年制の大学に通って必要な単位を取ったあと航空大学校を受験したのですが、見事に滑ってしまいました。不合格と分かった直後、夢が崩れてしまったショックに耐えられず、息子は発作的に、この部屋で首を吊《つ》ろうとしたのです。幸いにも、わたしがすぐに異変に気づいて救助しましたので、勇輝は気を失っただけで済みました。彼がパイロットから消防官へと将来の志望を変更した一番大きな理由は、わたしに命を助けられたという体験にあったようです」

会場内のざわめきがさらに大きくなる。それがある程度鎮まるのを待ってから、わたしは続けた。

「いまの話でお分かりのとおり、希望を失ったときに、必要以上に将来を悲観してしまう。後先が見えなくなり、我を忘れて自暴自棄になってしまう。そのように精神的に脆《もろ》い部分を、勇輝は抱えていました。ですから彼が消防官になったとき、それが悪い方向に出なければいいなと、わたしは懸念していたのです。そんな矢先の他界でした」

別にこれといった意味もなく、わたしはハンカチを畳み直した。

「それにしても転落死とは……。その死に方は、わたしにとって本当に意外でした。先ほども言いましたが、息子は身体能力が高い方で、消防士としてはけっして筋が悪くなかったからです。親の贔屓目《ひいきめ》を差し引いても、間違いなく優秀な部類でした」

わたしは次の写真を映した。勇輝が消防官になってから授与された何枚かの賞状や記念品を写したものだ。

「彼の消防官としての優秀さは、これらの品々が示すとおりです。それに比べて親父のわたしなぞ、二十四歳の時点では、何一つ手柄など立てた記憶はありません。――とはいえ」

写真を切り替えた。これも賞状や記念品を写したものだった。ただしそれらの数は、先ほどの写真より何倍も多い。

「これらは現在のわたしが持っているものです。さすがに奉職期間が四十年にもなりますと、いくら鈍くさい消防官でも、このぐらいの仕事は成し遂げられる。つまり、年の功というものは、若造には簡単に負けはしないということです」

ふたたび静かな笑い声が会場から起きた。

「ところで、消防士には、いつなんどき出場の指令が下るかわかりません。トイレに入っているとき火事が起きれば、すぐに飛び出さなければならないのです。小はともかく、問題は大です。個室に入ったら、まず使用する分のトイレットペーパーをガラガラと手に巻きつけ、即座にドアから飛び出す態勢を取っておかなければなりません」

この話には、何人かの出席者がしきりに頷《うなず》いてくれた。

「あるとき、勇輝が自宅のトイレに入ってすぐ、ガラガラ音が聞こえてきたことがありました。いよいよ本物の消防官になってきたな、とわたしが初めて思ったのは、その音を耳にしたときでした。――話が長くなってきましたが、そんな息子の最期を、みなさんにもっとよく知っていただくために、敢《あ》えてあと少しだけ続けさせていただきます」

わたしは賞状の写真を消した。代わってスクリーンに映し出したのは、煉瓦《れんが》色をした五階建てのビルだった。

3

「これは『ディアコート富士町《ふじまち》』という単身者用のマンションです。つまり、勇輝が死亡した現場ということになります。見てお分かりのとおり、一つのフロアに七室が並んでいます。九月六日の夕方に発生した火災について、ご存じない方のために、ごく簡単に概要を申し上げますと――」

出火の原因は煙草《たばこ》の火の不始末だった。出火元は四〇四号室――四階中央の部屋。それより上の階は、あっという間に煙で包まれた。

通報を受け、漆間出張所からポンプ車二台が駆けつけた。先に避難したマンション住民から聞き取りするなどし、状況把握に努めた結果、五階に逃げ遅れた住人が数人いることが判明した。

そのような内容を早口で説明したあと、一拍置いてから、

「ちなみにわたしは、この日は非番でして、午前中からずっとカノジョの部屋にシケ込んでおりました」

いまの台詞《せりふ》をわたしは、顔に一欠片《かけら》の笑みも浮かべることなく口にした。そのせい

か、客席は無反応だった。単なる冗談なのか、それとも何か他意があっての言葉なのか、誰一人として判断できずにいるようだった。

わたしは小さな咳払《せき》いを二、三度繰り返してから続けた。

「勇輝は、五〇五号室の住人を助けるよう命令を受け、空気ボンベを背負い、面体を着装して、黒煙を噴き上げる建物の中に入っていきました。五〇五号室の住人は若い女性でした。結果から先に申し上げますと、息子が救助活動中に死亡したせいで、この要救助者も助かりませんでした。住人の女性は煙に巻かれ、一酸化炭素中毒で死亡しています」

黙禱《もくとう》のつもりで、わたしは何秒間か目を閉じた。

「この点についてわたしは、勇輝の父親として、そして一人の消防官として、非常に申し訳なく思っています。串井《くしい》京子《きょうこ》さん――それが死亡した女性の名前です。年齢は二十七歳で、市の福祉センターに勤務していました。実は、彼女は去年の三月まで和佐見市消防本部で臨時職員をしていましたので、本日ご出席のみなさんの中にも、面識のある方がおられることでしょう。――さて、これからお見せするのは、彼女の部屋、五〇五号室の内部を鎮火後に写したものです。串井さんのご遺族から映写の許可を取ってあることを、念のため申し添えておきましょう」

キッチン、トイレ、通路、リビングと、廊下に近い方から順番に写真をスクリーンに投影していった。

キッチンは、通路を挟んで反対側にあるトイレと並んで、煙の充満した廊下から最も近い位置にある場所だった。窓から入り込んだ煤《すす》のため、流しの横に重ねて置かれた皿と茶碗はかなり汚れている。便座の上がった洋式トイレの壁も、本来の色がわからないくらい黒ずんでしまっていた。

これに対して、通路の奥の方と、その先にあるリビングは、ここにも濃い煙が流れ込んできたはずなのだが、意外なほどきれいなままだった。

「焼けたわけではなく、煙が充満しただけの現場です。また残火処理の際に用いたのは主に噴霧注水で、水損を極力抑えることに留意したので、思いのほか乱れてはおりません」

そのように説明を加えてから、わたしはまたパソコンを操作した。今度スクリーンに映し出されたのは、部屋の内部ではなく外側――廊下だった。開放型ではなく中廊下型の作りだ。

右側には五階居室のドアが、左側にはガラス窓が並んでいる。ガラス窓は、どれも無惨に割られていた。これはもちろん、煙を逃がすために消防隊が取った措置だった。

わたしは演台の上に用意されていたレーザーポインターを手にし、スイッチを入れた。赤い光の先端を、割られた窓の一つに当てる。それは、五〇五号室の真向かいにある窓だった。

「これが勇輝の転落した窓になります。『排煙のために鳶口《とびぐち》を使って窓ガラスを割った際、勢いが余り体勢を崩し、かつ重い空気ボンベを背負っていたとの事情も加わり慣性に負け、二十メートル下の地面に転落したものと思料される』――警察が作った調書にはそのように書いてあるはずです」

わたしは、手にしていたハンカチを、形ばかり口元に押し当てた。

「ちなみにわたしも消防官の端くれですから、過去に幾度となく火災の現場に出場し、鳶口を振るってきました。みなさんも十分にご承知のとおり、鳶口というものは、力まかせに大きく振り回しても、あまり役には立ちません。そうではなく、肘と手首を支点にして腕を柔軟に使い、先端の金属部分の重さを最大限に利用するのが、この道具を上手《うま》く使うコツです。野球部で何度もバットの素振りを経験したわたしにとっては、一番得意なツールでした。そんなわけで、鳶口については、上手い使い方を何度か息子に教え込んできたつもりだったのです。だというのに、彼はなぜこのような形で死んでしまったのでしょうか」

わたしはきつくハンカチを握りしめた。意図したわけではなく、自然と腕に力がこもったせいだった。

「しつこく繰り返しますが、息子の身体能力は高かったのです。体操部で大会の代表選手に選ばれていたぐらいですから、バランス感覚にも秀でていました。もちろん火災現場では予想外の危険が発生するものですが、体勢を崩しての転落死というのは、どうも納得できません。そこでわたしは、もっと詳しく現場の様子を知りたくなり、鎮火の翌日に行われた調査に同行させてもらいました。そこに何か、勇輝の転落を理由づける手掛かりが遺されているはずだと思ったからです」

開会前の緊張など、とうにどこかに吹き飛んでしまっていた。そのことに気がつくと、わたしの口はますます滑らかに動くようになった。

「そして五〇五号室に入ったとき、そこであるものを見つけました。室内にあったものですから、亡くなった串井さんの所有物です。それを誰に断るでもなく、こっそりとポケットに入れ、持ち帰りました。言ってみれば、泥棒のような真似をしてしまったわけです。しかし、この行為にはちゃんとした理由がありました。――とりあえず、その持ち帰ったものを見ていただきましょう。これです」

わたしは写真を切り替えた。今度スクリーンに映し出されたものは――またしても指輪だった。しかも、石のないシンプルなプラチナリングで、一回分のねじりが入っているのが特徴だ。早い話が、先ほど一度映写したものとまったく同じデザインの指輪だった。

「つまり、息子が救助活動中に落としたものではないか、と思ったのです。だから拾って持ち帰ったわけですね。——ところが、主《あるじ》を失った彼の部屋を調べてみたら、机の抽斗《ひきだし》の中から同じ指輪が出てきたのです。つまり、同じ指輪が二つあったわけです。これはどういうことか。勇輝と串井京子さん。二人がそれぞれに買った指輪が、たまたま同じものだった、ということでしょうか」

こめかみを汗をつたうのを感じた。喋《しゃべ》りに熱が入り過ぎたらしい。

「いいえ、それではあまりにも偶然が過ぎます。そこで、もしやと思い、わたしは息子のクレジットカードから購入履歴を調べてみました。すると、彼が指輪を二つ買っていたことが判明したのです。どうやら、息子がその一つを自分で持ち、もう一つを串井さんにプレゼントした、というのが真相のようでした。ということは——」

わたしはハンカチでこめかみの汗を拭った。

「もうお察しのことと思います。勇輝は『結婚したい相手がいる』と言っていましたが、それは五〇五号室の住人、串井京子さんだったわけです。つまり彼は、あの火災のとき、偶然にも、自分の恋人を救助することになったのでした。これを知ったとき、わたしは本当に心底驚きました」

——本当に心底驚いた。

そう内心で繰り返してから、ふたたび顔を上げたとき、いきなり視界が焦点を失った。ふいにあふれ出た涙のせいだった。わたしは慌てて、今度こそ演技抜きにハンカチを目に押し当てた。

「失礼しました。――ところで、いま何枚か現場を写した写真をご覧になっていただいたわけですが、それらに関して、何かお気づきになった点はないでしょうか」

そう会場に向かって問い掛けながら、もう一度スクリーンに呼び出したのは、五〇五号室のトイレを写した一枚だった。

「これを見てください。先に申し上げたようにこのマンションは単身者用で、そして住人は女性です。ところが」

わたしはレーザーポインターの光を便座に当てた。上がった状態の便座に。

参会者の中には察しのいい者が何人かいたようで、ここで「あっ……」と、戸惑いを含んだ気づきの声が方々で上がった。

「そうです。女性の一人暮らしであるにもかかわらず、トイレの便座は上がったままになっていた。これが何を意味するかお分かりでしょう」

また会場がざわめきだすと思ったが、その反対で、客席からは衣擦れの音一つ聞こえてこなかった。

「念のためにお断りしますが、わたしには、けっして死者を冒瀆《ぼうとく》する意図はありません。ただし、息子の死の真相を知ってもらうためには、ありのままの事実をお伝えする必要があります。ですから敢えて言います。つまり串井京子さんの部屋には、勇輝が救助に入る前に、別の男性がいたらしい、ということです」

しんと静まり返った空間に向かって口を動かしているせいで、どこか独り言を喋っているような錯覚を感じた。

「これらの情報を踏まえたうえで、もう一度、九月六日の夕方に何が起きたのかを想像してみましょう。――消防士は火災の現場で屋内に入ると、まず人命検索を行ないます。つまり、部屋という部屋をくまなく調べるわけです。その過程で、勇輝は上がっている便座を見てしまったのです。はじめに言いましたように、彼には精神的に脆い一面があり、将来の夢が潰《つい》えたと知ったとき、自殺を図ったことまでありました。そうした事情を考え合わせると、彼の転落死は、新たに別な様相を帯びてくるように思えるのです」

いま勇輝はどんな場所にいるのだろうか。ふと、そんな疑問が頭をよぎった。

消防官を拝命して約四十年。この間、人が落命する場面に幾度も立ち会ってきた。死んだら、その人間の意識も消える。そう信じて疑わなかった。だが、いざ血を分けた息子に死なれてみると、これまでの考えが急にぐらつきだし、「あの世」とやらが本当にあるのではないかと思い始めるようになったのだから、まったく現金なものだ。

「そうです。恋人が浮気をしていたことを知り、結婚の夢が破綻したことを悟った彼は、発作的に窓枠に足をかけ、自分の体を――」

死後の世界。そのどこかで、ずっと息子の魂は生きている。だからわたしは、きっといつか彼に再会できる。そう念じることで暗い顔にならないよう努めてから、締めくくりの言葉を一気に吐き出した。

「――自ら宙に投げ出したのです」

4

最後の客が会場を出ていったとき、時刻は午後四時を過ぎていた。

わたしが話を終えて主催者の席に引っ込んだあと、参会者には一分間の黙禱をしてもらった。続いて、何人かの代表者が勇輝を偲ぶスピーチをするなど、会は式次第にそって滞りなく進んだ。

しかし、こちらの話した内容が内容だっただけに、終始、このお別れの会は妙に気まずい空気に包まれたままとなってしまった。

会場内がずっと無音だったことも、雰囲気の異様さに拍車をかける結果となったようだ。何か音楽でも流しておこうかとは思ったのだが、勇輝の好きな曲がどんな種類のものかよく分からず、結局断念してしまっていた。

ただ、線香と蠟燭《ろうそく》の数を極力少なめにしておいたことだけは、我ながらよい配慮だったと思う。この会場は、わたしたちが引き払ったあと、続いて結婚披露宴の場となるらしい。そこに抹香臭い匂いを残しておいては、これから人生の門出を祝おうとする人たちに気の毒というものだ。

すべての客を送り出し、ホテルのスタッフに礼を告げてから、わたしも「光輪の間」を後にした。

「疲れただろ」

ふいに背後で声がした。最初、それがわたしに掛けられたものだとは思わず、かまわず歩き続けた。また同じ言葉を掛けられて初めて、声の主《ぬし》が今垣だと気づき、後ろを振り返った。

今垣は、出入口の壁に背中を凭《もた》せかけるようにして立っていた。

「いや、平気だよ。まだそんなにくたびれちゃいない。突っ立ったまま何分か口を動かしただけだからな」

そう答えてやると、今垣は「たしかに」と呟きながら、わたしの方へ歩み寄ってきた。

「で、吉国、おまえはこれからどうするんだ」

「どうって、家に戻るだけさ」

「じゃあ一緒に帰ろう」

こちらの肩をぽんと一つ叩いたあと、今垣はわたしを追い越す形で歩き出し、建物の外に出た。そのままずんずん前に進み続け、タクシー乗り場すらも通り過ぎていく。

「ちょっと待った。帰るって、歩いてか？」

声に苛立《いらだ》ちが混じるのを、わたしは抑えられなかった。このホテルから自宅まで、直線にして四キロほどある。今垣の家までの距離も似たようなものだ。職業柄体は鍛えているとはいえ定年間近の身だ、徒歩では、ちょっとばかりしんどいと感じる道のりだった。

「遠すぎる。こっちは疲れてるんだ」

「おや？　いまさっき言わなかったか。『くたびれちゃいない』って」

あまりにも簡単に言質《げんち》を取られ、頰がかっと熱を帯びた。同時に、実のところ自分は、本当にかなり疲れているのではないか、と疑わざるをえなかった。

「たまにはいいだろう。さ、一緒に歩こう」

ようやく市街地を抜け、田圃《たんぼ》の広がる地域に入った。

考えてみれば、今垣とこの農道を一緒に歩いたのは、実に半世紀ぶりのことだ。当時と大きく違っているのは、いまではすっかり舗装されているという点だった。

道の両脇には、いまでも相変わらずチカラシバが多く生えていた。葉の間から緩く湾曲した長い茎が上に伸びていて、先端には長さが二十センチほどもある紫黒色《しこく》をした剛毛の穂がついている。そんな形状をしているから、この植物は、まるでパイプの内部を洗うためのブラシのように見えるのだった。

「昔、よくやったよな。こんなこと」

今垣がチカラシバを束にして掴むと、そこで羽を休めていたオレンジ色の蜻蛉《とんぼ》が何匹か一斉に飛び立った。

今垣は穂毛に唾をつけ、それを鼻と口の間に貼りつけてみせた。それは、わたしにとっては嫌いな遊びだった。穂毛に鼻孔を近づけると、決まってくしゃみが止まらなくなったからだ。

「それから、これもだ。覚えてるだろ」

こちらの不機嫌な様子など一顧だにせず、今垣はわたしの背後で、「ふんっ」と力のこもった声を発した。穂毛を空中に投げたようだった。今度は天気占いをやり始めたらしい。

チカラシバの先端を下から上に向かって手でしごくと、握った手の中にたくさんの穂毛が集まる。それをまとめて空中に放り投げるのだ。飛んだチカラシバの剛毛がバラバラと方々に散れば翌日は晴れで、反対に、いくつかの塊になって地面に落ちれば雨、という占いだった。そう言えば、チカラシバをテンキグサと呼ぶ地域もあるらしい。

この天気占いは意外に当たるようだ。チカラシバの穂毛は湿気の度合いを如実に反映するからだ。なるほど、穂が湿っていれば、それらは四散せず、まとまって落下するのが道理だ。

とはいえ、わたしは後ろを振り返らなかったし、今垣も黙ったままでいるから、占いの行方《ゆくえ》がどうなったかは分からなかった。

「おまえもやってみろよ」

天気予報の結果を告げる代わりに、今垣は、斜め後ろからチカラシバの先端をにゅっと差し出してきた。それをわたしは無言で、そして少々乱暴な手つきで払いのけた。もうそろそろ一人にしてほしい。こちらにはこれからやらなければならないことがあるのだ。

そこからしばらく互いに無言で歩き続けると、真っ直ぐだった農道の行く手に、ようやく十字路が見えてきた。わたしの家はここから北、今垣の家は南の方角だ。これで邪魔な友人と別れられる。

十字路に差し掛かると、今垣は、手にしていたチカラシバをそっと道端に捨てた。

「吉国、さっきのお別れ会だがな」

いままでのはしゃいだ調子から一転し、静かな声だった。そのときわたしは、「じゃあな」と言いかけていたのだが、相手に先を越され、すでに半分開いていた口をまた閉じるしかなかった。

「まさかあれは、おまえのじゃないだろうな」

「……どういう意味だ、それは」

「さっきの集まりは、『勇輝さんとの』ではなく、『智嗣さんとのお別れの会』だったんじゃないのか、という意味さ」

わたしは今垣の目をじっと見据え、次の言葉を待った。

「よく思い出してみるとな、勇輝くんに関する写真をいろいろ見せてもらい、彼についての話をずっと聞かせてもらったが、おまえが自分に言及した箇所もやけに多いんだよ」

すぐ耳元で蜻蛉の羽音がした。

「『ちなみにわたしは』といった言葉を、おまえは話の最中に何度も繰り返していたよな。だから、もしやと思ったんだ。あれは勇輝くんのお別れ会であると同時に、おまえのそれでもあったんじゃないか、って。みんなの前から去るにあたって、おまえも自分のことを彼らに覚えておいてほしかったんじゃないのか、ってな。そんなふうに、ちょっと心配になったわけさ。友人としてね」

「どうも回りくどいな。つまり今垣、おまえは何が言いたい？」

「吉国智嗣はこれから死のうとしている、ということだよ」

「どうしてだ」わたしは無理に鼻で笑ってみせた。「なぜおれがこの世から消えなきゃならない」

いま耳元で羽音をさせていたやつだろうか、一匹の蜻蛉がわたしの鼻に触れそうな距離でホバリングを始めた。顔の前で軽く手を振ってやると、その蜻蛉はくるりと向きを変え、今垣の方へと飛んでいった。

「さあな。はっきりとは分からんよ」今垣は、肩に止まった蜻蛉を追い払おうとはしなかった。「ただ、もしかしたら、と思っていることはある」

わたしの手が勝手に動き、ほとんど無意識のうちに、道端からチカラシバの茎を一本引き抜いていた。

「勇輝くんが救助に行く直前まで、串井京子さんの部屋には男がいたそうだな。その男というのは……」

——おまえだったんじゃないのか。

その一言を、今垣がはっきりと口にすることはなかった。代わりに、ちらりと一瞬だけわたしに視線を送ってきただけだ。

「『カノジョの部屋にシケ込んでおりました』――さっきの話の中で、おまえはそう言ったよな。にこりと笑いもせずに。あんなふうに真剣な顔だったのは、あれが冗談ではなく本当のことだったからじゃないのか」

今垣の肩に止まっていた蜻蛉が飛び立ち、夕焼けの空に溶け込んでいった。

「息子を殺したのは自分だ――その思いから逃れることができず、だから苦しさのあまり、おまえはこの世に別れを告げようとしている。違うか？」

気がつくと、わたしは地面を向いてしまっていた。否定しようとはしたが、「まさか」も「馬鹿言うなよ」も出てこなかった。そもそも、口を開くだけの気力を失っていた。

「いや、悪かった。いきなり馬鹿なことを言っちまって」今垣は、軽く肩を揺するようにして笑った。「違うよな、もちろん。――いやなに、うちは女房と娘で男の好みが一緒みたいだから、もしかして親父と息子ってやつもそれと同じで、女性の好みが似るんじゃないのか、なんてぼんやり思ったわけだ。そうしたら、いま言ったような妄想が頭に生まれてきたんだよ。それだけさ。もう忘れてくれ」

そんなふうにフォローされても、もはや黙ったままその場で固まっていることしかできなかった。こんなわたしの様子から、当然、今垣は悟ったに違いない。自分の

「妄想」は真実を射抜いているのだと。

だが、彼は何事もなかったかのように、

「また会おうな」

こちらに背を向け、肩越しに手を挙げながら、南に向かって歩き去っていった。

無邪気だった幼時の記憶に浸れば、自ら命を絶とうとする気も失せるのではないか
——そう考えて、今垣はわざわざ、わたしをこの場所に誘ったのかもしれない。そういえば、彼がいまの妻と出会ったきっかけも、自殺企図とその防止という出来事だったことを、改めて思い返す。

幼馴染の背中がだいぶ小さくなっても、わたしはまだその場にとどまっていた。

日は落ちかけていた。

やがて、ふと思い立ち、道端のチカラシバに手を伸ばした。

穂毛を握って軽くしごいてみる。

もし晴れと出たら、思い直すか……。

そう考えて、わたしは手の中に集まった穂毛を、そっと空中に放り投げてみた。

枇杷の種

友井　羊

Message From Author

本作は〝どんでん返し〟がテーマのアンソロジーの一編として執筆しました。ミステリーなら大抵どんでん返しでは？　と疑問を抱きながら引き受けたものの、この縛りが案外曲者でした。ただ驚かせるだけでは納得できなくなるのです。そのため結末でひっくり返すからこそ描ける内容を意識するようになり、結果的に楽しみながら仕事に取り組めました。ところで筆者は食べ物の出てくる作品を多く発表しているのですが、今回出てくる枇杷は全く美味しそうじゃないのでどうかあらかじめご了承ください。

友井羊（ともい・ひつじ）
1981年群馬県生まれ。國學院大學卒業。2011年『僕はお父さんを訴えます』で第10回「このミステリーがすごい!」大賞優秀賞を受賞し、2012年デビュー。2014年『ボランティアバスで行こう!』が「SRの会」が選ぶ2013年ベストミステリーの国内第1位となる。近著に『沖縄オバァの小さな偽証さえこ照ラス』、『スープ屋しずくの謎解き朝ごはん　まだ見ぬ場所のブイヤベース』。

夜の河が好きだ。真っ暗な流れは底が見えず、奈落に続いているように感じられる。

蔦林《つたばやし》は休日に思い立ち、駅前の繁華街にある軽く飲めば千円で済む居酒屋に入った。久しぶりの贅沢《ぜいたく》だ。可能な限り居座ってから、帰路に遠回りをして河川敷を選んだ。

火照《ほて》った顔を三月下旬の風が冷やす。通行人はいない。蔦林は右手に流れる河を見つめ、ふらつくのを自覚しながら歩いた。河向こうの街明かりと、月の光だけが蔦林の周囲を照らしていた。

鉄道橋が近づいた付近で足を止める。河川敷の斜面に黒い染みのような影があった。野球練習用のグラウンドが近く、斜面の草は刈り込まれている。気になって近づいた蔦林は、すぐにそれが人間だと気づいた。

蔦林はその場に立ち竦《すく》み、スマートフォンを取り出した。画面を操作し、懐中電灯のアプリを立ち上げる。酔っ払いであってほしいと祈りながら光源を向けると、仰向けに倒れた人間の姿が明瞭に浮かび上がった。

学生服を着ていて、顔立ちは若いように見えた。見開いた瞳に光を当てても一切反応がない。蔦林の手から帆布《はんぷ》製のトートバッグが滑り落ちる。中身が散乱し、暗いなかで慌てて拾い集める。乱雑にバッグにしまいながら視線は遺体から離せない。口に何かが詰め込まれている。黄色に近いオレンジ色の物体は丸みを帯びていて、表面がつるんとしていた。気になったが、近づくのが怖かった。スマホの懐中電灯を切ると、遺体は闇に紛れた。

通報すべきだが、警察と接触したくなかった。第一発見者として身元を調べられれば、蔦林の素性《すじょう》は簡単に判明する。だが黒色の学生服は闇夜に紛れ、人通りも少ないことから明け方まで発見されない可能性もある。

蔦林は深呼吸をしてから、ディスプレイに電話機能を表示させた。１１０と入力し、発信ボタンを押す。耳にスマホを当てると相手はすぐに電話に出た。状況を説明し、一呼吸挟んだ後に氏名を相手に告げる。鉄道橋を電車が通過する音が響いた。どこからか熟した果実の甘い匂いが漂っている気がした。

明け方に警察から解放され、自宅アパートに戻ったのは午前四時過ぎだった。冷えた空気の中で小鳥が囀《さえず》っている。出勤のため家を出る時間まで四時間を切っていた。ワンルームの室内には洗濯前の衣類が積まれ、コンビニのビニール袋が散乱していた。

財布だけ取り出し、トートバッグを棚の上に置く。カジュアルなデザインで、仕事以外ではほぼ外出しないため使用頻度は低かった。

ストーブのスイッチを入れると、すぐにファンが熱風を吐き出した。敷きっぱなしの布団に腰を下ろして暖気を受ける。手足の指先が温まり、蔦林は深く息を吐いた。

警察では第一発見者扱いで、過去の事件について触れられなかった。だが捜査が始まれば、すぐに蔦林の素性は判明するだろう。

目を閉じると抗い難い眠気に襲われた。

「助けてくれ」

すぐに夢だとわかる。数百回と繰り返し見てきた。

「助けてくれ」

表情は絶望に満ち、蔦林は罪悪感に襲われる。自分は一人の人間の一生を終わらせた。同時に多数の人の生活も破壊した。後悔と恐怖は、日々を重ねても風化しなかった。

アラームの音で目が覚める。無意識のうちに布団に横たわっていた。部屋は適度に暖まり、石油ストーブの給油ランプが点滅している。時計を見ると、家を出る時刻が迫っていた。全身に不快な汗をかいている。蔦林はシャワーを浴びるため、重い頭を持ち上げるようにして立ち上がった。

アルバイト先である工場ではダイレクトメールなどの封入作業を行っている。製造ラインに書類や冊子を手作業で補充すると、機械が自動で封筒に収め、糊《のり》付けまでしてくれる。今日の蔦林はラインの端に立ち、ダイレクトメールを結束する作業場を担当することになった。

完成したダイレクトメールを決められた部数でまとめ、結束機に設置する。手が巻き込まれないよう注意しながらペダルを踏むと、結束機がビニール紐《ひも》でダイレクトメールを束ねる。続いて向きを変え、同じ作業を繰り返して十字に縛る。溜まったら荷台に移す。この作業を延々と続けるのが蔦林の本日の仕事だ。

工場内には機械の作動音が響き、ときおりブザーが鳴り響く。無言で作業を続けていると、背後から声をかけられた。

「また事件が発生したみたいだね」

作業着姿の女性で、名前は小田切寛子《おだぎりひろこ》と云った。工場の契約社員で年齢は二十代前半くらいに見えた。三十路《みそじ》を過ぎた蔦林より年下だと思われたが、社員とアルバイトという関係もあるのか敬語を使わずに話しかけてくる。

「そのようですね」

蔦林は返事をしながらも手を止めない。

「新たに発見された高校生も市内の子みたいだし、早く解決してほしいな」

「そうですね」

小田切が云う事件とは、数ヵ月前から全国を騒がす連続殺人事件だ。被害者全員が蔦林の暮らす市の在住者で、今朝発見された高校生は四人目の犠牲者の疑いがあると報道されていた。被害者たちの死因は絞殺や毒殺、刺殺などそれぞれ異なることもあり、捜査は難航しているという。

「遺体の口に何かが押し込まれているとかいう噂《うわさ》って本当なのかな」

「どんな噂ですか？」

他人との交流を断ち、インターネットもあまり見ないようにしている蔦林には初耳だ。小田切がダイレクトメールの束を数え、ハンディタイプの端末を操作する。

「遺体には共通して口に何かが詰められているそうなの」

端末から紙が排出される。小田切が千切《ちぎ》り取り、ビニール紐に挟み込んだ。

「重要な捜査情報として箝口令《かんこうれい》が敷かれているのでしょうね」

真犯人しか知り得ない情報を隠すことは捜査の基本だ。昨夜の遺体も半開きの口に何かがねじ込まれていた。しかし恐怖で直視を避けていたことと、暗闇に紛れていたせいで何だったかまでは思い出せない。

学校と同様のチャイムが鳴り響き、午前の業務の終了を告げると、すぐに機械が静かになった。会釈《えしやく》をして立ち去ろうとすると、小田切に呼び止められた。

「そうだ、蔦林さんに伝言があるんだ。事業部長から呼び出されているから、昼休み後に本部ビルに顔を出してね」

「え……」

小田切が軽い調子で言い、蔦林の前から立ち去った。

もう来たかという気持ちと、意外さを同時に抱く。勤務先での呼び出しは何度か経験したが、大抵はアルバイトの管理担当者からだった。思いがけない状況だが、心配しても結果はおそらく同じだ。今回も職場を辞めることになるだろう。

機械が並ぶ工場を見回す。事故防止を啓発するプレートが年月を経て色褪《あ》せている。三ヵ月働いただけで名残惜しさを感じるのが不思議だった。

工場のある棟に隣接して高いビルが建てられていた。本来なら末端の作業員である蔦林には縁がない。受付で用件を告げると来場者用のIDカードを渡され、指示に従ってゲートをくぐる。指示された階で降り、案内図に従って目的の役員室に向かった。

ドアをノックすると返事があり、開けると机や棚など高価そうな調度品が設置されていた。座っていた男性が、蔦林の顔を見た瞬間眉を大きく上げた。

「君が蔦林くんか」

「……はい」

男は四十代半ばくらいで、整った顔立ちをしていた。背筋が伸び、スーツには皺《しわ》がない。自己紹介によると名前は陣野敏郎《じんのとしろう》で、肩書きは事業部長だ。明瞭な喋《しゃべ》り方から自信が溢《あふ》れている。

陣野は座るよう促し、先にソファに腰かけた。蔦林も続いて浅く座ると、柔らかな感触が尻に伝わった。

「急に呼び出してすまない。蔦林くんに聞きたいことがあったんだ。君は現在ニュースになっている遺体を発見したそうだね」

蔦林の自宅にテレビはないが、遺体が高校生なら報道は過熱しているはずだ。陣野は痛ましそうに目を細める。

「実は亡くなった佐藤賢太郎《さとうけんたろう》くんは息子の同級生なんだ。私も会ったことがある。とてもいい子で、亡くなったのは本当に残念だ」

二人の前に紙コップが置かれていた。中身はブラックコーヒーで、遺体発見時の真夜中の河の色に似ていた。陣野が脇に置いたタブレット端末に手を伸ばし、ディスプレイを操作してから蔦林に向ける。

「蔦林は珍しい苗字だね。それに顔写真も公開されている」

ディスプレイには殺人事件の容疑者として、蔦林玲斗《れいと》が逮捕されたと書かれてあった。終わった、と蔦林は思った。役員室に入ってきた蔦林を見て陣野が驚いたのは、顔写真を事前に見ていたせいだろう。陣野が指で画面に触れると、懲役刑の実刑判決が下されたという他の記事が表示された。陣野が紙コップを傾け、口を湿らせる。

「事件のことは印象に残っているよ。さすがに犯人の名前までは覚えていなかったが」

「それならどこで？」

蔦林は反射的に訊《たず》ねていた。これまで何度も素性を知られてきた。漏洩元《ろうえい》が明確な場合もあったが、判然としないことも少なくない。昨日の事件の第一発見者だと知られた理由もわからない。陣野は片眉を上げ、後ろめたさを滲《にじ》ませながら口を開いた。

「友人に警察関係者がいるんだ。息子の同級生の父親として知り合ったのだが、妙に馬が合ってね。彼は普段は口が固いが、私だけに特別に教えてくれた」

明らかに違法だが、糾弾しても取り合ってもらえないだろう。それが蔦林の置かれた立場だ。

「わかりました。今日限り辞めます」

呼び出しの時点で覚悟は出来ていた。立ち上がろうとすると、陣野が蔦林の肩に手を置いた。無理やり押し込まれ、蔦林はソファに腰を沈める。

「誤解しないでくれ。君に辞めてもらうことは考えていない」

意外な言葉に固まっていると、陣野は腕時計を確認した。

「申し訳ないが、会議の時間が迫っている。話の続きは退勤後にお願いしたいのだが時間はあるかな？」

蔦林が頷《うなず》くと、陣野が満足そうな笑みを浮かべて立ち上がった。

「では五時半に正門で待っていてくれ」

一緒に役員室を出る。陣野は蔦林を置いて廊下の先に消えていった。蔦林は状況を把握出来ないままエレベーターに乗り込み、ビルを移動して作業場に戻る。静かなビルから工場に入ると、機械の作動音を騒々しく感じた。小田切が興味深そうな視線を向けてくるが、気づかない振りをした。蔦林は班長にあらためて指示を請い、結束したダイレクトメールを詰め込むための段ボールを組み立てる作業を任された。


午後五時半に正門前で待っていると、黒色のクラウンが蔦林の前に停車した。運転席に陣野が座っている。助手席に乗り込むと芳香剤の匂いがした。

「突然で驚いただろうね。君の素性を知って、力になりたいと思ったんだ」

「……はあ」

陣野が緩やかに発車させる。歩き慣れた道を車道から見ると、別人のようなよそよそしさを感じた。

「私の父は地域の顔役として信頼が厚く、定年後には保護司も務めていた。大勢の人間を更生させてきたと晩酌する度に自慢していたよ。昨年亡くなってしまったが、それ以来父の功績について考えるようになってね」

陣野は真面目な口調で言った。蔦林は浅く呼吸をする。子供の頃から車酔いになりやすかった。ここ数年は自動車に乗る機会はなく、バスも久しく利用していなかった。

「君のことを聞かせてほしい。君のような立場の人間が、この社会でどう生きてきたのか教えてくれないか」

「大した話はありません」

蔦林は吐き気を堪《こら》えながら説明を始めた。事件後、父親は自殺した。母親とは縁が切れ、行方はわからない。親戚には婚約解消を余儀なくされた人もいる。かつての友人とも交流は途絶えた。生まれ育った町には十年以上足を踏み入れていない。

信号が黄色に替わり、陣野がブレーキを踏んだ。車が緩やかに止まる。脇からバイクが飛び出し、赤に替わる間際に交差点を突っ切っていった。

「友人や恋人は作らないのか？」

「過去に職場で親しくなりかけた人はいました。でも素性を打ち明けた直後に、僕の噂が周囲に広まりました」

　白い目で見られ、退職をする他なかった。それ以来誰かと親しくすることはやめた。信号が青に替わり、陣野がアクセルを踏む。

「辛い日々だ。だがそれが罪に伴う罰なのだろうな」

　裁判を経て犯罪者には刑罰が下される。しかし社会はそれ以外にも様々な制裁を加える。陣野は蔦林の状況を、罰の一部だと考えているようだ。その考えが世間では一般的なことを蔦林は実感し続けてきた。

　陣野はさらに詳しく聞きたいと言い、蔦林を自宅へと連れていった。住宅街にある一見真新しい二階建てで、リフォームしたばかりだと陣野が自慢気に語った。リビングには陣野の妻が待っていて、テーブルを色鮮やかなサラダが彩っていた。席につくと妻が熱々のハンバーグやわかめの味噌汁《みそしる》、炊き立てのご飯などを用意してくれた。

　陣野の妻が二階に呼びかけると少年が下りてきた。陣野が息子だと紹介すると、少年は陣野翔《かける》と名乗った。父親同様背筋が伸びていて、潑剌《はつらつ》とした雰囲気を発散していた。

　陣野は蔦林を会社の部下だと説明した。突然同僚や部下を自宅に連れてくることがあるらしく、妻は急な対応は慣れっこだと笑った。

料理はどれも美味《おい》しく、久しぶりにご飯の味を甘く感じた。最近は節約のため安売りの米しか購入していない。蔦林がいつも中古の炊飯器で炊くご飯は、ぼそぼそとして味気なかった。

食事を終えた後、陣野は蔦林を書斎へと案内した。誰かを家に呼んだ際に、書斎で酒を飲みながら語らい合うのが定番なのだという。書斎は十畳程あり、本棚にはビジネス書や自己啓発本が多く並んでいる。煙草《たばこ》を吸い続けた部屋特有の匂いがした。中央にローテーブルがあり、二人掛けのソファが向かい合っていた。

陣野は革張りのソファに座り、正面に蔦林が腰かける。陣野は氷の入った二つのグラスにウイスキーを注いだ。口をつけると病院を思わせる臭いが鼻に抜け、喉《のど》に焼けるような刺激を感じた。

陣野は蔦林が被害者家族に対して何をしているかと質問してきた。蔦林は稼いだ金の一部を送っていると話した。事件後に両親の貯金や実家の土地の売却益、遠方に住む祖父母の財産が賠償金に充《あ》てられた。しかし土地の評価額は大幅に下がり、賠償額には到底届かなかった。

「他には何を？」

「それは……」

蔦林が言葉に詰まると、陣野はグラスを回してから首を横に振った。

「それは感心しないな。私は罪の償いを生き方そのものだと考える。ただ金を送るだけでは真の贖罪《しょくざい》にはなり得ない。被害者遺族は現在も悲しみを抱えながら生き続けている。償い続けているという事実を、彼らに示し続ける義務があるのではないかな」

陣野の言葉に眩暈《めまい》がした。過去を省みると、自分の生活だけで精一杯になっていた。被害者遺族のことを思うだけで胸が張り裂けそうになる。金を送ることだけを考えていた自分が恥ずかしくなった。

ノックの音が響く。陣野が返事をするとドアが開き、翔が入ってきた。手にしたお盆に柿《かき》の種《たね》などのつまみが載っていた。

「失礼します」

翔は丁寧にお辞儀をした。つまみを置いた息子の背中を陣野が軽く叩いた。

「先程は食事中だから黙っていたが、蔦林くんは佐藤くんの遺体の第一発見者なんだ」

「そうなんですか」

翔の顔に動揺が浮かぶ。陣野は昼間、被害者が息子の同級生だと話していた。翔が空いたお盆のふちを握りしめる。

「佐藤は、どんな様子でしたか」

「ごめん。暗くてよく見えなかったし、怖くて近づくことも出来なかった」

「……そうですか」

事実を正直に伝える。そのやり取りの最中、陣野が息子の顔をじっと見つめていた。友達の最期の姿を見た人物と会わせることが、陣野が蔦林を連れてきた目的の一つだったのかもしれない。だとしても、その意図がわからなかった。

「佐藤は本当にいい奴《やつ》でした。死んだことが今でも信じられません。発見してくださって本当にありがとうございました」

翔が丁寧に礼をして、書斎のドアに向かう。その背中に陣野が声をかけた。

「先日の統一模試が学内一位だったようだな。褒美《ほうび》を用意するから楽しみにしておけ」

「ありがとう。嬉《うれ》しいよ」

翔が笑顔を浮かべ、書斎を出て行く。姿が消えた後、陣野は幸せそうに目を細めた。

「成果を出した時に、必ず贈り物をしているんだ。最近の子供は飴《あめ》をあげないとやる気を出さないからな」

テストで優秀な成績をあげたり、スピーチ・コンテストで全国大会に出場したりした際に、名前の刺繍《ししゅう》入りのハンカチや万年筆を贈っていると陣野は話した。

「贅沢はさせないようにしているが、スパルタ一辺倒を良しとした昔と較《くら》べて本当に恵まれている。親が子にかける愛情は際限がない分、さじ加減が難しいよ」

陣野の口元が綻《ほころ》ぶ。蔦林はウイスキーに口をつけた。時間の経過のせいか、強烈なアルコール臭が甘いバニラのような匂いに変わっていた。

その後、陣野がタクシーを呼んだ。家の前につけた車に乗り込むと、陣野がタクシー代として一万円札を渡してくれた。慣れないウイスキーを飲んだせいで頭痛がする。運転手の中年男性に住所を告げると、運転手はカーナビに入力してから車を発進させた。

陣野は償いとは生き方そのものだと語った。だが蔦林には贖罪の方法がわからない。

住宅街を抜け、幹線道路に入った。中古車販売店の巨大な看板が明滅し、蔦林はガラスに反射する自分の顔をじっと見つめた。


休日の朝、蔦林は薄手のダウンジャケットに袖《そで》を通し、財布をズボンの尻ポケットに入れて自宅アパートを出た。空には雲一つない。放射冷却のせいか冬のように凍える。河川敷で男性がジョギングをしていた。遺体発見から数日経過し、マスコミの姿はない。河の水は緩やかに流れ、グラウンドには誰もいなかった。

遺体発見現場である細い道の脇に、花や漫画本、菓子類が積んであった。その前に二人の男女が佇《たたず》み、猫背で供え物をじっと見つめている。近づくと蔦林に深々と頭を下げた。お辞儀を返すと、男の方が口を開いた。

「賢太郎のお知り合いでしょうか」

佐藤の遺族なのだろう。遺体発見現場に弔いに来た人を待ち受けていたのかもしれない。蔦林は正直に遺体の第一発見者だと申し出た。

「ありがとうございます。息子を発見してくださったのですね」

佐藤の両親は息を呑んでから、蔦林に再度頭を下げた。たまたま通りかかっただけであり、感謝を向けられる筋合いはない。だが息子の遺体を発見した相手に対して告げる言葉は、きっとお礼しかないのだろう。

花の前に座り、無言で両手を合わせた。祈りを捧《ささ》げる蔦林に、佐藤の父が口を開く。息子のことを誰でもいいから話したいのだと思われた。

「息子とは最近没交渉で、あの晩も何をしていたのか把握しておりませんでした。昔から気が弱く、悪い仲間の影響を受けていた時期もありました。しかし高校に入ってから立派な友達が出来たと安心していたのに……」

立派な友達とは陣野翔のことだろうか。警察関係者の息子も翔の友人にいるはずだ。

佐藤の父が話す最中、母は虚《うつ》ろな目で黙っていた。これ以上、被害者遺族の前にいることが出来そうにない。蔦林は会釈をして立ち去る。気温は上がらず、安物のジャケットでは冷気を遮《さえぎ》れない。蔦林は寒さに耐えながら自宅アパートに逃げた。

翌日は朝から仕事に集中出来なかった。気がつくと意識が宙に浮き、書類束の補充が遅れてしまう。その度にラインが止まり、ブザーが鳴る。注意にきた担当者に謝罪しながら作業を続け、何とか一日が終わった。

着替えてから外に出ると、普段より疲れを感じた。薄暗い空にコウモリらしき影が羽ばたいている。重い身体を引きずっていると、背後から自転車のベルが聞こえた。慌てて道を空けるとすぐ脇に自転車が停まった。

「今日は上《うわ》の空《そら》だったみたいだね」

自転車には小田切が乗っていて、心配そうに蔦林の顔を覗《のぞ》き込んでくる。くたびれたショートダッフルコートにジーパンという格好で、作業中は結んでいる髪を下ろしている。前カゴにカーキ色のバッグが入っていた。

「すみません、以後気をつけます」

頭を下げると小田切が自転車を降りて、蔦林の隣に立った。

「昨日、殺人事件の現場にいたよね」

「見ていたのですか？」

「たまたま近くを通りかかったんだ。何をしていたの？」

二人で並んで歩く。自転車が歩道をふさいでいるせいで、他の帰宅者の邪魔になっていた。煩《わずら》わしそうに追い抜く人がいたが、小田切は気にしていない様子だ。

「別に何も……」

曖昧《あいまい》に返事をするが、小田切がじっと蔦林を見つめる。視線の強さに蔦林は狼狽《ろうばい》する。小田切が蔦林に積極的に近づく理由が浮かばない。だが押しの強さに抵抗する気力もなく、蔦林はため息をついた。

「事件について調べているんです」

「どうして？」

「僕は河原で発見された高校生の遺体の第一発見者なんです」

「何で蔦林さんが調べるの？　警察の仕事じゃん」

小田切が首を傾《かし》げる。疑問は尤《もっと》もだ。二人は大通りから路地に入った。蔦林のアパートまでの近道で、小田切の帰路でないはずだが、気にせず歩を進めている。

「手がかりを発見することが、償いになるかと思って……」

「償い？」

小田切の視線に負け、蔦林はつい口を滑らせてしまった。路地の蛍光灯が二人を照らす。小田切は不思議そうにしていた。不用意な発言に後悔し、蔦林は口を噤《つぐ》んだ。

二人の間に沈黙が流れる。ふいに小田切が自転車を止め、バッグに手を伸ばす。ファスナーを開け、ビニール袋を取り出した。

「社員にだけ配られたんだけど、苦手だからあげる。あ、種は絶対に食べないでね」

強引に押しつけられる。小田切は自転車に跨《また》がり、ハンドルを元々の道に向ける。ペダルに足を載せてから蔦林に振り向いた。

「シフトを見たんだけど、次の休みは明後日《あさって》だよね。暇なら一緒に買い物に行かない？」

突然の誘いに蔦林の思考が止まる。用事がなかったことで反射的に頷《うなず》いていた。すると小田切は頰《ほお》を赤らめた。

「それじゃ午前十一時に駅前ね！」

小田切がペダルを力強く踏み、自転車が遠ざかっていく。姿が見えなくなってから、蔦林はビニール袋を覗き込んだ。オレンジ色をしたフルーツらしきものが数個入っていた。取り出してまじまじと見つめ、見慣れない果実の正体が枇杷《びわ》だと思い当たる。

爪で表面を引っかき、指先で摘まんで皮を剝《む》く。香りと一緒に汁が果肉から溢れ、蔦林は口を近づけてかじった。芳醇《ほうじゅん》な甘さが舌に広がり、濃密な香りが鼻に抜けた。

その瞬間、佐藤賢太郎の口にねじ込まれていたものが枇杷だと思い出した。

あの夜、オレンジ色の果実が蔦林のスマートフォンのライトに照らされた。遺体から距離があったのに、なぜか枇杷の香りが鼻先に漂った。

猛烈な吐き気に襲われ、口の中身を全て吐き出した。何度も唾を飛ばす。手にしていた果実を側溝に押し込み、残りもビニール袋ごと帰路にあったコンビニのゴミ箱に押し入れた。


家を出るとき、どちらのバッグを使うか迷った。休日用のトートバッグと通勤用の黒いリュックの二つしかないが、会社の同僚と会うのは仕事に近い気がした。結局蔦林は地味なリュックを選んだ。

駅前に行くと、小田切が待っていた。蔦林の姿を認めると、花咲くような笑顔を浮かべて駆け寄ってくる。鮮やかな口紅が塗られ、アイラインも普段よりくっきりしていた。ひらひらとしたスカートにニットセーター、ショートトレンチコートという服装は、普段の行き帰りでは決して見られない。

電車に乗り、県内最大の駅前に降り立つ。小田切が望んだイタリアンレストランで食事をして、ファッションビルで買い物をした。会社の愚痴《ぐち》や学生時代に読んだ漫画など、他愛ない会話を交わした。小田切から時折ふわりとフルーツのような甘い香りがした。

ウィンドウショッピングの後、チェーン店のカフェに入る。蔦林はブレンドを注文した。運ばれてきたコーヒーは酸味が強く、単調な香りがした。

「職場には内緒にしてほしいんだけど、実は例の連続殺人事件に興味があるんだ」

小田切は前置きしてから、オレンジジュースをストローで飲んだ。

「不謹慎だけど昔から猟奇的な事件に惹《ひ》かれるの。外国の殺人鬼に関する本を買ったり、日本中の殺人事件をまとめたサイトを閲覧したりしちゃうんだ。こじらせた中高生みたいで、ちょっと恥ずかしいんだけどね」

小田切が遺体発見現場で蔦林を目撃したのは、事件への興味で足を運んでいたためなのだろう。小田切は否定的だが、珍しい趣味ではないと思う。死の香りは人を惹き寄せる。殺人鬼の描いた絵画に高値がつき、展覧会に人が押し寄せることもある。

「一連の事件は市内で起きているから、殊更《ことさら》気になっちゃうんだ。狭い街だから被害者の情報とかも色々耳に入ってくるしね」

「どんな人たちが被害者なのですか？」

蔦林も第一発見者となってからネット検索で調べたが、配信された記事や、掲示板の書き込み程度の情報しか得られなかった。小田切は視線を落とし、テーブルを人差し指で何度か叩いた。

「死者を悪く言うのは抵抗があるけど、滅茶苦茶評判が悪いんだよね。年老いた両親に暴力を振るっていた元暴力団関係者とか、息子を虐待していたシングルマザーだとか。妹に性的暴行を繰り返していたクズもいたみたい。事実ならとんでもない話だよね」

「噂が真実でも殺人は許されません」

「そりゃ当たり前だよ。でも殺された人たちは、色々な手段を使って罪を免れていたみたい。本来は司法によって罰せられるべきだけど、償わないなんて絶対に許されない」

小田切の言葉が胸に刺さる。コーヒーを飲むと、苦みを一層強く感じた。小田切がチョコレートケーキにフォークを刺して口に運ぶ。咀嚼《そしやく》した後、幸せそうに飲み込んだ。

「蔦林さんの家はどんな家族構成だった？」

「両親と兄の四人暮らしでした」

「仲は良かった？」

蔦林は答えられず、沈黙が流れる。小田切はそれ以上追及しなかった。

カフェを出て、小田切の行きつけという古本屋に向かった。路地の奥にある狭い店舗には猟奇的な事件を扱った本が多く揃《そろ》っていた。小田切はビニールに包まれた稀覯《きこう》本《ぼん》と睨《にら》み合い、値札を見て購入を断念していた。

店の外に出て、路地裏を散策する。排気用のパイプが剝き出しになり、プロパンのガスボンベが置かれていた。途中で建物の陰に高校生の集団を発見する。一人の少年を三人が囲み、暴力を振るっていた。

反射的に立ち去ろうとしたが、被害を受けている人物が陣野翔であることに気づいた。蹴りを受けた翔がその場で尻餅《しりもち》をつく。

「警察を呼ぶぞ！」

大きく叫ぶと、暴力を振るっていた少年たちが走り出した。建物の隙間に散り散りに消えていく。翔が立ち上がろうとするので、蔦林は駆け寄って手を差し伸べた。

翔が蔦林の手を握り返そうとして、不意に表情を変えて腕を引いた。自力で立ち上がり、洋服のほこりを払う。そして警戒するような目を蔦林に向けた。

「父には絶対に言わないでください」

「どうして？」

「父は理想主義者です。イジメを受けているなんて知られたら、きっと失望されます」

翔の表情に怯《おび》えと卑屈さが入り交じっていた。翔は蔦林の脇をすり抜けていく。途中で黄色いビールケースにぶつかり、音を立てて転がる。翔は拾わずに路地の奥に消えた。

背後から小田切に声をかけられる。一連の出来事をずっと距離を保って見守っていた。

「今の知り合い？」

「陣野事業部長の息子さんです」

「そうなんだ。やっぱりお偉いさんの息子は、いい服を着ているね」

蔦林が首を傾《かし》げると、小田切は翔が去った方向に視線を向けた。

「あの子の服に有名ブランドのロゴがあったんだ。ただの布切れなのにTシャツ一枚が数万円するんだよ。遠目だから自信はないけど、周りにいた子たちが着ていた服も同じブランドだった気がする」

安価な服ばかり選ぶようになり、流行など気にしなくなった。翔たちの服装も今どきの高校生らしいものとしか認識出来なかった。

小田切とは夕方頃に別れた。帰り際、また買い物に行こうと言われ、蔦林は曖昧な返事をした。

蔦林は最寄り駅から自宅までの道のりを歩いた。世の中にはたくさんの幸せがある。綺麗《きれい》な服を着ること。美味しい食事を摂ること。知識を得ること。恋人と過ごすこと。殺人はそれらの幸せを根本から奪う。加害者側が人生を楽しむことは果たして許されるのだろうか。

自宅アパート前に戻ると周囲は暗くなっていた。鍵を取り出すと、背後から呼びとめられた。警戒しながら振り向く。そこには先日通報した後に蔦林から事情を聞いた刑事がいた。中年男性と若い男性の二人組だ。

「今お帰りですか。ちょうど良かった。蔦林さんにお話があるんです」

「何でしょうか」

　中年刑事の名は亀岡《かめおか》のはずだが、若い方は見覚えがない。どちらかが陣野に情報を漏らした刑事かもしれない。だが特定は難しいし、問い質《ただ》しても無駄だろう。

　蔦林は自宅アパートのドアを開け、靴脱ぎに立った。亀岡刑事が身体を滑り込ませ、沓《くつ》ずりをまたぐように陣取る。翔に暴力を振るっていた少年の一人が、亀岡と目鼻立ちが似ている気がした。

「捜査を進めた結果、被害者である高校生の家庭から数十万円程消えていることが判明しました。ですが被害者の部屋を捜《さが》しても現金はもちろん、買い物などで消費した形跡もないのです。最近流行りのゲームアプリに課金した痕跡も発見出来ませんでした」

　亀岡が言葉を切ると、若い男性が続けた。

「記録を調べたら、通報を受けて駆けつけた巡査は蔦林さんの持ち物検査をしていないじゃありませんか。あれから時間も経ちましたが、改めて思い出すことはないでしようか」

「心当たりはありません」

遺体から現金を盗んだ疑惑をかけられているらしい。刑事たちの視線が以前より鋭い気がした。蔦林の素性を知ったことで疑いを深めているのだろう。

亀岡は二、三質問した後、感謝を告げて去っていった。並びの部屋から住人が様子を窺《うかが》っているのが見えたが、蔦林が視線を向けるとすぐに顔を引っ込めた。備え付けの蛍光灯に多数の羽虫が群がっていた。

翌日は暴風雨で、冬に逆戻りしたかのように寒かった。会社までの道すがら、膨らみかけた桜の蕾《つぼみ》が風に揺れていた。

ビニール傘を傘立てに置き、更衣室のロッカーに向かう途中で異変に気づく。周囲からの視線に覚えがあり、蔦林は今度こそ終わりを悟った。

更衣室で着替えていると、ワイシャツの上に作業着を羽織った男性が入ってくる。アルバイトを統括する担当者だ。指示に素直に従い応接室に通され、蔦林の素性に関する事実確認をされた。

応接室の窓ガラスを横殴りの雨が叩いていた。全て認めると、担当者は面倒そうなため息をついた。だが退職の意思を伝えると担当者は晴れ晴れとした表情になった。

応接室を出ると、廊下に陣野が立っていた。担当者が挨拶《あいさつ》をするが、陣野が視線で追い払う。陣野は深々とため息をついた。

「こうなっては私の力ではどうにもならない。辛いかもしれないが、これからも頑張ってほしい。君の償いは一生続くのだから」

蔦林は会釈をして陣野の脇をすり抜けた。始業時刻を過ぎ、ロッカーには誰もいなかった。作業着はクリーニングせず返却して構わないらしく、節約になるので助かった。

着替えを済ませて帰ろうとすると、蔦林の傘が見当たらなかった。柄《え》にマジックで名前を書いていたはずだ。周囲を探すと、傘立てと壁の隙間に傘が落ちていた。拾い上げると骨がひしゃげ、柄が曲がっている。ビニールも剝《は》がされていた。

玄関の自動ドアが開くと、雨は出勤時より強まっていた。数メートル進んだだけで全身がずぶ濡《ぬ》れになる。履き古したスニーカーの中に大量の水が入った。

正門に到着した蔦林は、背後から呼び止められた。

振り向くと傘を持った小田切が駆け寄ってきた。傘が役に立っておらず、全身が雨で濡れていた。蔦林の前に立ち、乱れた息を整える。小田切がポケットに手を入れ、一枚の紙片を押しつけてきた。広げると携帯電話の番号が書かれてあった。

「珍しい苗字だったから、私はあなたの素性に最初から気づいていたよ」

顔を上げた小田切はびしょ濡れだ。いつものように化粧気がなく、唇を強く引き結んでいた。

「力になるから、いつでも連絡して」

蔦林の瞳に雨が入り、鈍《にぶ》い痛みを感じる。紙片が濡れないよう財布に入れた。小田切が傘を差し出してくるが、蔦林は受け取らずに頭を下げる。そして背を向けて雨の道路を歩き始めた。

芯《しん》まで冷えたせいで風邪を引いた。栄養や水分を摂取する以外は寝ることに費やし、二日寝込んで何とか歩けるまでに回復した。食べ物が尽き、蔦林は買い物に出かけた。寝込んでいる間に春の陽気に変わり、桜の花が綻びかけていた。

立ち寄ったコンビニのレジ脇に新聞があり、見出しに新たな被害者が発見されたと書いてあった。新聞を購入し、イートインスペースの椅子に座って記事に目を通す。最初の女性の被害者が市内で発見され、遺体は腐敗していたとあった。以前から行方不明者届が出されていた人物だという。検視の結果、佐藤賢太郎の死亡より前に殺害された疑いが強いらしかった。

違和感を覚えた蔦林は、新聞に記載された日付に気づいた。全ての運命が狂ったあの日が明日に迫っている。必要な食料を買い、再び時間を睡眠に費やした。

翌日の早朝に目を覚ますと、体調は長距離移動に耐えられる程度に回復していた。蔦林は家を出る準備を調える。乱暴に放り投げたせいか、通勤用のリュックは部屋の隅で湿っていた。そこで埃《ほこり》をかぶっていたトートバッグに手を伸ばした。

怠《だる》い身体《からだ》を引きずって電車に乗り込んだ。在来線を乗り継ぎ、四時間かけて移動する。駅を降りると周囲の目が気になった。知り合いに鉢合わせするのが怖かった。身を隠すようにしてバスに乗り、車酔いを我慢していると小高い丘に広がる霊園に到着した。

蔦林は一基の墓の前に立つ。墓石に彫られた苗字は、蔦林の胸にも深く刻まれている。手を合わせるため墓の前の石段に足を載せようとして、背後から厳しい声に制止された。

「何をしている」

振り向くと、仏花を手にした男性が驚愕の表情を浮かべる。蔦林はとっさにその場に膝《ひざ》をつき、両手を地面に置いた。被害者の父親が目を見開いたまま、ゆっくり近づいてくる。蔦林は額《ひたい》を土につけた。

「驚いたよ。ここにいるはずがないのにな。何をしに来た」

「今まで顔を出さずに申し訳ありません。償いがしたくて、この場にやって来ました」

被害者の父親が至近距離で立ち止まる。頭を蹴《け》り飛ばされることも覚悟した。しかし被害者の父親は動かない。数分の沈黙の後、頭の上から言葉が降ってきた。

「君の償いに意味はない。もう二度と我々に関わるな」

それだけ告げると、被害者の父親は墓前に向かった。花を供え、手を合わせるのが気配で伝わる。蔦林は土下座のまま動けない。供養を済ませたのか、被害者の父が蔦林の脇を通過する。そこで蔦林は思わず口を開いていた。

「償い？」

「僕は、どうすればよいのでしょうか」

「自分で考えろ」

それだけ告げ、立ち去った。しばらくして顔を上げると、被害者の父の姿はなかった。墓前には花が供えられ、香炉から線香の煙が立ち上っている。蔦林はトートバッグの中身が散乱していることに気づく。地面に膝をついたまま、中身をしまっていった。

「……これは？」

見慣れないハンカチがあった。蔦林の持ち物ではない。手に取ると滑らかな手触りから高級品だとわかった。

なぜバッグに入っていたのだろう。心当たりを思い返しながら広げると、アルファベットで名前が刺繍《ししゅう》してあるのが読み取れた。

顔を近づけると甘い香りが鼻をくすぐった。

刺繍から持ち主がわかった瞬間、蔦林はなぜハンカチがバッグに入り込んだかに気づいた。そしてある可能性を考えつく。確信はないが、一旦脳裏に浮かぶと、頭にこびりついて離れなくなる。

誰かに伝えたかった。考えを共有し、可能であれば否定をしてほしかった。しかし打ち明けられる相手などいない。そう思ったところで、蔦林は財布をポケットから出した。別離の日から財布の札入れにしまっていた紙片を取り出す。そして蔦林はスマホを手に取った。

蔦林は考えを裏付けるため、足を使って証言を集めた。調査には小田切が協力してくれた。次に陣野と会う約束を取りつける必要があった。だが自宅はわかるが、連絡先は教えてもらっていない。ここでも小田切に相談し、話し合いの段取りをつけてもらった。

蔦林は小田切と二人で陣野の自宅に向かった。四月に入り、桜の花は満開に近づいている。駅から徒歩で向かう最中、蔦林は改めて小田切に頭を下げた。

「巻き込んで申し訳ありません」

「謝る必要なんてないよ。実は電話番号を渡したけど、連絡してくれないと思ってたんだ。だから頼ってくれて本当に嬉しいんだよ」

小田切が照れ臭そうに笑い、蔦林は背中にくすぐったさを覚えた。

指定された午後五時に到着する。玄関先でチャイムを鳴らすと、陣野の妻が出迎えてくれた。事前に話が通っていたようで、蔦林たちは書斎に案内される。書斎に入ると、ソファに陣野親子が並んで座っていた。室内は相変わらず煙草の臭いがした。

「思いの外《ほか》、早い再会だったね。君が小田切くんと親しいとは知らなかったよ」

「本日は時間を取っていただき、ありがとうございます」

蔦林は礼を述べる。陣野に促され、蔦林たちは向かいのソファに腰かけた。すぐに陣野の妻が四人分のカップを運んでくる。翔の前にだけ紅茶が置かれ、他はコーヒーだった。陣野は砂糖をひと匙《さじ》入れてから口をつける。

「それで用件は何かな」

小田切はコーヒーに砂糖二杯とミルクを注いだ。蔦林と翔はカップに手を伸ばさない。翔は緊張した表情で俯いている。

「僕が発見した佐藤賢太郎くんの遺体について、重大な事実に気づきました」

「それは驚きだな。巷《ちまた》を騒がす連続殺人事件を解決したという意味かな」

蔦林は首を横に振る。

「まずは連続殺人事件について説明します」

蔦林は被害者たちが弱者に加害し、尊厳を奪ってきたことを伝える。蔦林は市内を歩き回って証言を得た。小田切が耳にした噂は、聞き込みの範囲では事実だと判明した。

「ですが佐藤くんに関しては、誰かを虐《しいた》げていた痕跡がありませんでした。むしろ、その逆であったことが判明しました」

「逆というと？」

陣野が前のめりになる。小田切がコーヒーに口をつけた。上司の自宅でも悠然とした態度で、隣にいるだけで心強さを感じた。

「佐藤くんが同年代の少年から暴力を受けている現場を目撃したという証言を複数入手しました。さらに佐藤くんの自宅からは数十万円が消え、使途も判明していません。警察は第一発見者である僕を含めた第三者が盗んだ可能性も考えているようです」

陣野の横にいる翔の呼吸が荒くなり、額に汗が浮かんでいる。蔦林は翔に語りかけた。

「前に街中で会ったとき、翔くんは有名ブランドの洋服を身につけていたよね。詳しくないとただの洋服にしか見えないけれど、実際は一着数万円もする。一緒にいた子たちも高いブランドの服を着ていた」

小田切がバッグからタブレットを取り出す。ディスプレイに触れ、ファッションブランドのサイトにアクセスする。翔が着ていた洋服が表示され、横に値段が書いてあった。陣野が息子を見る目に戸惑いが浮かぶ。

「お前の服はそんなに高いのか。高額な服を買えるような小遣いは与えていない。アルバイトも禁止しているはずだ」

陣野は以前、翔に余計な贅沢はさせていないと話していた。それに親世代では若者向けのファッションに詳しくなくても当然だ。

翔が唇を震わせている。佐藤に暴行を加えていたのが同級生だという証言も得ていた。反応から見て、金を巻き上げていたのは間違いないだろう。翔は先日、同級生たちから暴力を受けていた。あれは佐藤の代わりに翔が選ばれた結果なのだと思われた。

「お二人に見ていただきたい物があります」

蔦林はトートバッグから食品保存用のビニール袋を取り出した。中には墓前で発見したハンカチが入っている。それを見た瞬間、翔は喉の奥で小さな悲鳴を上げた。陣野は渋い表情でハンカチを見詰めている。

「翔に贈った品だ。なぜ蔦林くんが持っている」

ハンカチにはアルファベットで翔の名前が刺繡されていた。陣野は息子が成果を上げる度に贈り物をすると言っていた。ハンカチもその一つなのだろう。

「佐藤くんの遺体を発見した際に、僕はトートバッグを落としました。そして慌てながら暗い状況で散乱した中身を回収しました。その際に紛れ込んだのでしょう。その後帰宅してから、トートバッグは部屋の隅に放り投げていました」

警察での持ち物検査はなかった。そのため現金の持ち去りを疑われたが、ハンカチの発見も遅れた。急に翔が立ち上がり、ビニール袋に勢いよく手を伸ばした。蔦林は突然のことに反応できなかったが、小田切の手が素早く翔の腕を弾《はじ》いた。

テーブルが揺れ、倒れたカップから紅茶がこぼれる。陣野が翔の襟《えり》首を摑《つか》み、強引にソファへと引きずり戻した。

「じっとしていろ！」

陣野の怒声に、翔は怯えたように全身を硬直させる。蔦林はビニール袋を守るように強く握りしめた。

「ハンカチを発見した際に独特の匂いを感じました。布地に濃い黄色の染みがついていますよね。警察が鑑定すれば、遺体の口に詰め込まれた物と、この染みの関連性はすぐに判明するでしょう。このことから、ある結論が導き出されます」

蔦林は敢《あ》えて断定口調を使ってから、勿体《もったい》ぶった素振りで息を吸い込んだ。

「連続殺人事件の真犯人は翔くんだね」

「俺は佐藤の口に枇杷を詰めただけだ！　あいつが勝手に死んだから――」

叫んだ途中で、翔が言葉を止める。致命的な発言だと気づいたのだ。蔦林は穏やかな声で翔に語りかけた。

「どうして枇杷だと知っているのかな。警察は発表していないはずだよ」

翔が茫然《ぼうぜん》とした表情でソファに尻をうずめる。

「佐藤くんが死んだ理由と、枇杷を口に詰めた経緯。その両方を説明してほしい」

蔦林は当初から翔が殺人犯だとは考えていなかった。ハンカチだけでは証拠として弱い。そこで最悪の疑惑を投げかけることで翔が口を滑らせるように仕向けたのだ。

隣に座る陣野が重苦しく口を開いた。

「全てを話せ」

父親からの命令に、翔が小さく頷いた。

翔と友人たちは罵倒《ばとう》や暴力などで佐藤を追いつめ、金を巻き上げていた。当初は小遣いの範囲で済んでいたが、翔たちが要求する金額は日に日にエスカレートした。奪った金はブランド品や遊興費に使ったという。追い詰められた結果、佐藤は親の金に手をつけた。

「あの日、大金が手に入ったと呼ばれて高架下に行ったら、佐藤は埋め込み式のはしご首を吊《つ》って自殺していた。死ぬなんて思わなかった。枇杷の件は亀岡から聞いて知っていた。亀岡の親父が酔った際に口を滑らしたんだ。それでみんなで相談して遺体に細工をすることに決めたんだ」

亀岡という名前に陣野が顔をしかめる。父親とは蔦林の家にも聞き込みに来たあの刑事だろう。陣野は亀岡から蔦林の情報を得ていた。その時点で口の軽さは明らかだ。

翔たちは暗闇の中で佐藤の遺体を運び、仲間の一員が遠くのスーパーマーケットで枇杷を購入した。そして口に詰め、連続殺人事件の被害者に偽装した。

その際に佐藤の歯で枇杷の皮が破けた。翔はハンカチで指についた汗を拭き取ったが、ポケットにしまったつもりが落としていた。それが蔦林のバッグに収まったのだ。現場で嗅いだ枇杷の香りは、バッグに入ったハンカチが原因だったのだろう。

陣野が頭を押さえ、重苦しく口を開いた。

「その程度の偽装なら警察は簡単に見抜く」

「この連続殺人事件は殺害方法が全て異なります。共通項は枇杷だけなので、警察は連続殺人事件に関係があると考えたのでしょう」

報道を確認すると、警察は佐藤の事件が連続殺人事件の一つであるとの明言は避けていた。司法解剖などで、自殺の可能性を疑っていたはずだ。だが枇杷の存在もあり、警察も関連性を無視できなかったのだと思われた。

「仮に本当に翔が佐藤くんから金を奪っていたなら、警察もすでに把握しているだろう。事件との関連を疑い、我が家に事情を聞きに来るはずだ。しかし警察は佐藤くんの死後、一度訪れたきりだ」

言葉の端々から息子の行動を信じたくない気持ちが滲《にじ》み出ていた。陣野の疑問には小田切が答えた。

「その亀岡って刑事の息子も恐喝犯の一人なんですよね。それなら父親が揉《も》み消したんじゃないですか？　まあ、完全に思いつきですけど」

小田切の推測に陣野が黙り込む。それからふいに立ち上がったかと思うと、翔の頬を殴りつけた。翔がソファから転げ落ちる。陣野が翔の胸ぐらを掴み、床に押しつけた。翔は抵抗する素振りを一切見せず、されるがままになっていた。

「なぜそんな馬鹿な真似をした！」

翔は鼻血を流し、両目から涙をこぼし始めた。そして「お父さんごめんなさい」と何度も繰り返す。そんな息子の顔面に、陣野は何度も拳《こぶし》を打ちつけた。

蔦林は翔が遺体に細工をした理由が分かった気がした。同級生を自死に追い込んだ事実を父親に知られることを、翔は何よりも怖れた。何に恐怖するかは人によって異なる。翔には父親の存在が、自殺を偽装することより重かった。佐藤を虐げていた集団にもそれぞれ同じような理由があったのだろう。

「そろそろやめてあげてください」

蔦林の言葉を受け、陣野は振り上げた腕を止めた。それから翔に身体を寄せ、両肩に手を置く。そして息子の目を覗きこんだ。

「翔はやっていないのだろう？」

「え……」

翔が顔を血塗《ちまみ》れにしながら気の抜けた声を漏らす。陣野は神妙な表情で続けた。

「私にはわかる。偽装を主導した張本人がいるはずだ。そいつがお前に無理強いしたのだな。亀岡の息子か？　誰が悪いか正直に話すんだ」

陣野の視線は揺らがない。翔が頬を引きつらせ、首を横に振った。

「ち、違う。本当に俺が……」

翔が口を開くが、陣野が力強い声で遮った。

「父さんは翔の味方だ。佐藤くんへのイジメもお前は大して関与していないはずだ。私が守ってやるから、安心して全てを父さんに任せろ。お前のことは父親である私が誰よりも理解しているのだからな」

諭《さと》すような言い方に、翔の瞳から光が消える。蔦林は思わず声を出していた。

「陣野さん、お願いします。翔くんの話を聞いてあげてください」

翔は父親に何かを訴えようとしていた。想像に過ぎないが、翔はこれまで何度も発言の機会を奪われてきたのだろう。陣野が再び腕を振り上げ、翔が防御態勢を取った。

「黙れ！」

陣野が拳でテーブルを叩きつける。血塗れの拳は皮がめくれていた。

「なぜこの場に翔を同席させるよう言った。本来ならまず保護者に真相を伝え、その上で私が真実を確かめるのが筋だろう」

陣野の抗議は尤もだ。真実を明るみに出すことに意識が向き、翔への配慮が足りなかったのは蔦林のミスだ。

「お前の不用意な追及のせいで、息子の心は傷ついた。不遇の人生に同情し、甘い顔を見せた私が間違いだった」

陣野が目を血走らせながら叫ぶ。

「殺人犯の弟ごときが口を挟むな！」

これまで何度も同じ言葉を投げつけられてきた。その度に心をえぐられた。

蔦林の家は両親と兄の四人暮らしだった。経済的に不自由なく過ごし、両親は厳しく兄の玲斗は品行方正で成績優秀だった。

蔦林が高校生だったある日、家の近くで他殺体が発見された。遺体はバラバラにされ、マスコミは猟奇的な快楽殺人だと大々的に報じた。

捜査は難航し、一ヵ月経っても犯人は捕まらなかった。次第に他の事件に報道が割かれるようになった。そんな折りに蔦林は兄の部屋で日記を発見した。そこには過剰な期待を向ける両親への怒りや、生きることそのものへの絶望に加え、猟奇殺人に関する詳細が記されていた。

蔦林はまず両親に相談した。父も母も信じなかったが、証拠を見せると黙り込んだ。ノートには遺体の写真も添えられていたのだ。

両親が呼び出して問い質すと、兄は素直に認めた。

「助けてくれ」

兄は両親と弟に泣きながら訴えた。そして両親が取った行動は、事件を隠蔽《いんぺい》することだった。世間では解決が長引き、未解決に至るのではないかという空気が流れていた。刑事が兄を調べている痕跡もなかった。その場で家族だけの秘密の約束が交わされた。

しかし翌日、蔦林は登校する足で警察署に向かった。家宅捜索ののちに兄は逮捕され、二十歳であるため実名報道された。

蔦林が最初に陣野に話を通さなかったのはこの時の経験もあった。親に伝えても相手にされないか、揉み消されるかと心配したのだ。

「お前さえ裏切らなければ」

父は蔦林にそう告げた翌日に自殺した。黙っていれば、兄は捕まらなかった可能性が高い。優秀だった兄は不自由ない生活を送っていただろうし、両親や祖父母、親戚の人生も壊れなかったはずだ。

蔦林が項垂《うなだ》れていると、小田切が口を開いた。

「やっぱりそれっておかしいですよね」

一同の視線が小田切に集まる。小田切はクッキーを摘まみながら、唇を尖《とが》らせた。

「事件を起こしたのは加害者で、加害者の家族は関係ないじゃないですか。絶対変ですって。どうして家族が責められて、白い目で見られなくちゃいけないんですか」

陣野が忌々《いまいま》しそうに吐き捨てる。

「加害者家族に、加害者同然の非難が向けられるのは当然だろう」

「血が繋《つな》がっていても別人だし、考え方も違ってくる。それに蔦林玲斗って事件当時二十歳で、大人《おとな》じゃないですか。当時の蔦林さんは高校生ですよ。兄の殺人に責任を負う必要なんて全くないに決まっているじゃないですか」

陣野が嘲《あざけ》るように鼻で笑い、小田切に向けて顎《あご》を上げた。

「甘えた考えだ。世間は厳しいのだよ」

「それじゃ世間が間違っているんですね。つーか事業部長って、最初から息子さんの関与を疑っていましたよね」

小田切は軽い口調で言ってから、床に倒れたままの翔に目を向ける。陣野は小田切の指摘に顔を強張《こわば》らせた。

「何のことだ」

「第一発見者である蔦林さんに近づいて、翔くんに会わせることで反応を窺った。それで結局見破れなかったんだから、父親としての眼力はその程度だったんでしょうけど」

「いい加減にしろ。貴様など今すぐ首に出来るんだぞ」

「ご自由にどうぞ。あんな職場に未練はないですし。まさか蔦林さんの過去を会社に広めたのも事業部長だったりします？　一通り話を聞けたから用済みになったとか」

小田切が中腰になり、翔に顔を近づけた。

「ねえ、翔くん。この人は話が通じないよ。父親の存在は子供にとって絶対的だし、好かれたいという気持ちは仕方ないと思う。でも理解してもらうのをあきらめたほうが楽になる。君は、君自身の人生を選ぶべきだ」

翔は揺らいだ瞳で小田切を見返す。茫然と見守っていた蔦林の肩を小田切がつついた。

「用も済んだし、私たちは帰ろう。あとは勝手にすればいいよ」

「散々侮辱して、このまま帰る気か」

陣野が小田切に詰め寄る。蔦林は慌てて二人の間に立ち塞《ふさ》がった。陣野が警戒心を顕《あら》わにして蔦林から距離を置く。すると小田切が背中越しに呼びかけた。

「さっき加害者家族に責任はないと言いましたけど、未成年の親は別ですからね。子供は教育で人格が形成される。事業部長は翔くんの罪に責任がある。イジメで友人を自殺に追いやった高校生の親として、遺族に贖罪する義務があるんですよ」

陣野が目を見開き、ソファに座り込んだ。前屈《かが》みで頭を抱え、言葉にならないうめき声を上げる。

陣野は息子の将来を心配しているのだろうか。自分の教育が失敗だったと嘆いているのかもしれない。もし事実が広まれば話題性も相まって、陣野は社会的な制裁を受けるだろう。会社での地位も失う可能性があった。だがそれは陣野自身が語った社会の姿でもあるのだ。

書斎を出ると、翔も覚束《おぼつか》ない足取りで追いかけてきた。玄関に向かう。途中で母親が翔の腫《は》れ上がった顔に気づき、息子に質問を浴びせる。しかし翔は無言を貫き、業を煮やした母親は書斎に駆けていく。

翔が玄関脇にあった固定電話の受話器を取る。１１０を押してから、電話が繋がった相手に自分の罪について説明を始めた。書斎から女性の叫び声が聞こえた。

「自分の手で終わらせることが出来て、翔くんはすごいね」

小田切が遠い目で呟《つぶや》くと、翔は受話器を耳に当てたまま深々と頭を下げた。玄関ドアを開けると淀《よど》んだ家に、外の涼やかな風が入り込んだ。

蔦林は小田切と駅に向かい、途中にあった公園に立ち寄った。周囲は暗く、街灯が園内を照らしている。小田切がブランコに腰かけたので、蔦林も並びに座った。数年ぶりのせいか腰の位置の低さに戸惑う。夜空に星は見えず、半月《はんげつ》が雲に覆われていた。小田切がゆっくり漕《こ》ぎはじめる。

「お兄さんはまだ刑務所なの？」

夜の公園にひと気はなかった。蔦林も漕ぐと、靴の裏で砂利が擦《こす》れる音がした。

「早ければ来年には釈放されると思う」

判決通りに服役すれば刑期は残り一年になる。ただ、兄が釈放されても会う気はない。

兄の犯した殺人によって蔦林の人生は破壊された。事件は全国で報道された。珍しい苗字に加え、兄と瓜《うり》二つの顔も影響し、加害者家族であることは何度となく知られた。

父は自殺し、母は失踪した。蔦林は残された最後の家族として、償いの道を模索してきた。苗字を母方の姓に変えるという選択もしなかった。だからこそ陣野が語る一生涯を贖罪に費やすべきだという主張に賛同した。

加えて陣野は加害者家族が迫害されても当然だと言い切った。兄が犯した罪に伴う罰を、肉親である弟が背負うべきだという主張だ。世間一般では陣野の考えが主流なのだと蔦林は十年以上かけて思い知った。

だけど小田切は、それらを真正面から否定した。

被害者の父親は蔦林の償いに意味がないと断言し、もう二度と関わるなと突き放した。今思えば加害者の弟に対する最大限の救済だったのかもしれない。

「蔦林さんは家族のことを好きだった？」

小田切が大きくブランコを漕ぐ。蔦林も思い切って足を振り、ブランコの勢いを強めていく。ふいに幼い頃、家族全員で遊んだ公園の景色が脳裏に甦る。

「嫌いだった」

両親は優秀な兄と蔦林を比較し続けた。食事や衣服、かけられる言葉などあらゆる点で差別した。通報後も重罪を犯した長男より、密告した次男を非難した。

「そっかあ。愛してくれない家族なら、愛する必要なんてないよね」

小田切が軽い調子で言い切った。その言葉に胸が締めつけられる。

「本気で未成年者の罪は親も責任を取るべきだと思ってる？」

「人を育てることに正解なんてないだろうし、個人差もあると思うからケースバイケースかな。清く正しく育てたことで歪《ゆが》む子もいれば、酷《ひど》い親元で真っ直ぐ成長する子もいる。でも、事業部長にはあれくらい言ったほうがダメージが大きいでしょう」

小田切が靴の裏を使い、ブランコを止めた。

「私は両親を幼い頃に亡くして、祖父母に引き取られたんだ。祖父母は本当に酷い人たちで、非科学的な民間療法にのめり込んでいた。少しでも風邪を引いたり、吹き出物が出来ただけで怪しい薬を飲まされた」

小田切が両手をじっと見詰める。蔦林もブランコの勢いを殺して小田切に並んだ。

「最悪なのが枇杷の種の粉だった。漢方薬として使われた歴史があるらしいけど、枇杷の種は摂取すると体内で猛毒である青酸化合物を生成する物質を含むの。祖父母は適切に処理された既製品ではなく、近所に生えていた枇杷の種を磨《す》り潰《つぶ》して飲ませた」

小田切の目が虚ろになっていく。その眼差しに蔦林は見覚えがあった。

「相性が悪かったのか、あの木に生えた枇杷の青酸配糖体が特別に多かったのかわからない。でも私は飲まされる度に体調が悪化し、祖父母は私の信心が足りないと罵倒した。だから事業部長みたいな弱者をいたぶる人間を見ると、我慢出来なくなるんだ」

小田切の瞳は、兄に似ていた。感情が死に絶え、真夜中の河のように深く暗い。小田切が横を向き、泣きそうな笑みを浮かべる。

「蔦林さんのお兄さんもきっと何かに抑圧され、傷つけられていたんだ。辛くて苦しくて、その結果として凶行に手を染めた。自分を制御出来なかったんだ。だから通報してもらって、感謝しているんじゃないかな」

両親の差別を察し、兄は成長するに従って蔦林を軽く扱うようになった。だけど幼い頃は間違いなく兄のことが大好きだった。

蔦林は小田切の瞳を見返す。そこで突然新聞を読んだ時に抱いた疑問が甦った。雷に打たれたような衝撃を受ける。あの時は日付に気を取られ、違和感を見過ごしていた。

小田切は連続殺人事件に興味があると話していた。そして被害者の一人に、息子を虐待したシングルマザーがいると口にした。

だが初めての女性の被害者が発見されたのは、小田切が噂について教えてくれた時より後だ。そして検視の結果、被害女性は佐藤賢太郎より前に殺害されたと判明している。

なぜ小田切は警察発表前に、被害者に女性がいると知っていたのだろう。

巷を騒がせる連続殺人事件では、被害者の口に枇杷の果実が押し込まれていた。枇杷の種を無理やり飲まされた小田切の経験は犯人の行為を思い起こさせる。幼少時の抑圧が心に深い傷を与え、凶行に走らせる。蔦林はそんな因果関係を想像した。

小田切は蔦林の素性を見抜いていた。殺人犯の弟だと知った上で蔦林に関わろうとしたのだ。小田切は翔が自分で事件に終止符を打ったことに羨望《せんぼう》の眼差しを向けた。そして蔦林が兄を通報したことを肯定した。小田切は殺人者である兄の側にいた蔦林が自らの正体を見抜き、止めてもらえることを期待したのかもしれない。

「どれだけ酷い過去があっても、人を殺す理由にはならない」

小田切がくすくすと笑う。

「そんなの当たり前だよ。人殺しには絶対に相応の罰が与えられるべきだ」

蔦林は再びブランコを漕ぎはじめる。幼少時、公園で兄と並んでブランコに乗った。兄が立ち漕ぎをして、蔦林より振り幅が大きいことが羨ましかった。大人になって本気で漕げば、一回転出来ると無邪気に信じていた。

「兄を通報したことにずっと苦しんできた。だけど小田切さんのおかげで、良心に従った自分を認められるようになった。これからも自分が正しいと思うことをするよ」

「良かった」

被害者の父親は蔦林に「自分で考えろ」と言った。どのように生きるかは結局本人が決定し、責任を負わなければいけない。

小田切がブランコから立ち上がり、無邪気に公園内を走り回る。園内に一本だけある桜は七分咲きで、強い風に吹かれて花びらが数枚舞い散った。

「ありがとう」

風で雲が流れ、半月の光が公園に差し込んだ。小田切の笑顔が照らされる。蔦林はその表情を一生涯忘れないよう心に刻みつけた。

願い笹

戸田義長

Message From Author

本アンソロジーへの収録の御連絡をいただいた時、予想だにしなかった朗報に思わず声を上げてしまいました。拙著『恋牡丹』は時代小説サイドに分類されることも多いのですが、「願い笹」をミステリとして、それも本格ミステリとして評価していただけたことを非常に嬉しく思っております。

ミステリと時代小説を融合させ、どちらのサイドからも注目していただけるような作品を書いていくことが今後の目標です。

戸田義長（とだ・よしなが）
1963年東京都生まれ。早稲田大学卒業。2017年『恋牡丹』が第27回鮎川哲也賞の最終候補作となる。江戸末期を舞台に四つの事件を描いた同作は人情話と謎解きを融合した時代ミステリとして評価され、大幅な改稿を経て2018年に単行本化された。同年、デビュー作刊行を記念して同作につながる短編「神隠し」を「Webミステリーズ!」に発表。

あの人には死んでもらうしかない。

とうとうお千《せん》はほぞを固めた。富蔵《とみぞう》が白犬様《しらいぬさま》とかいう奇妙な神を信心するようになって久しい。その間いったいどれほどの大枚をどぶに捨てたことか。西洋の品々を周りに置いておかないと白犬様の機嫌を損ねてしまうとやらで、富蔵は舶来の高価な家具や絵画を買い漁《あさ》り、店の上がりの大半を注ぎ込んでしまった。

とりわけ癪《しゃく》に障るのが、あの犬の木像だ。図体は木曾檜《きそひのき》でできていて、目には渡り物の金剛石《こんごうせき》がはめられている。江戸でも指折りの名工に製作を依頼した特注品だ。

今や丸屋《まるや》の内証は火の車で、先月も危うく男衆《おとこしゅ》や下女への給金の支払いが滞るところだった。このままでは遠からず身代限りとなってしまうことだろう。

お千は何度も諫言《かんげん》したのだが、富蔵は一向に聞く耳を持とうとしない。それどころか、六月に入ったある日お千には内緒で名主のもとを訪れ、半日も何やら密談をしていた。雲行きが怪しいと察したお千が手を回して調べたところ、十一月になったら丸屋の株を担保にして五百両も借金をする契約を結んできたのだと判明した。事始めに必要な資金で、正月に向けて丸屋を大規模に改装するのだと、富蔵は名主に説明したらしい。もちろんただの口実で、実際は白犬のための費《つい》えに決まっている。そんな大金を返済できる見込みなどあるわけがなく、早晩丸屋が人手に渡る羽目に陥るのは火を見るより明らかだ。

憤怒《ふんぬ》のあまり、お千は目の前が真っ暗になった。丸屋はお千の父である先代が苦労に苦労を重ねて大籬《おおまがき》にまで育て上げた見世だ。入り婿の富蔵に潰されて堪《たま》るものか。富蔵は既に証文を交わしてしまっており、約定を破棄する方法は一つしか残されていない。富蔵の死だ。お千の腹は決まった。

富蔵は齢《よわい》六十で、身長が四尺八寸に満たないほど小柄である。若い頃から狂歌や俳諧を嗜《たしな》む風流人だが、腕力の方はからっきしだ。一方お千は女性にしてはかなり大柄な体格で、女だてらに武芸にも通じている。若い頃は、木曾義仲《きそよしなか》の愛妾で武勇をもって知られた女武者になぞらえられ、『巴御前《ともえごぜん》』の異名をとったほどだ。だから、ただ富蔵を殺すだけでいいならさほど難しい話ではない。いや、やすやすとやってのけられるだろう。

しかし、夫を殺害した妻に科せられる刑罰は磔《はりつけ》と定められている。富蔵の道連れとなってあの世行きなど真っ平御免だ。おまけに、その場合惣領息子の鶴太郎《つるたろう》が一人残されることになるが、これが生来少々足りない鈍付《どんつ》くときている。もう二十歳《はたち》というのにどうにも頼りなく、お千の手助けなしに丸屋を上手《うま》く切り回せるとは到底思えない。それでは、つまるところ店の破綻という結果に変わりはなくなってしまう。

したがって、富蔵を確実に亡き者とし、それでいてお千に嫌疑が絶対に掛けられないような方策を考え出す必要がある。だが、そんなお誂《あつら》え向きの妙案など容易には思いつけるわけもない。手を拱《こまね》いたまま無為に時が過ぎ、その間も丸屋の家勢は悪化の一途をたどった。お千の焦りは募る一方だったが、六月も半ばを過ぎて七夕《たなばた》の支度が始まった頃、にわかに転機が訪れた。

お千が短冊を前にして、目下の願いと言えば何を置いても富蔵がさっさと死んでくれることだが、まさかそのまま書くわけにもいかないし、などと頭を悩ませていたその時、いきなり天啓のように名案が閃《ひらめ》いたのだ。

（これなら上手くいく）

お千の胸は高鳴った。七夕は白犬が生まれた日に当たると富蔵は言っていた。この方法であれば富蔵の死は白犬の祟《たた》りだということにでき、お千が疑われることは金輪際ない。お千は浮き立つような心持ちで、早速準備に取りかかった。

しかし、ほどなくお千は自分の計画の欠点に気づいた。駄目だ、単純過ぎる。

人の手で殺害することは不可能としか思えぬ状況の中で、富蔵は死ぬことになる。だから、迷信深い多くの愚か者たちが、富蔵は白犬様のせいで死んだのだと真に受けるか、あるいは悪霊や妖怪の仕業《しわざ》に違いないと恐れ慄《おのの》くことだろう。

けれども、誰もがお千の狙いどおりにそう信じ込んでくれるとは限らない。とりわけ、こうした事件を飽きるほど見慣れている御番所の連中は。町方の与力や同心の目を欺くことは容易ではないだろう。鵜《う》の目鷹《たか》の目で、すべてを洗いざらい調べ上げてしまうに違いない。ひとたび丸屋の内情を知れば、必ずお千に嫌疑を掛けてくる。もう一捻《ひね》り何かお千から目を逸《そ》らさせる計略が不可欠だ。

その時不意に、ある人物の顔がお千の心に浮かんだ。牡丹《ぼたん》に色惚けのあの同心はどうだろう。名は確か、戸田惣左衛門とかいった。事件の片はすっかりついているはずなのに、戸田はやれ巾着を落としただのやれ煙草《たばこ》入れを忘れただのと、見え透いた言い訳をしては牡丹のもとを何度も訪ねてきている。

あいつを利用してやろう。戸田には何の恨みもないが、丸屋の命運がかかっているのだから止《や》むをえない。つきがなかったのだと諦《あきら》めてもらうことにしよう。

お千の顔に浮かんだ笑みは、夜叉のごとく凄艶《せいえん》だった。

＊　＊　＊

戸田《とだ》惣左衛門《そうざえもん》は頭上高くそびえる黒塗りの冠木門《かぶきもん》を見上げた。三千人を超える遊女たちが日日塗炭の苦しみを舐め続けている苦界、吉原《よしわら》遊郭の大門《おおもん》である。遊女たちが逃げられぬよう吉原の敷地はぐるりに幅二間のお歯黒どぶが巡らされ、この大門が外界との唯一の出入り口となっているのだ。

ここを訪れるのはいつ以来だろうと、惣左衛門は記憶を探った。確か五年前、北町奉行所の同僚たち数人と正燈寺《しょうとうじ》に紅葉《もみじ》狩りに行ったついでに立ち寄った時だ。と言っても、その時惣左衛門は門の前で踵《きびす》を返してしまったので、廓《くるわ》の中に足を踏み入れることはなかったのだが。

「惣左衛門、何をぐずぐずしておるのだ」

登楼を待ちきれない同僚たちは、大門を前にして足を止めた惣左衛門をせっついた。そもそも紅葉狩りなどというのは口実で、最初から吉原に来るのが目当てなのだ。

「いや、拙者は遠慮しておく」

「何だ、臆したか」

「いや、さようなわけではない」

「玄人女《くろうと》は好かんか」

「違う、とにかく気が進まんのだ」

あまりに頑なに惣左衛門が登楼を拒むので、同僚たちは一様に呆れ顔になった。

「戸田様の身持ちの良さは十二分に存じております。定めしお静《しず》殿のことを気になさっておられるのでしょうが」

後輩の菊池《きくち》忠市郎《ただいちろう》が、訳知り顔で惣左衛門を翻意させようとした。

「亡くなられてから既に五年も経っております。最早遠慮は無用でありましょう」

「だから、さようなことではないと申しておろう」

結局、四半刻近くも押し問答を繰り返した挙句、惣左衛門は一人で帰途についた。

もともと北町《きたまち》奉行所内では『謹厳実直』と見なされていた惣左衛門だが、この出来事以来『煮ても焼いても食えぬ石部《いしべ》金吉《きんきち》』との評判がすっかり定着してしまった。今では惣左衛門の前で女遊びを話題にすることは、冗談ですら厳禁という暗黙の了解ができているほどだ。

今も惣左衛門は廓内に足を踏み入れることに大きな抵抗を感じ、凝然として佇《たたず》み続けていた。しかし、背後から小者の松吉《まつきち》が怪訝《けげん》そうな視線を投げかけているのに気づき、一つ溜め息をつくと、大門を抜けて初めて吉原の土を踏んだ。

正面に吉原の敷地の中央を真っ直ぐに貫く仲《なか》の町《ちょう》という通りが延びている。時刻はまだ昼八つ（午後二時頃）で、昼見世に訪れる客は少ないため人通りはまばらだった。

手前右手には四郎兵衛会所《しろべえかいしょ》があり、会所の若い者が通りかかる女たちに「女は切手切手」と声を張り上げている。遊女の逃亡を防ぐため、会所が発行した通行許可証である大門切手を検《あらた》めているのだ。

まず惣左衛門は左手に建っている面番所《めんばんしょ》に足を向けた。面番所には町奉行所の隠密廻り同心が二人ずつ昼夜交代で詰め、日々吉原の治安維持に当たっている。吉原は定町廻り同心の本来の領分ではないから、当然一言話を通しておかねばならない。

「木島《きじま》様。お久し振りでございます」

惣左衛門が入っていった時、先輩の木島という同心が手鏡をかざしながら顎鬚《あごひげ》を抜いていた。

「おお、戸田か。墨堤《ぼくてい》の花見以来だな。今日はいったいどうした。そうか、石部金吉のお主もとうとう宗旨替えをしたというわけか。敵娼《あいかた》をまだ決めておらぬなら、飛切りの女を紹介してやるぞ」

「いえいえ、お役目で参ったのでございます」

惣左衛門は苦笑しながら、吉原を訪れた理由を木島に説明した。

「実は、芳三《よしぞう》という無宿者の行方を半年前から追っております」

芳三は両国《りょうごく》の見世物小屋で呼び込みをしていたのだが、巧みな弁舌を駆使して米相場へのうまい投資話があると偽り、たった三月《みつき》の間に五件もの詐欺を働いていた。惣左衛門は慎重に内偵を進めていたが、芳三は勘働きがいやに良いようで、ある日突然江戸から姿を晦《くら》ませてしまったのだ。

上州《じようしゆう》辺りに逃げ延びたとの噂《うわさ》で惣左衛門は大いに切歯扼腕《せつしやくわん》したが、昨日耳寄りな知らせが届いた。江戸者は麦飯が食べられないためか、芳三がいつの間にか江戸に舞い戻り、ここ吉原の丸屋に居続けしているというのだ。

「ほう。丸屋と言えば指折りの大籬だ。丸屋に居続けとは豪勢なものだな」

大籬とは、何百という見世が軒を連ねる吉原の中でも、わずか数軒しかない最高級の格式を誇る妓楼《ぎろう》である。

「あいわかった。好きに取り調べよ。こう見えて、何かと多忙なものでな」

木島は欠伸《あくび》をしながら惣左衛門に告げた。

惣左衛門は面番所を出ると、この一件の担当でないことを地団駄踏んで悔しがった菊池に書いてもらった地図を片手に、丸屋に向かった。七夕が間近に迫っているため、短冊や色紙などがつけられた青竹が町のあちらこちらに飾られている。屋根の上にも数え切れないほどの竹が空高く立てられ、吹き流しが晩夏の風に揺れていた。七夕は吉原でも重要な年中行事であり、紋日《もんび》の一つとなっている。

仲の町の両側には引手茶屋がずらりと櫛比《しつぴ》しているが、遊女を買うのが目的ではないのですべて素通りし、最初の四つ角で右手に折れた。横丁に入ってすぐの所が江戸《えど》町一丁目《ちょう》であり、丸屋を始めとする大籬が軒を並べている。

丸屋は早々に見つかった。しかし惣左衛門は、犬の影像に似た奇妙な紋を青地に白く染め抜いた暖簾《のれん》を眺めながら、しばらくの間入り口の前で足を止めていた。より正確に言うならば、二の足を踏んでいた。

惣左衛門の人生は、およそ愛や恋という言葉とは無縁だった。妻のお静すらその対象と見なしたことはなかった。だから、お静が亡くなってから吉原にも岡場所にも一切足を運んだことがないというのは事実ではあるが、その理由に関する菊池の推量はとんだ見当違いだった。今この時も惣左衛門を躊躇《ちゅうちょ》させている原因とは、亡妻に対する後ろめたさなどではなく、遊女たちに対する深い憐憫《れんびん》と同情だった。

この建物の中に幾人の遊女がいるかは知らないが、自ら望んでやって来た者など一人もいまい。親の借金や飢饉に伴う口減らしなど、止むに止まれぬ理由で苦界に身を沈める道を選んだ者ばかりだろう。実のところ、惣左衛門はそうした実例をごく身近に見知っていたのだ。

町奉行所に勤める同心はわずか三十俵二人扶持《ぶち》の微禄《びろく》であり、家計がはなはだ苦しい。そのため、八丁堀《はっちょうぼり》では庭の一角に家作《かさく》を建てて賃貸収入を得ることが黙認されており、戸田家もその例に漏れなかった。

十二年前戸田家の店子《たなこ》は、永島町《ながしまちょう》で寺子屋を営む竹本春庵《たけもとしゅんあん》一家だった。春庵は元岡《おか》崎《ざき》藩儒で、豊富な知識と懇切丁寧な教えが評判を呼び、春庵の寺子屋には近隣から多くの子らが詰め掛けていた。岡崎が戸田家の本貫の地であるというよしみで店子に選んだのだが、春庵夫婦はたいへん穏やかな人柄で、家賃の滞納など揉め事は一度も起こしたことはなく、良い店子に恵まれたと惣左衛門は満足していた。

永島町に所用があった際、惣左衛門は一度だけ春庵の講習を見学したことがあった。寺子屋では、教科書に往来物を用いて手習いを教えるのが通例である。しかし春庵は、平安時代の日記文学や『太平記』などの軍記物語を題材とした講義形式を採用していた。大人《おとな》が聞いても相当難解な内容に思われ、年端もいかぬ子らに理解できるのかと惣左衛門は首を傾げた。だが春庵の時折冗談や地口を交えた軽妙な語り口は満座の興味を逸らすことがなく、講習は活気に満ち溢《あふ》れていた。繁盛している理由はこれなのかと、惣左衛門はすこぶる感心したものだ。

春庵親子の順風満帆の暮らしが突如暗転したのは、それから間もなくだった。岡崎藩時代に面識のあった次郎兵衛《じろべえ》という献残屋《けんざんや》の手代に形だけでいいからと懇願され、渋々ながら春庵は借金の請人として爪印を押した。ところが、次郎兵衛はすぐに行方を晦まし、春庵は借金を肩代わりしなければならぬ羽目に陥ってしまった。実のところ、次郎兵衛は不行跡《ふぎょうせき》を理由に献残屋はとうに馘首《かくしゅ》されており、かつての知己を相手に幾度もこの手法で詐欺を繰り返していたのだ。

もちろん春庵自身も被害者ではあるのだが、請人になってしまっている以上、事情を知らなかったからといって借金返済の責任を免れることはできない。三十両もの大金を即座に耳を揃《そろ》えて返す方法など、春庵はいささかも持っていなかった。ただ一つ、十三歳になる一人娘のお糸《いと》を吉原に身売りすることを除いては。

惣左衛門はいたく不憫に思ったが、親子を助けてやれるほどの持ち合わせなど貧乏同心にあるわけもない。一家が戸田家の門を悄然《しょうぜん》と肩を落として出ていくのを、黙って見送るより他なかった。惣左衛門は庭に咲いていた花から数本を手折り、せめてものはなむけとしてお糸に手渡すことにした。

「息災でな」

別れ際に惣左衛門がそう語りかけると、お糸は口を閉ざしたまま小さく頷《うなず》いた。十三歳にして既に人生を達観——いや、諦観と言った方が正確か——してしまったようなその目の色を、惣左衛門は今でも鮮明に記憶している。

吉原で暮らす遊女の中で、こうした類《たぐい》の不幸な過去を背負っていない者は一人としていないのではないか。廓内にあふれる媚態や嬌声の陰で、日々どれだけの涙が流されているのだろう。だがそんな内実は、惣左衛門ならずとも誰もが知っているはずのことだ。にもかかわらず、なぜ男たちは平然と金で遊女を買いに来るのだろう。

女性を愛《いと》しむという経験をついぞ持ったことのない惣左衛門ではあるが、だからと言って女性を単なる欲望の捌け口にしても良いとは皆目思わない。同僚たちの顰蹙《ひんしゅく》を買おうとも登楼を断固拒否したのは、惣左衛門にしてみれば当然すぎる理由があってのことだったのだ。

こうした訳で惣左衛門は目的地を目の前にして愚図愚図と迷い続けていたのだったが、客の呼び込みをしていた牛太郎《ぎゅうたろう》がその様子を見て勘違いをしたらしい。ぐいと惣左衛門の腕をとって、

「いらっしゃいまし。さあ、ご遠慮なさらずにずいと中へ」

「いや、待て。違うのだ」

慌てて惣左衛門は来意を告げた。御用であることがわかると、泡を食った様子で番頭が出て来て惣左衛門に応対した。松吉は屋外で待機させておき、惣左衛門は伊平《いへい》と名乗ったその番頭の先導で内所の隣にある座敷に通された。もっぱら客間として使用される座敷のようだったが、一歩足を踏み入れた途端に驚倒させられた。

部屋の中には、舶来の調度品が溢れ返っている。床は畳敷きではあるようだが、全面が西洋式の緞通《だんつう》(後に聞いたところカーペットと言うらしい)に覆われ、そこに三四人は座れそうな横長の布張りの椅子《いす》(これはソファーと呼ぶそうだ)が置かれていた。壁に掛けられているのも掛け軸ではなく、欧羅巴《ヨーロッパ》か亜米利加《アメリカ》の街並みを油絵具を用いて描いた洋画だった。

まるで異人の家のようだなと思いながら惣左衛門が珍奇な品々を眺めていると、ほどなく一組の男女が部屋に入ってきて平伏した。

「手前が楼主の富蔵、これは女房の千でございます」

蚤《のみ》の夫婦という言葉があるが、富蔵とその妻ほどその表現がぴたりと当てはまる例もそうはないだろう。富蔵は体軀《たいく》に似つかわしくない大きな才槌頭《さいづち》を持っていたが、背の高さはお千の肩くらいまでしかなかった。

惣左衛門は長椅子に腰掛けたが、下半身が椅子の中に沈み込んでしまうような奇妙な感触である。

「どうにも尻が据わらんな。異人はよくもこんなものに座れるものだ」

そうぼやきながら惣左衛門はこれも長さが横に五六尺はある卓（こちらはテーブルと言うらしい）の上に置かれた側面に取っ手が付いている湯呑（これはカップと呼ぶようだ）に口をつけたが、余りの苦さに思わず顔を顰《しか》めた。

「これは何という茶だ」

カップの中の真っ黒な液体を見ながら惣左衛門が問うと、

「茶ではなく、西洋の珈琲という飲み物でございます。慣れればたいへん美味《おい》しゅうございますよ」

富蔵は得意げな口調で答えた。美味どころかただ苦いだけで、人が口にすべき

代物とはとても思えない。どうやら富蔵はよほどの西洋かぶれのようだ。惣左衛門は部屋の中を見回しながら、

「これはお主の好みか」

「はい、いかがでございますか、この逸品の数々は」

亜米利加を始めとする諸外国と条約を締結して、日本が開国したのは三年前のことだ。それまでは長崎を通じてわずかしか入手できなかった西洋の貴重品が、今では堰《せき》を切ったように大量に流れ込んで来ている。

「金に糸目はつけずに、これはと思ったものは片端から買い集めたのでございます」

富蔵の隣でお千が苦虫を嚙《か》みつぶしたような顔をして、したり顔の富蔵を冷ややかな目つきで見ている。亭主の金食い虫の趣味をあまり快くは思っていないらしい。この話題には深入りしない方が賢明なようだ。惣左衛門は早速本題に入ることにした。

「芳三という男が居続けをしているだろう。年齢は三十と一。左手の甲に大きな痣《あざ》がある。御用で追っておるのだ」

東の間富蔵とお千は顔を見合わせていたが、

「はて、そのような者がおりましたかどうか」

すぐにとぼけた表情を作って、富蔵が大仰に首を捻った。見え透いた言い逃れに苛《いら》立《だ》った惣左衛門は、

「お上《かみ》を愚弄するつもりか。お主らにとって芳三は景気よく金をばらまいてくれる上客なのだろうが、その金は無辜《むこ》の民から騙《だま》し取ったものなのだぞ。多少の金を惜しんで隠し事をすると今後のためにならんぞ」

と、脅しを掛けた。すると富蔵はあっさりと降参し、いかにもたった今思い出したというように、

「確かに仰《おっしゃ》るとおりの風体のお客様が居続けをしていらっしゃいます。ただ、名を芳三ではなく寅八《とらはち》と名乗っておりますので、お尋ねの者とすぐには思い至らなかっただけでございます。お上に対して空《そら》を使うつもりなど毛頭――」

惣左衛門はくだくだと言い訳を続ける富蔵を遮《さえぎ》り、

「さっさと案内致せ」

「かしこまりました。どうぞこちらへ」

富蔵の後について、惣左衛門は階段を上った。どの青楼も遊女たちの部屋は二階にあるのが通例である。途中で富蔵が後ろを振り返りながら、

「寅八、いえ芳三が馴染みとしている花魁《おいらん》は牡丹《ぼたん》と申しまして、この見世のお職《しょく》でございます」

図に乗りおって。惣左衛門は眉をひそめた。大籬のお職を敵娼にした場合、揚代だけでも一晩に一両は下らない。それなのに、掠《かす》め取った金で何日も居続けというのだ

からいい気なものだ。

廊下の最奥右手の部屋の前で富蔵は足を止めると、障子越しに中に声を掛けた。

「花魁、いるかい。お客様がいらしたよ」

「どなたでござんすか」

鈴を転がすような声が、部屋の中から響いてきた。

「御番所の旦那様がお見えだ。開けてもいいかい」

「少うしお待ちくんなまし」

のんびりした口調で応えがあったが、同時に何やら人が慌ただしく動く物音がした。それを聞いた惣左衛門は舌打ちをすると、富蔵を押しのけてすばやく障子を開け放った。

二人の禿《かむろ》を両脇に控えさせて、花魁が部屋の中央に座っていた。金糸銀糸の縫い取りが目にも艶《あで》やかな仕掛けに身を包み、鼈甲《べっこう》の 簪《かんざし》 や櫛が横兵庫《よこひょうご》に結った髪にあたかも後光のごとく幾本も差さっている。

惣左衛門が中に踏み込むと、花魁ははっと息を呑《の》んで目を見張った。そして、無言のまま惣左衛門の顔を見つめ続けている。不意の珍客に驚いたにしても少々奇妙な反応だったが、出し抜けに町奉行所町廻り同心が闖入《ちんにゅう》してくれば誰しも気が動転して当然かもしれない。とは言えそれも寸刻のことで、花魁はすぐに表情を元に戻すと、

「牡丹でござんす」

と名乗りながら、惣左衛門に深々と頭を下げた。年の頃はもう二十代半ばほどだろうか、遊女としては若干とうが立っているが、それだけに威風辺りを払うといった貫禄を漂わせている。

重ね簞笥《だんす》や鏡台など豪華な調度品が所狭しと並べられた部屋の中には、牡丹と禿の姿しかない。しかし、つい先ほどまで誰か別の人物がいた気配が確かに感じられた。御番所と聞いてすばやく身を隠したに違いない。その証拠に煙草盆と並んで碁盤が畳の上に置かれており、対局途中だったと見えて盤上には碁石が並べられたままになっている。

「芳三はどこだ」

惣左衛門は語気鋭く牡丹に尋ねた。しかし、牡丹は惣左衛門を小馬鹿にするように首を傾《かし》げただけで、何も答えない。惣左衛門は部屋の中をぐるりと見回した。押し入れなど人一人が隠れられるだけの広さの場所はどこにもない。

「検めさせてもらうぞ」

お職の花魁ともなれば、居室は一部屋だけではない。惣左衛門は牡丹の返事を待たずに、奥の部屋に突き進んだ。だが、そこにも芳三の姿は見当たらなかった。もしや高く積まれた重ね布団の中に身を潜めているかとも思って布団を引っくり返してみたが、影も形もない。

「芳三をどこに隠した」

足音荒く戻って来た惣左衛門は、牡丹の正面に立つと上から見下ろしながら詰問《きつもん》した。芳三が逃げ出そうとする気配がした時、廊下には惣左衛門がいて目を光らせていた。また部屋の窓には遊女の足抜けを防ぐために連子《れんじ》がはめられており、髪置き前の小児でもなければ通り抜けることは不可能である。したがって、芳三が外に脱出する手立てはなかったはずで、まだこの部屋の中のどこかにいるとしか考えられない。

「そのような名前の殿方は知りんせん」

「ここでは寅八と名乗っていた男だ」

「知りんせんものは知りんせん。たとえ知っていても、お教えできんせん」

「なぜだ」

「ぬし様は、御番所の内緒事やお勤めでお知りになったことを外でぺらぺらとお喋《しゃべ》りしなんすか」

意表を突かれて惣左衛門が返答に詰まっていると、

「遊女にも五分の魂がござんす」

牡丹は見得でも切るように、昂然《こうぜん》とした口振りで言い放った。

たとえ御用のお尋ねであろうとも、芳三の居場所を明かすわけにはいかない。もし明かせば自分の馴染《なじ》みを裏切ることになる。吉原の花魁の意地と張りにかけて、そんな沽券《こけん》に係わるような真似は金輪際できない。牡丹の言い条を解説すればこんなところだろうか。

「稼業の上で知りえた秘密と客の利益はいかにしても守り抜く、か。見上げた心掛けと誉めてやりたいところだが、これは御用の取り調べだ。芳三は舌先三寸の詐欺を働いて、多くの町人から大金を騙し取ったのだぞ」

惣左衛門の言葉に、わずかに牡丹の表情が動いたようにも思えたが、

「わちきにはあずかり知らぬことでござんす」

と、その返事に変わりはなかった。

「お主の揚代《あげだい》はその金から払われているのだ。芳三を庇《かば》い立てするのは、詐欺の片棒を担いでいるのと同じことだぞ！」

頭に血が上《のぼ》った惣左衛門がそう大音声《だいおんじよう》で怒鳴りつけても、牡丹は馬耳東風といった表情でそっぽを向いている。

「偉そうにご託を並べているが、要は金蔓《かねづる》を手放したくないだけであろう！」

華やかに見える花魁の生活も、内実ははなはだ厳しい。遊女になった時点で既に莫《ばく》大《だい》な借金を抱えているのに、豪奢な衣裳や調度品はすべて自前で揃えなければならないなど、むしろ借金が増えてしまう仕組みになっている。そのため年中金策に汲々《きゆうきゆう》

としており、一人でも多くの馴染みを持ち駒として揃えておこうと腐心し続けているのだ。

だから、遊女たちに惻隠《そくいん》の情を抱いていた惣左衛門にすれば、仮に牡丹が金銭のために芳三を匿《かくま》っているのだとしても、牡丹の立場からすれば無理もないと斟酌《しんしゃく》してやるべきところなのだろう。しかし、今や惣左衛門の胸中を占めている感情はただ一つ、お上に盾突くこの花魁への怒りのみだった。

ところが、惣左衛門が歯ぎしりをしながら牡丹を芳三の一味として面番所に引っ張ってやろうかと考えたその時、牡丹が奇妙な台詞《せりふ》を口にした。

「香炉峰《こうろほう》の雪いかならむ」

「雪？」

今はまだ夏だ。雪など降るわけもないのに、いったい何を言い出すのだろう。

「拙者をからかっておるのか」

さらに怒りを募らせた惣左衛門は牡丹に詰め寄りかけたが、その時、

(待てよ)

不意に思い止まった。「香炉峰の雪」という言葉に微《かす》かな記憶があったのだ。遠い昔どこかで誰かに教わったような気がする。確か『源氏物語』、いや『枕草子』だったか——

もしや。惣左衛門は裏通りに面した側の窓に目をやった。風を入れるため他のどの窓も障子が開けられているのに、そこだけは簾《すだれ》が下りている。惣左衛門は急いで駆け寄ると、簾を素早く巻き上げた。続いて、閉じられていた障子も勢いよく開け放つ。

その窓にも連子が取りつけられていたが、窓と連子の間には奥行一尺ほどの地板がはまっている。地板の上には飾り棚のように花瓶を置いたり、猫が日向ぼっこをしていたりするのが普通である。しかし、今そこにいるのは猫ではなかった。男が一人、膝を抱えて窮屈そうに身を縮こまらせている。

「芳三だな」

左手の甲に痣のあるその男は、絶望の表情を浮かべながら頷いた。すっかり観念したようで、何の抵抗もせずおとなしくお縄に掛かる。

惣左衛門は芳三を引き立てながら部屋を出る時、牡丹の方を振り返り、

「なぜ？」

と、短く尋ねた。なぜ牡丹は芳三の居場所を自分に教える気になったのか。

「香炉峰の雪」とは、清少納言《せいしょうなごん》が書いた『枕草子』に載っている挿話である。ある雪の日、清少納言は主人の中宮定子《ちゅうぐうていし》に「香炉峰の雪いかならむ」と質問された。これは、白居易《はくきょい》の『白氏文集《はくしもんじゅう》』中の「香炉峰の雪は簾をかかげて看《み》る」という詩を踏まえた問いで、清少納言の知識を試すためのものだった。定子の意図を正しく見抜いた清

少納言はすばやく簾を上げさせたので、その場に居合わせた一同は清少納言の機知に大いに感心した、と伝えられている。

牡丹はこの挿話を引用して、簾を上げてみよと惣左衛門に示唆《しさ》したのである。自分にはあずかり知らぬことと言っていたのにもかかわらず、芳三がどこに隠れているのかを惣左衛門に教えたのだ。

なぜやにわに心変わりをしたのだろう。それとも、『枕草子』という手掛かりを与えたところで、一介の町方同心になどわかるはずもないと見くびっていたのか。

牡丹は惣左衛門の問いには何も答えず、謎めいた微笑《ほほえ》みを浮かべるばかりだった。

＊　＊　＊

「うーむ」

惣左衛門は鼻を擦《こす》りながら、長い唸《うな》り声を上げげた。しばしの間盤面と向かいに座っている牡丹の顔とを見比べていたが、

「ありません」

ようやく自分の中押《ちゅうお》し負けを認めて、惣左衛門は頭を下げた。

「これで三連敗か。まるで歯が立たんな」

「いえ、そんなことはござんせん。あの失着さえなければ、ぬし様の大勝でござんした」

今二人がいるのは丸屋の二階、牡丹の部屋である。惣左衛門がここを訪れたのはあの日以来今日で四度目で、毎回一刻ばかりを牡丹と二人きりで過ごしていた。

といっても、同衾《どうきん》などは一切していない。それどころか酒を飲むことすらない。では、一刻もの間何をしているかと言えば、それは囲碁だった。

お職を張る花魁ともなれば、ただ春をひさぐだけの岡場所の私娼とは訳が違う。唄や三味線《しゃみせん》はもとより、茶道・華道・和歌などあらゆる芸に通じており、囲碁や将棋などの遊戯も花魁が身につけるべき教養の一つであった。

丸屋を再訪した当初の目的は、芳三が居続けをしていた間にどれほどの金額を浪費してしまったかを調べるためだった。芳三は被害者に弁済できる手金などほとんど残っていないと主張しており、その供述の真偽を確かめる必要があったのだ。

惣左衛門は富蔵やお千の聴取を終えると、居続け中の芳三の様子を知るため、牡丹とも再び面会した。どうした風の吹き回しなのか、初対面の日とは打って変わり、牡丹は惣左衛門の尋問にごくごく素直に応じた。そのため調べは早々に終わったのだが、思いがけず惣左衛門はなお少時丸屋に留まることとなった。

惣左衛門が暇《いとま》を告げた時、牡丹が唐突に、自分は籠《かご》の鳥で外の世界のことを何も知らないので、町廻りの時に見聞きした最近の町中の様子を聞かせてほしいと言い出したのだ。惣左衛門にしても、遊女の生活の実態がいかなるものなのか関心がないわけではない。夜まで腰を据えていれば無用の誤解を招く恐れもあろうが、まだ日の高い内に短時間であれば構うまいと、牡丹と雑談をしていくことにした。

すると、牡丹は殊《こと》の外《ほか》豊かな教養と、これも花魁の特別な技能の一つなのだろうが、実に巧みな話術を修得していた。初対面の悪印象ものかは惣左衛門は牡丹にすっかり魅了されてしまい、牡丹との会話は実によく弾んだ。そこで調子に乗った惣左衛門が、

「碁に関してはいささか腕に覚えがある。おそらく芳三などわしの足元にも及ぶまい」

とつい口を滑らせたものだから、では一局いかがかと牡丹が提案し、対局をすることになったのだ。ところが、牡丹の腕前は初段を有する惣左衛門をはるかに凌駕《りょうが》していた。おまけに対戦相手に花を持たせる気など牡丹はさらさら持ち合わせていないらしく、あえなく惣左衛門の完敗という結果に終わったのだった。

もちろん負けず嫌いの惣左衛門がそのまま退散するわけもなく、なおも対局は続き、結局丸屋を後にしたのは二刻近くも後のことだった。結果は惣左衛門の全敗に終わったが、この時のように昂揚《こうよう》した気分を味わったのは実に久方ぶりのことだった。

けれども惣左衛門は、再度丸屋を訪ねようなどという気はまるで起こさなかった。惣左衛門の信条からすれば当然のことだし、また牡丹の歓待の裏にはあわよくば惣左衛門を馴染みの一人にしてやろうという魂胆が隠れていることは歴然としていたからである。

するとその翌日、思いがけず牡丹からの手紙を携《たずさ》えた使いが惣左衛門を訪ねてきた。その手紙には、惣左衛門が巾着を忘れていったから取りに来てほしいと水茎の跡も鮮やかに認《したた》められていた。どうせ使いを寄越すのであれば巾着も一緒に持たせれば良いものを気の利かぬ女子《おなご》だと不満に思う一方で、牡丹の色香に惑わされて注意力が散漫になっていたのだろうかと自省せざるをえなかった。

このところ江戸市中では、『雷小僧《いかづちこぞう》』と名乗る盗賊が大店へ押し込む事件が続いている。惣左衛門は直接の受持ちではなかったものの、しばしば夜回りの手伝いに駆り出されていた。吉原くんだりまで何度も足を運べるほど暇ではないのだぞと腹中で毒づきながら、惣左衛門はやむなく丸屋に向かった。

その日は巾着を受け取ったらすぐに戻るつもりでいたのだが、性懲《しょうこ》りもなくつい牡丹の口車に乗せられ、やはり一刻ほど対局に熱中してしまった。己の意志の弱さを大いに反省したものの、ここを訪れるのも今日が最後なのだからと自分に言い訳をしつつ帰途についた。ところが、あろうことか今度は煙草入れを置いてきてしまったのだ。

　どうしたわけか、牡丹のもとを訪れるたびに惣左衛門はいつも忘れ物をしてしまう。そして、もう耄碌《もうろく》し始めてしまったのだろうかと少々憂鬱になりながらも丸屋に行き、結局は牡丹と囲碁を打ってから帰る。いつしかそんな繰り返しが、習慣のごとく惣左衛門の日常に定着してしまっていたのだった。

「よし、されば今度こそ」

すっかり熱くなった惣左衛門は勢い込んで碁笥《ごけ》を引き寄せたが、その時夕七つ（午後四時頃）を告げる鐘の音が聞こえてきた。

「おっと、いかん。長居しすぎたようだな」

　慌てて惣左衛門は席を立った。暮六つ（午後六時頃）から夜見世が始まるため、遊女たちはそろそろ仕度を始めなければならない時刻だ。すかさず牡丹も立ち上がり、惣左衛門にそっと身を寄せてきた。牡丹の体から漂ってくるえも言われぬ芳香が鼻腔をくすぐる。

「もうお帰りでござんすか。今宵《こよい》はゆるりとしていっておくんなまし。ぬし様が彦星、わちきが織姫でござんす」

　牡丹が耳元で囁《ささや》いた。牡丹は惣左衛門が帰る段になると、いつもこうして甘い誘いの言葉を口にする。そして、それに対する惣左衛門の答えもいつも同じだった。

「貧乏同心の懐《ふところ》では花魁の揚代を賄えるわけもあるまい」

そう言って牡丹の体を静かに押し戻しながら、惣左衛門は微笑した。とりわけ今日は七夕、紋日である。揚代が普段の倍になるのではなおさら無理な注文だ。

惣左衛門は足早に階下に降りると、内所に向かって、

「邪魔をしたな」

と、声を掛けた。すると、惣左衛門が預けていた刀を手にしたお千が待ち構えていたように飛び出してきた。登楼する時は武士といえども帯刀は許されず、内所に預けなければならないのが吉原の定めである。刀を受け取り、玄関に向かおうと歩きかけた時、

「お待ち下さいませ」

お千が憂い顔で惣左衛門を呼び止めた。

「折り入ってお頼み申し上げたいことがございます」

「頼み？」

「実は亭主の富蔵のことなのですが……」

お千が申し出た依頼は、何とも奇妙なものだった。実は昨今富蔵が白犬様という怪しげな神に入れ込んでおり、それが原因で今夜富蔵の身に危険が迫っている。ついては惣左衛門に富蔵を護衛してもらいたいというのだ。

「白犬様……初めて聞くが、最近流行《はや》りでもしておるのか？」

無名の神仏に霊験あらたかとの評判がとみに立ち、人々が参詣に殺到する流行神《はやりがみ》という現象がある。柳川《やながわ》藩立花《たちばな》家の太郎稲荷《たろういなり》などがそのいい例だが、白犬様なる神はまったく耳にしたことがない。

「お聞き及びでないのは当然です。富蔵の単なる思いつきで、何しろ信者は富蔵ただ一人きりなのですから」

お千が苦々しげな口調で説明を始めた。

きっかけは、昨年英吉利《イギリス》公使のオールコックが幕府の反対を押し切って富士山に登ったことだった。外国人による富士山への初登頂である。オールコックは愛犬のトビーというスコッチテリアを登山に引き連れていた。ところが下山後熱海《あたみ》温泉に立ち寄った際、不幸にもトビーは間欠泉の熱湯を浴びるという事故により死んでしまったのだ。

その二十日ほど前、丸屋では小火《ぼや》騒ぎが起きていた。楼主の富蔵自らが消火を指揮したのだが、その際富蔵は両足に火傷《やけど》を負ってしまい、たまたまトビーの事故当日に療養のため熱海を訪れていた。そして、期せずしてまさに事故の瞬間その現場に居合わせたのだ。

その日以来富蔵は、自分はこの世における白犬様の預言者だと主張するようになった。死の直後にトビーの魂が白犬様へと昇華し、さらにその一部が分離して同じく火傷を負っていた自分に乗り移ったというのだ。火傷の後遺症に苦しむ富蔵は心気が不安定な状態になっており、トビーの死の光景が悪い影響を及ぼしてしまったのだろう。

すべてを白犬に捧《ささ》げる生活が始まった。富蔵はまず、家紋を白犬の意匠に替えてしまった。入り口の暖簾に染め抜かれた奇妙な犬の紋がそれである。さらにトビーの姿を生写しにした白犬の大きな木像を作製させ、英吉利生まれの白犬様は我が国の物品を好まないという理由で高価な舶来品を買い揃えた。

挙句の果てには、専用の部屋で祈らないと御利益が薄くなってしまうとやらで、隠居した先代が亡くなるまで使っていた丸屋で最も日当たりの良い南面の座敷を祈禱《きとう》専用に改装する始末。『祈りの間』と名づけたその部屋で、富蔵は毎日朝昼晩の三回ずつ白犬への祈りに半刻も費やしている。

「ところが富蔵が申しますには、先日白犬様からお告げがあったそうなのです。おまえはまだまだ信心が足りない、このままではおまえたち夫婦二人に恐ろしい祟りがあり、丸屋は近いうちに立ち行かなくなることだろう、と」

「…………」

あまりに荒唐無稽、かつ突拍子もない話である。

「何でも今日七夕がそのトビーという犬が生まれた日なのだそうで、祟りを避けるためには夜通し『祈りの間』に籠もり、その生誕を祝う祈りを捧げ続けなければならないのだとか。お願いと申しますのは、今夜戸田様に富蔵のそばについていただきたいのです」

「わしの職務の埒外《らちがい》だな」

にべもなく惣左衛門は断った。神仏のことは坊主や巫女《みこ》の領分だ。夜通しになるから体が心配だというのなら、呼ぶべきなのは医師だろう。定町廻り同心の惣左衛門がそばにいたところで何かの役に立つとは思えない。

「そう仰るのも当然のことと存じますが、実は先日このような文《ふみ》が庭に投げ込まれておりました」

お千に渡された文を広げると、ひどい金釘流で「死　富蔵　七夕　白犬　オールコック」と記されていた。差出人を特定されないために、おそらくわざと筆跡を変え、短い単語のみを書き連ねたのだろう。

「誰がこれを？」

「見当もつきません。この商売は人様の恨みを買うようなことも珍しくございませんが、富蔵はそのような阿漕《あこぎ》な真似はいたしておりません。ただ、もしや西洋かぶれと誤解されて、異人を嫌うお侍様たちに目をつけられているのではと心配なのでございます」

三年前に諸外国と結んだ条約により、居留地に限ってではあるが我が国にも外国人が定住するようになった。そのことを快く思わない攘夷《じょうい》派の武士たちは神州が穢《けが》されたと激昂《げきこう》し、外国人を殺害する事件を頻繁に起こしている。つい先々月にも、高輪東《たかなわとう》禅《ぜん》寺《じ》の英吉利公使館が襲撃され、オールコックが間一髪で難を逃れるという事件が発生していた。

「この文は、七夕の日にオールコックと同じ目にあわせてやるという警告なのではないでしょうか」

オールコックの愛犬の魂が乗り移ったと唱え、異国の品々を買い集めている富蔵が攘夷派の標的とされることは確かにありうる。お千の心配はまったくの杞憂とばかりも言えない。

「ほんの些少《さしょう》ですが」

お千は惣左衛門の袂《たもと》にそっと包みを一つ滑り込ませた。

惣左衛門は迷った。最近剣術の腕をめきめきと上げている長男の清之介《せいのすけ》は来月から高名な男谷《おだに》道場に通うことになっており、その月謝は決して安いものではない。そうでなくとも、開国以来諸色高直《しょしきこうじき》が続き、何かと物入りで家計は逼迫《ひっぱく》していた。加うるに、そもそも町奉行所に勤めている者はこの種の付け届けを手渡されることは珍しくない、というより受け取るのが半ば慣例となっている実態もある。さらには、幸か不幸か今夜は『雷小僧』対策の夜回りには当たっていない。

惣左衛門の心の揺れを読んだかのように、お千は包みをもう一つ追加した。

「承知致した」

我知らず惣左衛門は承諾の言葉を口にしていた。数瞬の後、やはり返そうと思い定めた時には、お千の姿は既に惣左衛門の目の前から消えていた。

* * *

内所から続く廊下を奥に真っ直ぐ進んだ突き当りが『祈りの間』だった。惣左衛門がお千に案内されてその部屋に入ったのは宵五つ（午後八時頃）過ぎだった。足を踏み入れた途端、惣左衛門は異様な光景に思わず目を見張った。

内所の隣の客間と同様、部屋の中はソファーやテーブルなど舶来の調度品で埋め尽くされていたが、それらに加えて四つの大きな屏風が正方形を形作るように立てられていた。その中を白い水干を身にまとった富蔵が、大きな御《ご》幣《へい》を振り回しながら踊るようにせわしなく動き続けている。お千が首を横に振りながら、大きな溜め息をついた。

惣左衛門は富蔵の方に歩み寄った。妙な形の屏風だと思っていたら、そばに行くと木で作られた衝立《ついたて》に紙を貼ったものであるとわかった。六枚の板が蝶番《ちょうつがい》で、それも屏風に用いられる紙のものではなく異人の住む洋館の窓や扉に使われている金属製の蝶番で、六曲一隻の屏風のように連結されているのだ。

衝立の高さは四尺くらいで惣左衛門の脇辺りまであるが、小柄な富蔵だとちょうど肩までの高さになる。そのため富蔵が衝立の中から首だけ覗《のぞ》かせている形になって、まるで才槌頭が宙に浮いているように見える。

「富蔵！」

惣左衛門は衝立に近づいて大きな声で呼びかけたが、何か御経か祭文のような言葉を一心不乱に唱え続ける富蔵は惣左衛門に気づく様子がまるきりない。三度目に名を呼んだところで富蔵がようやくこちらを振り向き、

「これは戸田様、お見苦しいところをお見せいたしまして」

と、息を弾ませながら言った。

「お千から頼まれて、今夜はわしがお主に付き添うことになった」

「かたじけのうございます。戸田様にお守りいただけるのであれば、大船に乗った気持ちで心置きなく祈りに打ち込むことができます」

「あれが白犬様か」

衝立で囲まれた空間の中央には、白い西洋犬の木像が鎮座していた。高さ長さとも二尺はあろうか。天井から吊《つ》るされた八間《はちけん》が放つ光を受けて、金剛石の目がきらきらと輝いている。

「さようでございます。生前のお姿を忠実に再現いたしました」

鼻をうごめかしながら富蔵は答えた。

衝立の中を覗きこんでみると、いずれの内側にも富士山の絵が貼られている。それぞれ富士とともに桜、新緑、紅葉、雪が描かれており、富士の春夏秋冬の姿を表しているようだ。

「変わった衝立だな」

「我が国の屏風では白犬様が満足なさいませんので、スクリーンという西洋式の衝立を模して作らせました」

「その割には、描かれている景色は英吉利のものではなくて富士山だが」

「白犬様は亡くなる直前に富士に登られておりました。そして、もとより富士は我が国の霊峰でございます。このように富士を描いた絵で東西南北の四方を取り囲まれることによって、白犬様の霊力が増大するのです。この衝立で囲まれた空間を『方霊《ほうれい》場《じょう》』と呼びまして――」

富蔵はとくとくと解説を始めた。目は憑かれたような光を帯び、語っている内容もおよそ正気から発したものとは思われない。惣左衛門は黙って富蔵の高説を傾聴している風を装い、一頻《ひとしき》り富蔵に好きにしゃべらせておいた。

しばらくの後、適当なところで惣左衛門は警備の確認を口実にして話を切り上げ、富蔵のもとから離れた。部屋の南側には障子があり、開けると縁側になっていた。昼間は日当たりの良さそうな庭が広がっており、その向こうには各妓楼の灯す無数の灯りが煌々《こうこう》と輝いている。かつて宝井其角《たからいきかく》が「闇の夜は吉原ばかり月夜かな」と詠んだとおりの光景で、天空の織女星と牽牛星も霞んで見えるほどだ。

もし本当に襲撃者がいるとしたら、この庭から侵入してくるに違いない。となれば、富蔵と庭とが同時に視界に入る位置で待機しなければならない。惣左衛門はそう判断したが、お千も同様に考えたのだろう、ちょうどそこに手回し良く座布団が敷かれている。

「では、よろしくお願いいたします」

お千は惣左衛門に深々と頭を下げると、内所に戻っていった。惣左衛門は障子を閉めると、

「ここで見張っておるぞ」

と富蔵に声を掛けてから、ソファーに座らずに済むのはありがたいことだと思いながら座布団に膝を折った。

よくよく考えてみれば、攘夷浪士が一介の亡八《ぼうはち》を相手に斬り込みを掛けてくることなどありえまい。例の投げ文はおそらくただの悪戯《いたずら》で、実際には何事も起こらないまま夜明けを迎えることになるだろう。一晩ただ座っているだけというのはいささか苦痛だが、それで思わぬ余禄《よろく》にありつけるのだから楽なものだ。

夜四つ（午後十時頃）になる少し前、お千が茶菓子が載った盆を持って入ってきた。カップの中身が珈琲ではなく、ただの緑茶であることに惣左衛門は大いに安堵した。お千は部屋を出ていく前に『方霊場』に近づくと、

「ほら、あまり根を詰め過ぎるから、こんなにずれてますよ」

と富蔵に文句を言いながら、しばし衝立をいじっていた。どうやら富蔵が祈りながら踊り回っているうちに、衝立と接触して位置が狂ってしまったらしい。富蔵はいったん動きを止めてお千に何か生返事をしたが、お千が立ち去ると、飽くことなく祈りの踊りを再開した。

実に異様な光景ではあったが、人はどんなに物珍しい事物でもいつしか慣れてしまうものらしい。度重なる夜回りで疲労が蓄積していたこともあって、惣左衛門は瞼《まぶた》が垂れそうになるのを次第に抑えられなくなっていった。

＊　＊　＊

お千は内所へと続く廊下の一隅にいた。掛行灯《かけあんどん》の灯りも届かぬ暗がりにもう半刻近くも身を潜めている。遊女の部屋がある二階は喧噪に満ちているが、階下はひっそりと静まり返って人気《ひとけ》が絶えている。

もうそろそろ頃合だろう。お千は音を立てぬよう慎重に襖をほんの一寸だけ開けた。隙間に顔を近づけ、目をすがめて中を覗き込む。相も変わらず富蔵は衝立の中で、踊り狂うように一心不乱に祈りを捧げている。あの小さな体で、よくも体力が続くものだ。

戸田の姿は『方霊場』に隠れて見えないから、思惑どおり戸田は今もお千が用意した席から動かずにいるのだろう。戸田の位置からは、衝立に遮られてお千が何をしようとしているか一切見えないはずだ。

お千は凶器を手にした。やや重量はあるものの、この種の得物はかねて扱い慣れているから何の支障もないだろう。

だが、あれほど富蔵を憎んでいたのに、いざとなると手が震えて取り落としそうになってしまった。何を弱気になっているのだ。元はと言えば、富蔵が元凶なのではないか。そして、これは丸屋の、鶴太郎の将来のために止むをえないことではないか。

しっかりとお千は凶器を握りしめ、富蔵にゆっくり近づけていった。富蔵の動きに合わせて慎重に狙いを定める。お千の額から頬《ほお》に汗が幾筋もつたった。実際にはほんの一瞬間のことだったのだろうが、永遠とも思える時間が過ぎたようにお千には感じられた。

(駄目だ。やはりあたしには無理だ)

お千は凶器を下ろそうとした。だが、その刹那出し抜けに好機が訪れた。富蔵がお千の正面に来て、絶妙の位置で立ち止まったのだ。

(堪忍して下さい)

そうお千は心の中で詫びの言葉を唱えながら、満身の力をこめて凶器を突き出した。

「うがっ！」

確かな手応えを感じた。それと同時に富蔵の叫び声がお千の耳に届いたが、能《あた》う限り意識の外に押し出すよう努めた。

以前薬食《くすりぐ》いのため猪《いのしし》をさばいたことがあったが、その時と感触が似ている。そんな場違いな連想を頭に浮かべながら、お千は凶器をさらに深く押し込んでいった。

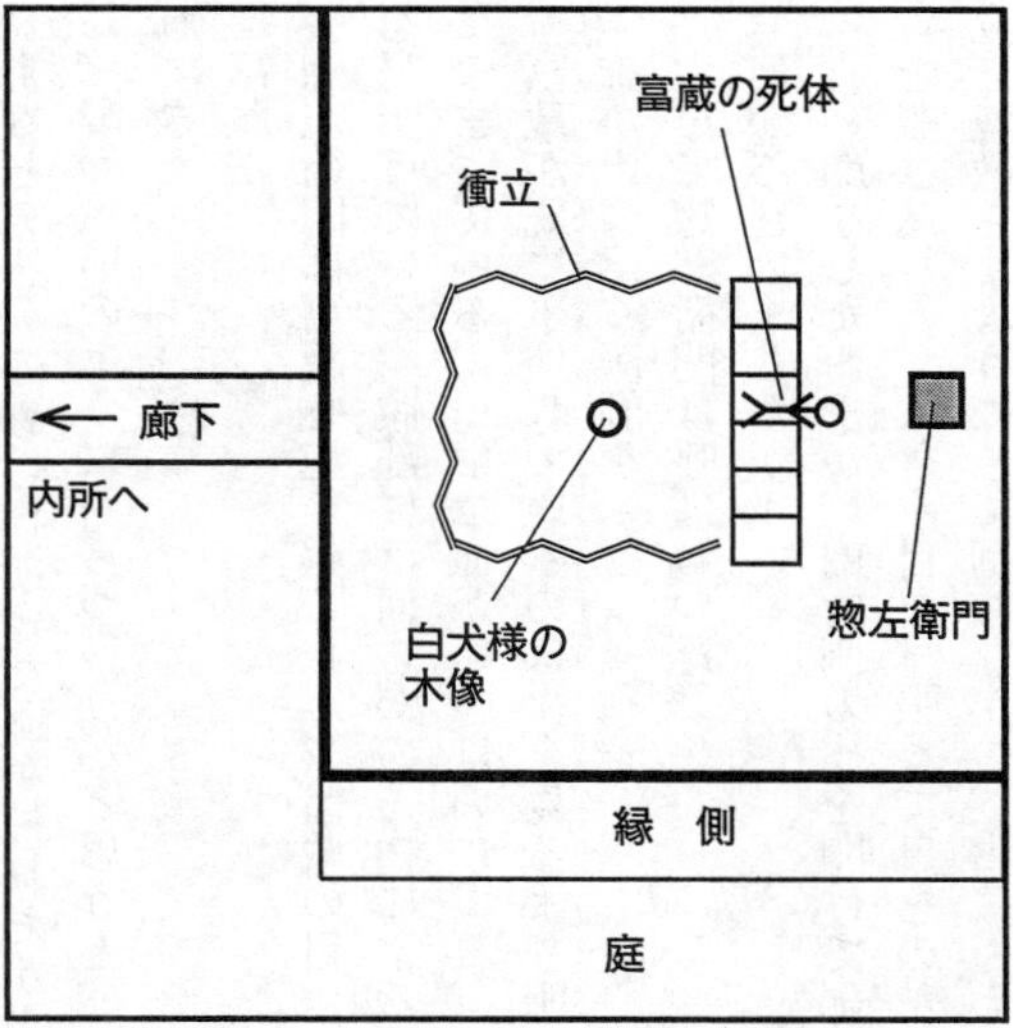

＊　＊　＊

異変は突如として起きた。

「うがっ！」

富蔵が奇妙な大声を上げた。

その時惣左衛門は不覚にもうたた寝をしかけていたところだったのだが、その声でたちどころに目が覚めた。富蔵に目をやると、それまで絶え間なく踊り続けていたのに、今は動きがぴたりと止まり、彫像のように立ち尽くしている。

思わず惣左衛門は腰を浮かせていた。何かよからぬことが起こった、起こってしまったのだ、そう直感した。

するとと突然、はめられていた枷《かせ》が外れたかのように富蔵は再び動き始めた。しかし、酔っ払いのようにふらついたかと思うと、すぐに衝立もろとも惣左衛門の方に倒れてきた。

「富蔵！」

惣左衛門は富蔵を抱き起こした。富蔵の目はまばたきもせず大きく見開かれ、虚空を見上げている。腹部には何らかの刃物による刺し傷があり、白い水干が血で真っ赤に染まっている。口には血がいっぱいに溢れ、顎の方まで伝っていた。

富蔵が既に事切れているのは火を見るより明らかだったが、

「誰か！　早く医師を！」

大声で惣左衛門は呼ばわった。

「何かございましたか！」

青い顔をしたお千が、内所側の襖を開けて部屋に飛び込んできた。衝立越しにこちらを覗き込むと、大きく目を見張って息をのんだ。よほど慌てふためいているのか衝立を蹴散らすようにして倒しながら、富蔵のもとに急いで駆け寄った。

「あんた！」

いったい何が起こったのだ。富蔵の亡骸《なきがら》にすがって泣き叫ぶお千を見下ろしながら、惣左衛門は懸命に頭を働かせようとした。

誰が富蔵を刺したのだ？　部屋の中には富蔵と惣左衛門以外は誰もいなかった。しかも富蔵は衝立に囲まれた『方霊場』の中に一人きりでいたのだ。誰かが近づいて刺すことなどできるわけがない。

白犬の祟りという言葉が、否応なしに惣左衛門の胸裏に浮かんだ。人の仕業でないというなら、よもやまことに祟りなのだろうか。惣左衛門は呆然としてその場に立ち尽くしていた。

＊　＊　＊

誰かに名を呼ばれたような気がして、惣左衛門は目を薄く開けた。

「父上」

廊下から清之介の声がしている。

「入ってもよろしゅうございますか。そろそろ灯《あか》りをおつけした方がよろしいかと」

気がつくと、先ほどまで夕日に赤く染められていた格子窓の障子がほとんど色を失っている。部屋の中は急速に闇に包まれようとしていた。

「うむ、頼む」

清之介が足音を忍ばせて行灯に近づく。暫時の後行灯から光が放たれ、月代《さかやき》も鬢も伸び放題になっている惣左衛門の横顔を照らし出した。このような雑事は本来であれば惣領の清之介がなすべきことではないが、惣左衛門の様子を見るために清之介が下女に代わって買って出たのだろう。

今年は秋の訪れが早いのか、虫が盛んにすだく声が庭から絶え間なく聞こえてくる。戸田家の庭はそれほど広くはないものの、惣左衛門が丹精込めて育てた数多《あまた》の草花が植わっており、四季折々の様々な花々が見る者の目を楽しませていた。

今はそろそろ菊が咲き初める時季で、清之介と源之進には庭の手入れを怠らないようにとよくよく言い聞かせてあった。しかし、何分ここ数日間自身ではまったく面倒を見られていないので、どんな様子であるかは見当もつかない。おそらくは見るも無残な有様になってしまっていることだろう。

(今日でもう六日、いや七日になるか)

こうして終日一室に籠もって端座しているだけの日々が繰り返されると、次第に日数の感覚が失われてしまう。

清之介は灯りをつけ終えても、何か言いたげな表情をしてその場に控えていた。

「いかがした」

惣左衛門が問うと、清之介は唇を嚙みしめながら恨めし気な口調で、

「なぜに父上にかような御処分が――」

「その話は無用と申したであろう。もうよい、下がれ」

　眦《まなじり》を決して惣左衛門は清之介を叱責した。清之介は項垂《うなだ》れたままずごすごと退出していったが、繰り言をつい口にしたくなるその心情も惣左衛門はよく理解できた。

　当の惣左衛門自身が、まさしく同じ疑問を強く抱いていたからである。なぜ自分が町奉行から差控を命ぜられ、謹慎せねばならぬ羽目に陥ったのだろうか、と。

（いったいどこでどう歯車が狂ってしまったのか……）

　これでもう幾十度目になるだろうか、惣左衛門の心は自然とあの七夕の夜へと時を遡《さかのぼ》っていった。

＊　＊　＊

　富蔵の一件は、発生時に現場に居合わせたという経緯から、面番所の隠密廻り同心ではなく、惣左衛門が指揮することとなった。だが、事件の一部始終を惣左衛門が目撃していたにもかかわらず、詮議は難航した。

　何と言ってもやはり問題は、現場の『祈りの間』に富蔵と惣左衛門以外は誰もいなかったということだった。

「戸田様は存外しっかりと舟を漕《こ》いでおられたのでは」

惣左衛門の補佐役となった菊池が、冗談めかしながらも惣左衛門の見落としを示唆したが、

「いや、そんなことはない」

惣左衛門はその可能性を言下に否定した。

富蔵が刺されたと思しき時、確かに惣左衛門は半ば意識が薄れかけてはいたものの、完全に眠り込んでいたわけではない。その証《あか》しに、富蔵の才槌頭が右に左に動いている様子はほぼ絶え間なく惣左衛門の視界に入り続けていた。

だから、誰か部屋の中に侵入してきた者がいればいくら何でも気づかぬわけがない。ましてや富蔵に襲いかかるところを見逃すことなどありえなかった。下手人は忍びの技を身につけた者で、惣左衛門の目に留まらぬほどの速さで動くことができたなどという馬鹿げた想定でもしない限り、説明の仕様がなかった。

「うーん、そうなりますと……」

菊池はしばらくの間腕組みをして頭を捻った後、はたと膝を打って、

「であれば、そもそも下手人は部屋の中に入らなかった、とは考えられませんか。例えば槍のような長い得物を用いれば、部屋の外からでも富蔵を刺すことができるのではないでしょうか」

「ふうむ、なるほど」

菊池にしては上等な思いつきだと感心しつつ、惣左衛門はその妥当性を検討してみた。

八間が天井から吊るされていたものの現場はそれほど明るくはなかったため、惣左衛門の目が部屋の隅々まで完璧に行き届いていたわけではない。庭に面した障子がずっと閉じられたままだったことは断言できるが、廊下側の襖は衝立のせいで死角に入っていた。だから、少しの幅であれば、襖が開けられてそこから槍が差し込まれたとしても、確かに気づくことは難しかっただろう。

ありうるかもしれないと惣左衛門は賛同しかけたが、

「いや、やはり駄目だな」

と、すぐに否定に転じた。

吉原の中に槍や長刀《なぎなた》を持ち込むことは禁止されている。謀反人が吉原に入り込むことを防ぐためだ。そのことは、五十間道に立てられた高札に『鑓《やり》長刀門内へ堅く停止たるべきもの也』と明記されている。廓内で槍を持ち歩いているところを目撃されたら、たちまち見咎《みとが》められてしまう。

しかも、高さが富蔵の肩まである衝立が富蔵の周りをぐるりと取り囲んでいた。衝立に遮られて、部屋の外から刺し殺すことなど不可能だ。もちろん、いずれの衝立にも凶器を通せるような穴など開いていなかった。

「では、部屋の外から弓矢を放ったか、それとも刃物を投げつけたというのはどうでしょう?」

「それもありえんな。それなら富蔵の体に凶器が刺さったままになっているはずだ」

あるいは抜け落ちてしまったということも考えられなくはないが、それならば富蔵の死体のそばに落ちていなければならない。しかも、この場合でもやはり衝立が邪魔となることに変わりはない。

富蔵を殺した手立ての追究については、どうにも八方塞がりという有様だった。そのため、惣左衛門はひとまずその点は脇に置いて、富蔵を殺す動機を持つ者を検討してみることにした。

まずは白犬だ。白犬の祟りと書きたてている読売がいくつも出回っているが、生来不信心の惣左衛門はそんな迷信の類は一切信じない。そもそも、白犬の存在自体が富蔵の妄想の産物だ。

異人を毛嫌いする攘夷の志士を気取る連中の仕業だろうか。いや、連中であれば刀を振るって正面から切り込んでくるだろう。仮にも武士たる者が、何かの小細工を弄してあのような殺し方をするとは思えない。

となれば当然、下手人は富蔵の周囲にいるに違いない。そう考えた惣左衛門は、丸屋の内情を密かに探らせた。すると、丸屋の懐具合が相当深刻な事態に陥っていることがすぐに判明した。原因は白犬を狂信する富蔵が、例の木像の製作や舶来品の購入に桁外れ《けたはず》れの巨費を注ぎ込んでいることだった。お千や番頭の伊平が何度諫《いさ》めても富蔵は馬耳東風で、一向に了見を改めなかったという。

だとすれば、丸屋が破産してしまう前に富蔵を亡き者にしてしまおうと考える者がいても不思議ではない。惣左衛門は、白犬のことを口にした時のお千の苦々しげな表情を思い出した。富蔵が刺された時、富蔵の身を案じるお千は夜が更けても床には就かず、内所にいて一人で帳付けをしていたと証言している。しかし、それを裏づける者は誰もいない。実はお千が下手人で、慌てて駆け付けてきた風を演じただけということも十二分に考えられる。そして、丸屋のことが理由であるなら、怪しいのはお千だけではない。伊平や息子の鶴太郎にも立派な動機があると言えるだろう。

状況が一向に進捗《しんちょく》しないことに焦りを感じたのだろう、菊池が意気込んで、

「連中を片端から大番屋に放り込んで、口を割らせてしまいましょうか」

と、牢問《ろうもん》を提案してきた。即座に惣左衛門は菊池を一喝した。

「たわけを申すな」

確かに惣左衛門も容疑者を厳しく責め立てることはあるが、これはと目星をつけた者に対してのみである。無実かもしれない者まで一緒くたに大番屋に入れ、牢問を加えるような粗雑な吟味など一度もしたことはない。

「まだ時期尚早だ。何の証しもないのに、そこまで手荒な真似はできぬ。自白を強要したせいで万一捕違《とりちが》いが起きたらいかがする。そもそも犯行の方法が不明なのだから、白状させることなど到底叶わぬだろう」

もしも「私が下手人と仰るなら、いかにして殺害を実行できたのかお教え下さい」などと反論されたら、ぐうの音も出ない。それ以上牢問を続行することはできず、解き放すより他なくなってしまうだろう。

「常日頃からお主の振る舞いには細心さが欠けておる。今後はもっと慎重な取り調べを心がけよ」

「肝に銘じます。申し訳ございません」

惣左衛門に叱責された菊池は、小さくなって幾度も頭を下げた。

とは言え、牢問を除外してしまうと現状では打つ手が何もないのも事実ではある。

惣左衛門は連日呻吟《しんきん》し続けたが、探索はそこで足踏みをしてしまった。解決の目途が皆目つかないまま盂蘭盆会《うらぼんえ》が過ぎ、いつしか吹く風にも秋の気配が色濃く感じられるようになっていた。

＊　＊　＊

北町奉行の石谷因幡守《いしがやいなばのかみ》から惣左衛門が突然の呼び出しを受けたのは、その日も何の成果も得られぬまま奉行所を退出しようとしていた夕刻のことだった。組織上定町廻り同心は町奉行の直属となってはいるものの、実際には町奉行と直接面談する機会など滅多にあるものではない。惣左衛門は不吉な予感を胸に抱えつつ石谷の前に膝行《しっこう》したが、呼び出された理由は果たして丸屋の一件だった。

「お主はたまたまその場に居合わせていたそうだな」

前置きなしに、石谷はいきなり本題に入った。

「はい。行きがかり上止むをえず」

自分が第一発見者となった経緯を惣左衛門は余すところなく詳細に説明した。ただし、お千から心づけを受け取った件については省略しておいたのだが。

惣左衛門の話を聞き終えても石谷は腕組みをしたまま口を噤《つぐ》んでいたが、やがていやにゆっくりとした口調で、

「お主は白犬とやらの仕業と思っているのか」

「蒙昧《もうまい》な町人どもならいざ知らず、拙者はさような戯言《ざれごと》は一切信じません」

「わしも信じぬ。であれば、冒頭から虚心坦懐《きょしんたんかい》に検討してみることとしよう」

石谷は二回ほど軽く咳払いをした。

「富蔵が死んだ時に部屋の中にいたのは富蔵とお主だけで、外から入ってきた者は誰

もいなかった。富蔵は『方霊場』とやらの中にいて衝立で周囲から隔絶されていたから、部屋の外から槍や飛び道具を使うこともできなかった」

「仰るとおりです」

「にもかかわらず、富蔵は何者かに刺殺された。まことに不可解で、ありうべからざる事態だ」

「御意にござります」

「わしもさんざんない知恵を絞ってみたが、皆目見当がつかん。そこで、思い切って発想を転換してみることにしたのだ。この不可思議な状況を自明の前提として詮議を進めてきたわけだが、果たしてそこに疑問を差しはさむ余地はないのだろうか、と」

石谷の発言はさっぱり要領を得ない。惣左衛門が沈黙したまま首を傾げていると、石谷は少し癇《かんだ》立った色を見せながら、

「つまるところ、さような証言をしているのはお主だけということだ」

その言葉の意味を理解するのに、惣左衛門は多少の時間を要した。

「……よもや拙者をお疑いなのですか」

「葬儀を差し止めて、富蔵の死体が焼かれてしまう前に、ついていた刀の傷跡を精査させてみたのだ。すると、犯行に使われた刀は、身幅も重ねも普通のものより厚い刀であることがわかった。ちょうどお主が差している刀のように」

　確かに惣左衛門の佩刀《はいとう》は、石谷が言ったような特徴を持っている。遠く戦国時代に十代も前の祖先が松平広忠《まつだいらひろただ》公から拝領したもので、当代の洗練された刀と比べると心持ち武骨の気味がある。

「悪いがお主の刀を検めさせてもらった。身幅や重ねの厚さが、富蔵の死体の傷跡とまさしく一致した」

「拙者の刀を？　いつでございますか？」

　刀は武士の魂である。余程のことがない限り、自宅の外で刀を手元から離すことはない。いったいどうやって調べたというのだろう。石谷は気まずそうな表情を見せながら、

「湯屋だ」

　と、やや小声で答えた。

　八丁堀の町方与力と同心は、出仕する前に銭湯に立ち寄るのを常としている。いくら肌身離さずといっても、さすがに湯槽《ゆぶね》の中にまで刀を持ち込むことはない。石谷は惣左衛門が入浴している間に、脱衣場の刀掛けに置いてあった刀を密かに検見《けんみ》させていたのだ。

　石谷の返事は惣左衛門を激昂させた。

「さような板の間稼ぎまがいの真似をなさるとは開いた口が塞がりませぬ。さほどま

でに御自分の配下が信じられぬと仰《おお》せですか」

「板の間稼ぎとは何だ。慮外者《りょがいもの》、言葉を慎め！」

満面朱を注ぎながら石谷は怒鳴り返した。

「万事は調べのためだ、致し方あるまい。それより、このことをどう弁明するのだ？偶然の一致で片づけるつもりか？」

「刀傷が合おうが合うまいが、そもそも拙者は一切あずかり知らぬこと、弁明も何もございませぬ。あくまで拙者が下手人であると仰りたいのであれば、富蔵を殺めなければならぬどんな理由が拙者にあったのか御教示いただけませんか」

「お主は丸屋の牡丹という花魁に首っ丈で、足繁《しげ》く通いつめていたそうだな」

「いえ、あれは――」

惣左衛門は反論しようとしたが石谷はそれを遮り、有無を言わせぬ口調で、

「大方お役目の続きだと称して、揚代を踏み倒していたのであろう。富蔵は最初は目を瞑《つぶ》っていたが、たび重なる無体に口を閉ざしてはいられなくなり、支払いを求めた。ところがそれに立腹したお主は、警護を依頼されて『祈りの間』とやらで二人きりになったことを奇貨として犯行に及んだのだ」

「…………」

「それとも、こうも考えられるぞ。お主は牡丹を身請けしようと考えた。だが花魁の

身請けともなれば大枚が必要で、用立てることなど到底叶わぬ。そこでお主は、町奉行所の権威を笠に着て、富蔵に多額の割引きを迫ったのだ。あるいは無償にせよとまで強要したかもしれぬな。富蔵が拒否したのは当然のことだが、お主はそれを逆恨みして、富蔵に意趣返しをしたのだ」

石谷のあまりに見当違いな見立てに、惣左衛門は呆れて口をきくことができなくなっていた。ところが、石谷はどう勘違いをしたものか、

「図星を指されて、何の申し開きもできぬようだな」

と勝ち誇ったような笑みを浮かべると、惣左衛門に声高らかに宣告した。

「当分の間、差控《さしひかえ》を命ずる」

たちまち惣左衛門の顔面が蒼白となった。差控は武士に対する刑罰の一つだ。出仕を止められ、自宅で謹慎しなければならない点は閉門や蟄居《ちっきょ》と同じだが、職務上の過失があった場合に科せられる軽い処分である。

「これでも特段の配慮をしてやったのだぞ」

確かに、本来であれば殺人を犯した場合の処罰が差控程度で済むわけがない。しかし、石谷の恩情に感謝する気など惣左衛門には毛頭起きなかった。

身幅と重ねがともに厚い刀は、この世に惣左衛門の佩刀ただ一本しか存在しないというわけではない。だから惣左衛門が下手人と断定するだけの決め手にはならないの

だが、かと言って容疑が掛けられている者をそのまま吟味の責任者に据えておいたのでは、後日石谷はどんな責任を問われるかわからない。

そこで、今少し証拠固めが進むまでとりあえず差控にして惣左衛門を一件から遠ざけ、推移を見守ることにしようと考えたのだろう。万が一惣左衛門が下手人でなかったとしても、誤って閉門や蟄居のような重い処罰を下してしまった場合に比べれば石谷の受ける傷は小さくて済む。いかにも打算に満ちた、自己保身のための判断だった。

人はあまりに怒りが募ると、かえって何の言葉も発することができなくなるらしい。しかし、惣左衛門の沈黙を石谷は処分の了承と解釈したようで、

「今日はもう退出せよ。追って沙汰のあるまで謹慎しておれ」

惣左衛門の腸《はらわた》は、激しく煮えくり返っていた。だが、ここで軽挙妄動すれば戸田家の存続に係わる事態にもなりかねない。惣左衛門は真一文字に口を結んだまま頭を下げると、憤怒で震える手足をかろうじて抑えながら退出した。

＊　＊　＊

番頭の伊平が怪訝《けげん》な顔をしてこちらを見ている。お千は慌てて俯《うつむ》くと、袂で口元を

隠した。帳付けをしながら気づかぬ間につい笑みを漏らしてしまっていたらしい。

「いかがなさいましたか」

探るような目つきをしながら伊平が尋ねてきた。

「何でもないよ。ただ、あんなことがあったのにそれほど客足が落ちていないから、つい安心してね」

お千は何とか取り繕ったが、伊平がそんな問い掛けをしてくるとは、よほど嬉《うれ》しげな表情を見せてしまっていたのだろう。

（油断禁物。気を引き締めないと）

お千は強く自戒したが、そう思うそばからどうしてもほくそ笑んでしまうのを止められなかった。

一件の探索は、すっかり頓挫《とんざ》しているようだ。お千の企図したとおり嫌疑は戸田惣左衛門に向けられ、戸田は差控の処分を受けて自宅で謹慎しているという。万事が目論見どおりに進んでおり、お千が笑壺《えつぼ》に入るのも無理はない。

ただし、気掛かりが残っていないわけではない。あの晩『祈りの間』にあった白犬神の木像や衝立などは、今も片づけられることなく部屋の隅に置かれたままになっている。お千としては犯罪の証拠品はすぐにも処分してしまいたいところなのだが、一件が解決するまで部屋の中にあったものは何も外に持ち出してはならないと御番所から言いつけられていた。お上の指図に逆らって自ら疑惑の種をまくことは避けたいので、やむなく隅に片寄せただけにしてあるのだ。

そして、とりわけまずいのはあれだ。早いところ始末したかったのだが、あの夜は四郎兵衛会所の連中が思ったよりも早く駆けつけてきてしまったので、自重しておいた。ところが、その後も毎日戸田やその配下が見世の中をうろつき回っているせいでなかなか機会を見つけられず、そのままにしてあるのだ。事件当日と違って、今あれを持ち歩いているところを見られたら、いっぺんに怪しまれてしまうだろう。

だが、まあ焦ることはない。歳末の煤《すす》払いにでもならなければ、あんな所に隠してあると気づく者は誰もいないだろう。もう一月二月たってほとぼりが冷めた頃に、ゆっくりと片づければ良い。その時一緒に、あの忌々《いまいま》しい白犬の木像も盛大に燃やしてしまおう。

お千はあの木像がどうにも苦手だった。高価とはいえただの石ころのはずなのに、あの明るく輝く金剛石の目が、自分の心底や企みをすべて見透かしているような気がしてならないのだ。もしや本当にトビーの魂とやらがあの木像に乗り移っているのだろうか。

(駄目、駄目。そんな馬鹿げたことを考えては)

内心お千は自らを叱咤した。あれは富蔵のただの妄想だ。白犬の木像を前にすると落ち着かない気分になるのは、きっと心のどこかで罪悪感を覚えているためだろう。けれども、お千とて何も好き好んで犯行に及んだわけではない。万止《ばんや》むをえない事態だったのだから、気に病む必要などさらさらないのだ。

お千はしかつめらしい顔色を作ると、再び帳簿に向かった。

＊　＊　＊

清之介が再び自分の名を呼んでいる。惣左衛門の回想は、ちょうど憤然としながら奉行所を後にした場面で中断された。

惣左衛門が見聞きしたことはどんな細部までも忠実に再現したつもりだったが、今回もまた新しい発見は何一つ得られなかった。惣左衛門は失望の溜め息をつきながら、

「何用だ」

と、襖越しに廊下の清之介に尋ねた。惣左衛門の問いに対し、清之介は困惑しているような声色で、

「お客様がお見えです」

「客？」

惣左衛門は訝《いぶか》しんだ。もうそろそろ宵五つ（午後八時頃）の鐘が鳴る時分だろう。他家を訪問するにはいささか遅すぎる時刻だ。

第一、そもそも差控処分中の惣左衛門を訪ねたところで面会できるわけがないのは自明なことなのだから、客人など本来あるはずがない。もし唯一あるとしたら、親類縁者の誰かに不幸があったという知らせくらいだろうか。

（あるいは——）

惣左衛門はこの不意の来者の正体に思い当たった。もしや奉行所からの使いではなかろうか。

惣左衛門に代わって菊池が詮議の指揮をとることになったが、今のところ何の進展もないと伝え聞いている。惣左衛門が本当に下手人であるのか否か判断がつかず、石谷は相当に逡巡《しゅんじゅん》しているのではないか。謹慎に入ってから今日で七日が過ぎるというのに奉行所から何の音沙汰もないのがその証左だろう。

振り上げた拳をすぐに下ろすわけにもいかないので当面このまま差控を継続し、いずれ折を見て嫌疑不十分という理由で処分を撤回する。石谷の思惑をそう推測して高をくってしまっている部分が、正直に言えば惣左衛門の心のどこかにはあった。

（だが、かような時刻の使者となれば……）

いやな予感がした。人目につかぬよう惣左衛門を奉行所へ召喚するためにやってきたのではないか。そして、そのことが意味するものは――

にわかに惣左衛門は緊張を覚えながら、

「いったい誰だ？」

と、清之介に問うた。だが、返ってきた答えは実に意外なものだった。

「牡丹と名乗る女が参っております」

「牡丹？」

惣左衛門は我が耳を疑った。知己の中に牡丹という名の女性は一人しかいない。

「よもや丸屋の花魁の牡丹ではあるまいな」

「どうやらその牡丹のようなのですが……」

清之介の返事を耳にした途端、惣左衛門は廊下に飛び出していた。小走りで玄関に向かう。そんな馬鹿な――

だが、その馬鹿なことが現実に起きていた。地味な茶の小袖をまとった女が三和土《たたき》に立っている。髪は姨子《おばこ》結びで、差している簪は鼈甲ではなく質素な玉簪が一本のみ。どこから見ても町人の妻女としか思えないなりだが、それでもその女は見紛《みまご》うことなくまさにあの牡丹だった。惣左衛門は驚愕のあまり言葉を失った。

「なぜ……」

長い沈黙の後、ようやくその一言だけを喉から絞り出すことができた。吉原の遊女は皆、約二万坪という広大な籠の中の鳥だ。大門の外に出るには、身請けされるか年季が明けるのを待つより他ない。もし、それ以外に方法があるとすれば唯一つ——

「足抜けをしてきたのか？」

丸屋のお職として全盛を誇る牡丹が、なぜ足抜けなどしたのだろう。実は牡丹には情夫がいたのだろうか。身請けのための大金を揃えられない情夫と添い遂げるため、思い余って足抜けに及ぶ例は珍しくない。だがもしそうだとするなら、なぜ牡丹はさっさと情夫とともに身を隠さないで、惣左衛門のもとなど訪ねてきたのだろうか。

「足抜けをしたわけではございません。用が済み次第、すぐに吉原に戻ります」

吉原から外に出たためだろうか、牡丹は廓言葉を用いることなく惣左衛門に答えた。

「用とは、いったい……？」

「戸田様に是非ともお聞き届けいただきたいお願いがございます。御亭様《ごてさん》が亡くなられた夜の様子を私にお聞かせ下さいませんか」

牡丹の答えは、ただでさえ混乱している惣左衛門の頭をさらに混乱させた。なぜ牡丹があの一件のことを知りたがるのだ。また知ってどうするというのだろう。

「取り調べの最中だからという理由で、丸屋で働く私たちにもあの夜のことはほとんど知らされておりません。人伝《ひとづて》ではなく、現場に居合わせた戸田様の口から直接、何が起こったのかお伺いしたいのです」

　惣左衛門の目をひたと見据える牡丹の瞳は、強い決意を宿して炯々《けいけい》と光っている。その力にたじろぎ、惣左衛門は我知らず差控中の禁を犯して牡丹を客間に招じ入れてしまった。

　惣左衛門は座に着くと、これも本来差控中は遠慮しなければならない煙管《きせる》に手を伸ばした。ゆっくりと一服するとようやく幾分かの冷静さを取り戻し、

「それにしても、どうやって大門を通り抜けたのだ」

　と、牡丹に尋ねた。

「丸屋に住み込んでいるお針の切手を借りたのです。今宵の相手には眠り薬を酒に混ぜて飲ませましたので、朝まで目が覚める気遣いはございません。もし何か手違いがあっても、妹分の振袖新造《ふりそでしんぞう》が対処してくれる手はずになっています」

「しかし、もし発覚すればただでは済むまい」

　たとえ一時であろうとも何の許しもなく勝手に大門の外に出たのだ、足抜けに等しいと見なされるだろう。足抜けを試みた遊女は楼主から苛酷な折檻《せっかん》を受けるのが掟で、場合によっては死に至らしめられることもある。生き延びられたとしても最下級の切見世に落とされ、たった百文の揚代で客をとり続けなければならないのだ。

「にもかかわらず、お主があの一件のことをそれほど知りたがる理由とは何だ？　た

だの好奇心からというわけでもなかろう」

「戸田様に御亭様を殺害した嫌疑が掛けられていると伺いました。明らかに無実の罪だと存じます。微力ながら、戸田様をお救いするお手伝いをいたしたいのです」

「………」

到底理解しかねる返事だった。牡丹は今、一歩間違えば命を失いかねないほどの危険を冒している。そうしてまで惣左衛門を助けなければならない義理など、牡丹は露ほども持たないはずだ。

「戸田様の御疑念はごもっともです」

牡丹は惣左衛門の心中を読み取ったかのように、

「ですが、あまり時間の余裕がございません。そのことについては後回しにいたしたいと存じます。どうか私を御信頼いただき、騙されたと思ってお話し下さいませんか」

牡丹は膝を進めて、惣左衛門に詰め寄ってきた。

「是非にお教え下さいませ」

あたかも牡丹の意志が何かの形を成し、光背のごとく総身から溢れ出ているように見えた。その力強さ、真摯さに圧倒された惣左衛門は、知らず知らず首を縦に振っていた。

余談になるが、この時牡丹に「勤めで知ったことを外でぺらぺらと話すのかとわしに説教したのは、当のお主ではないか」と皮肉の一つも言ってやれば良かったと惣左衛門が思いついたのは、ずっと後のことである。

「富蔵が刺された時、わしはついうとうとしてしまっていたのだが――」

「お待ち下さい。そもそもあの夜なぜ戸田様が御亭様に付き添われることになったのですか」

「帰りがけに玄関でお千に声を掛けられたのだ」

「お内儀《かみ》さんが戸田様に？」

意外そうな声を牡丹は上げた。

「ああ、夜通し富蔵を見張っていてほしいと頼まれてな」

事件の一部始終を惣左衛門は牡丹に語って聞かせた。既に数えきれないほど幾度も回想を重ねていたのでいささかも言い淀むことはなかったが、それでも語り終えるまでにはおよそ四半刻ほどかかった。しばらくの間牡丹はじっと俯いたまま何事か考え込んでいる様子だったが、やがて顔を上げると真剣な眼差しで惣左衛門を見つめながら、

「何か他にお気づきになられたことはございませんでしょうか」

「いや、これ以上は特に……」

惣左衛門は首を捻った。見聞きした限り、思いついた限りのすべてを牡丹に語り尽くしたつもりである。

「どんな些細なことでも結構でございます」

牡丹はなおも惣左衛門に食い下がり、返答を迫ってくる。

「戸田様をお救いするためには、下手人がどんな仕掛けを用いたのかを突き止める必要があります。何の手掛かりも残さずにあれだけのことをやってのけられたとは思えません。必ずどこかに目溢《めこぼ》れがあったはずです」

「と言われてもな……ううむ、はてさて――」

鼻を頻りに撫でながら、暫時惣左衛門は懸命に頭を絞り続けていたが、

「あ、そう言えば」

突然、ある光景が眼前に浮かんだ。

「何か思い出されましたか」

「富士が若干高かった」

「高い、とは？」

「富蔵は悲鳴を上げた後、衝立と一緒にわしの座っておる方に倒れかかってきた」

その時惣左衛門に近い側の衝立が倒れた。そのため、方形に富蔵を取り囲んだ衝立のうち、内所側に立てられていたものに描かれている雪景色の富士の絵が惣左衛門の

目に入ったのだ。

「正確には、高いというより尖《とが》っていた。北斎《ほくさい》の赤富士のように。最初に見た時はあれほど尖ってはいなかったと思うのだが」

「その衝立は、屏風とはだいぶ異なる形をしていたのですね」

「ああ、六枚の板がつなげられているのだ。五か所の継ぎ目には、異人の使う蝶番が付けられていた。屏風でいえば六曲一隻に当たるのだろう」

「屏風に使われる蝶番は紙で作られていますが、舶来のものは鉄製なのでしたね」

「そうだ。他に違いと言えば、心棒というものがついていて、一方にしか曲がらないことだな。紙の蝶番でつないだ屏風は、表裏どちらにも曲げることが出来るが」

「その衝立に描かれていた富士山が普段より尖って見えたということは……」

牡丹の瞳の中に、白犬の木像と同様の輝きが宿った。獲物を追いつめつつある時に猟犬の目が放つ輝きであった。

＊　＊　＊

「すっかり秋の風でございますね」

開け放たれた障子から涼風が座敷に吹き込んでくると同時に、縁側からのんびりとした声がお千の耳に届いた。大事な話があるからと言ってお千を呼び出したくせに、先ほどから天気がどうだの庭の草花がどうだのといった話題をだらだらと続けるばかりで、一向に本題に入ろうとしない。

いったい何が目的なのだろう。この部屋を面会の場所に指定したということは、富蔵の一件について話し合うつもりだろうか。まさか事件の真相に気づいており、お千の焦りを誘おうとしてわざと愚図愚図しているのだろうか。

相手の出方が明らかになるまでは黙っているつもりだったが、しびれを切らしたお千はついに自分から口を開いた。

「で、いったい何の用だい、牡丹」

冷静を装い、努めてさりげない口調を心がけたが、言葉の端に苛立ちが混じってしまうのは避けられなかった。

「一人でこの見世を切り盛りしなきゃならなくなって、天手古舞《てんてこまい》なんだ。話があるなら早いとこ済ませておくれよ。それに、この部屋からはなるべく早く退散したいんだ。何しろここで富蔵があんな目にあったんだからね」

これはあながち嘘《うそ》でもなかった。無論自ら進んで仕出かしたことなのだが、その現場に足を踏み入れ、己の罪の証しを直視させられるとなると、はなはだばつが悪い。視線を向けないようにしていたのに、お千はふとした拍子に白犬の木像と目が合ってしまった。

（お主の所業の一部始終を見ていたぞ）

金剛石の瞳がそう語りかけてきたような心持ちがして、お千は思わず顔を背けた。

「用というのは、その御亭様の一件です」

「富蔵の？」

やはりそうか。だが、お千はさも意外な話題だというように素知らぬ顔をしながら、

「あの人が死んだことがおまえに何の関係があるというんだい」

「事件の下手人が誰なのかを突き止めました」

「下手人だって？」

お千はことさらに語尾を上げ、驚いた声を出してみせた。

「じゃあ、富蔵が誰かに殺されたって言うのかい。あれは白犬の祟りだよ」

「いえ、祟りや呪いが原因ではありません。御亭様は何者かによって殺《あや》められたのです」

「殺された？　この部屋には、富蔵と戸田様以外誰もいなかったんだよ。ってことは、まさか戸田様の仕業なのかい？　じゃあ、お役目を外されて家に籠もりきりになったのはそのせいで――」

「いいえ、もちろん戸田様は下手人などではありません。戸田様が差控を命ぜられたのはあなたがそうなるように仕向けたからです。御亭様の命を奪ったのは、お内儀さん、あなたです」

「何を言い出すかと思えば、へそで茶を沸かしちまうよ」

お千は大袈裟に憤りの表情を作り、厳しい口調で牡丹を咎めた。

「あたしがなんで自分の亭主を殺さなけりゃならないんだい」

「御亭様が高価な舶来品の購入に大金を費やしたため、この見世はかなりの左前に陥っています。このままでは近々立ち行かなくなる恐れがあるほどで、これ以上傷口を広げないために御亭様殺害という暴挙に及んだのです」

「馬鹿らしい。あの時あたしは内所で帳付けをしていて、この部屋には一歩も入っちゃいないんだ。冗談も大概にしておくれ」

「確かにお内儀さんは犯行の際、この部屋の中に入ることはありませんでした。しかし、内所にいたというのは偽りです。内所に通じる廊下の暗がりに身を潜めて機会を窺っていたのです」

「廊下にいたのに、どうやってあの人を刺し殺すことができたというんだい」

「長い槍のような物を用意したのです。廊下からでも御亭様の体に届くだけの長さ、十尺ほどもある得物を使えば、犯行は十分可能となります。その場面を見られないようにするため、戸田様の席は廊下側から『方霊場』をはさんで反対の位置にあらかじめ用意しておきました。もちろん、ソファーに座るのを好まない戸田様が席を移すことはないと織り込み済みでした」

いちいち正鵠《せいこく》を射た牡丹の指摘に内心焦りを感じながらも、お千は鼻を鳴らして牡丹を嘲った。

「吉原の御法度を忘れたのかい。高札に書かれてあるとおり、吉原に槍や長刀は持ち込めないんだよ。でも、ただの刀じゃ長さが足りない。いったい何を使ったって言うんだい」

「そのご質問には後ほどお答えいたします」

牡丹は回答を保留した。いや、保留したのではなく、回答ができないのだ。すなわち、まだ真相を完全には掴みきれていないのだ。そう見て取ったお千は嵩《かさ》にかかって、

「おまけに、あの人の周りを衝立がぐるりと取り囲んでいたんだ。衝立が邪魔をして、部屋の外から刺し殺すことなんかできるわけがないじゃないか」

その問いに答えることなく、牡丹は部屋の向こう側の壁に目を向けた。そこには例の四つの衝立が折り畳まれた状態で立て掛けてある。牡丹は衝立に歩み寄ると、その中から雪景色の富士が描かれているものを引き出した。

それを見たお千の心の臓が、激しく跳ね上がった。まさか牡丹は気づいているのだろうか？

「廊下側に置かれていたこの衝立に描かれている富士の絵が奇妙だったと、戸田様は私に仰いました。御亭様が刺された時のことで、初めて見た時と比べると山頂がいやに尖っているように見えたそうです」

事件発生後に戸田と言葉を交わす機会は牡丹にはなかったはずだが、という疑問がお千の頭に浮かんだ。しかし、お千がそれを口にする前に牡丹はすばやく衝立を開くと、絵が描かれている面をお千の方に向けた。

「しかしご覧のとおり、この富士の絵は特に山頂を尖らせて描かれているわけではありません。なのになぜ、その時に限ってそのように見えたのでしょうか？　答えは、衝立の置き方にあります。お内儀さんは夜四つ頃にこの部屋に入ってきた時、乱れた位置を直すふりをして衝立を通常より深く折り曲げた状態にしておいたのです。こんな具合に」

牡丹が実演すると、確かに富士山の姿は通常より尖って見える形に変化した。衝立を開いた状態で正しい山容になるように描かれているのだから、折り曲げればそう見えるのは当然だ。

「御亭様を取り囲んでいた衝立には、このように舶来の鉄で出来た蝶番がついていま

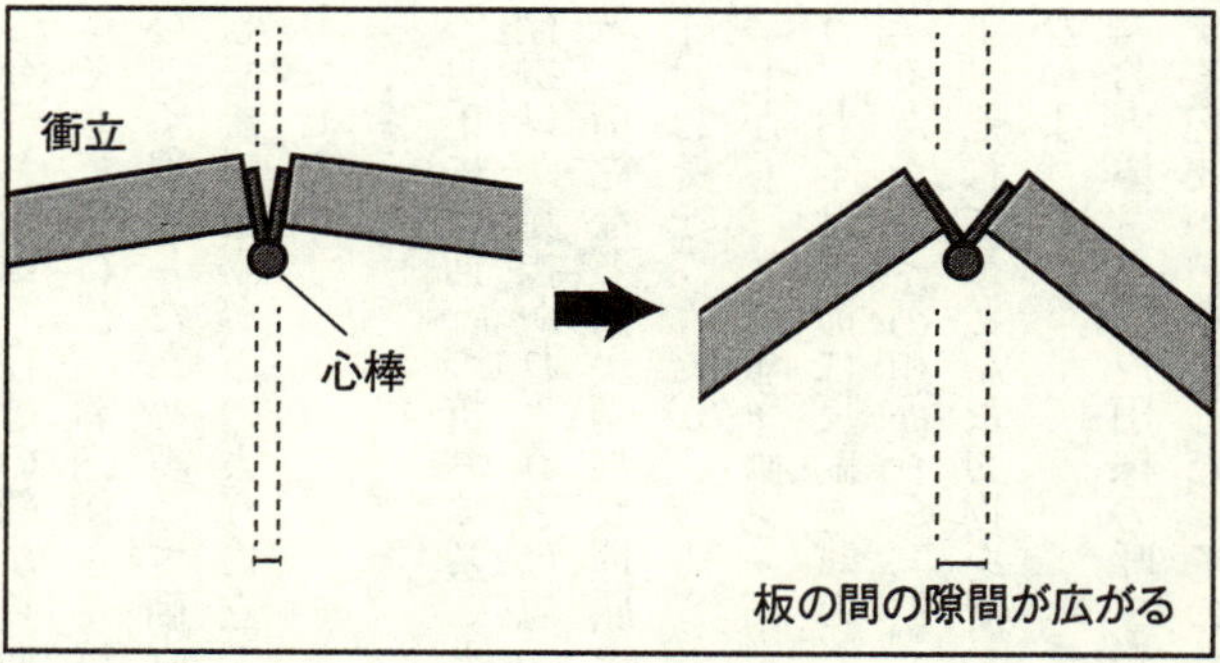

す。この形式の蝶番は、心棒を支点にして心棒のある側にしか曲がりません。そのため曲げた時に、心棒の太さに応じて板と板の間に隙間ができるのです。凶器を刺し入れるのに十分なだけの隙間が」
　牡丹が手にしている衝立の中央には、実際に幅半寸ほどの隙間が空いている。
「こうして隙間を作っておきさえすれば、衝立は犯行の障害物とはなりません。これが、お内儀さんが衝立の外側にいながらにして御亭様を刺殺することができたからくりです。富士の絵が不自然に見えてしまうという欠点がありますが、六枚のうち深く折り曲げるのは中央の二枚だけにしておけば、不自然さはさほど目立ちません。そのため、すぐ近くにいた御亭様もお内儀さんが衝立に細工を施したことにお気づきにならなかったのです」

今やお千は、自分の顔から血の気が残らず失せていることを容易に自覚できた。

「そして犯行後、お内儀さんは部屋に飛び込んできて御亭様の御遺体を目にした時、ひどく狼狽したため誤って衝立を倒してしまったという風を装ったのです。そうしてしまえば衝立がどのように立てられていたのかなど、後からは誰にも確かめようがありません」

「……………」

お千には何一つ抗弁することがなかった。すべて牡丹の言うとおりだ。よもやこの仕掛けが見抜かれようとは思ってもみなかった。御番所にどう思われることになろうと、衝立など何か適当な理屈をつけて早いところ処分してしまえばよかった。そうお千はほぞをかんだが、今となっては後の祭りだった。

しかし、このまま黙って引き下がったのでは、自ら罪を認めたことになってしまう。お千は懸命に反論を試みた。

「みんなただの想像じゃないか。何か手証《てしょう》でもあるのかい。あるならお見せなさいよ。それに、どんな刃物を使ったのか、さっきの質問の答えもまだ聞かせてもらってないよ」

「お内儀さんは戸田様の呼びかけを耳にして、内所から急いで駆けつけて来たふりをする必要がありました。そのため、凶器を遠くまで運び出す余裕はなく、この部屋の近辺に隠さざるをえませんでした。そして、犯行を可能にするだけの長さのある凶器を隠せる場所は自ずと限られています」

牡丹は内所に通ずる廊下に歩み出ると、

「おそらく片づける時機を逸してしまい、付いた血を拭《ぬぐ》っただけでまだこの辺りのどこかに――」

そう言いながら、壁に付けられている長押《なげし》を見上げた。そして、背伸びをするようにして長押に手を伸ばした。

「おやめ！」

お千は叫んだが、牡丹はその声をあっさりと無視した。長押には壁との間に幅二寸ほどの細長い空間がある。牡丹はその中をあちらこちら探っていたが、ほどなく、

「ありました」

と声を上げて、何か長い棒状のものを両手で抱えるようにして長押から取り出した。それは竹竿だった。牡丹が推測したとおり長さは十尺ほどもあり、その先端には抜身の刀が取りつけてあった。

「これが先ほどの御質問に対する答えです。確かに吉原に槍は持ち込めません。そこで、槍の代わりにこの竹竿を用いたのです」

不意にお千は喉元を締め上げられるような息苦しさを覚えた。陸《おか》に打ち上げられた

魚のように喘ぎながら、

「でも……槍ではなくたって、そんなに長い竹竿を持ち歩いていたら人目を引いて、怪しまれちまうじゃ――」

「ええ、もちろん仰るとおりです。それが七夕の日以外であるならば。

そう、七夕に限れば話は別なのです。みなが競って短冊を飾りつけた青竹が、吉原の至る所に無数に立てられています。万一この竹竿を見られても何の不自然さもないし、記憶に留められてしまうこともありません」

「女には重過ぎて、人殺しに使えるわけなんか……」

「お内儀さんはかつて『巴御前』と異名をとったほどの長刀の名手です。これだけの長さがあっても、使いこなすことはさして困難ではなかったでしょう」

「刺された傷の痕が、戸田様の刀の形と一致したっていう話じゃないか」

「お武家様でも登楼する時は刀を内所に預けなければなりません。戸田様が私の部屋にいる間に、戸田様の刀を写して書き留め、刀鍛冶に同じ型のものを作らせたのです。誰に依頼したかも突き止めてあります。神田鍛冶町《かんだかじちょう》の佐吉《さきち》さんですね」

お千は強い眩暈《めまい》を覚え、足元がふらついた。お千の企みはすべてが白日の下に晒《さら》されてしまった。最早万事休すだ。

（もう終わりだ、お千）

そう宣告する白犬の冷ややかな声が、お千の頭の中で木霊《こだま》した。激しい絶望がお千を襲ったが、その時牡丹が口にした言葉がかえってお千を開き直らせた。

「直ちに御番所に自訴して下さい。そうすれば、もしやお情けで罪一等減じられることがあるかもしれません」

自訴しろだと？　冗談じゃない。たかがこんな遊女風情に、すべてをおじゃんにされて堪るものか。いい気になりやがって。丸屋のため鶴太郎のため、唯々諾々とお縄につくわけになどいかないんだよ。

帯の間からお千は短刀を取り出した。牡丹から話したいことがあると伝えられた時、もしやこんなこともあろうかと用意しておいたのだ。ここまで知られたからには、もう牡丹を生かしておくわけにはいかない。

短刀を両手で腰に構えると、お千は牡丹に突進した。牡丹は目を大きく見開いたが、不意を突かれたためか竹竿を手にしたままその場で棒立ちになっている。

（残念だったね、覚悟しな）

心の中でお千は牡丹に引導を渡した。しかし、切先があとわずか一寸で牡丹を捉えようとした瞬間、お千は背後から羽交い絞めにされ、身動きが取れなくなった。続いて、耳元で男の声が怒鳴る。

「神妙にせい、お千！」

全身から一気に力が抜け、お千は廊下に膝から頽《くずお》れた。

「お主の予想どおりだ、警戒していて正解だったな。大事ないか」

「ありがとうございます、菊池様」

お千は泣き叫ぶこともなく、おとなしく後ろ手に縄を掛けられながら、頭上で交わされるそんな会話を聞くともなしに聞いていた。お千の頭の中はただ真っ白となり、どんな考えも感情もまるで浮かんではこなかった。

その時ふと遠くから誰かに視線を向けられているような気がして、お千は顔を上げた。『祈りの間』に通じる襖が開けっ放しにされている。そのため部屋の中にある白犬の木像が、真っ直ぐお千を見据えている恰好になっていたのだ。

さぞかしいい気味だと溜飲《りゅういん》を下げているのだろう、そうぼんやりと思いながらお千は白犬に目をやった。だが、もう白犬はお千に何も語りかけてはこない。

お千は無論知る由もなかったが、元来スコッチテリアは穴熊や狐を狩猟するために飼育されてきた犬種である。そう、狩りの時間は終わったのだ。今はただ金剛石の目が冷たい輝きを放つばかりだった。

＊　＊　＊

「礼を言うぞ」

翌日差控の処分が解けた惣左衛門は早々に勤めを切り上げると、押っ取り刀で丸屋に駆けつけた。惣左衛門は牡丹に会うなり、両手を畳について深々と頭を下げた。

「お止め下さいまし、戸田様」

牡丹は吉原の中にいても、惣左衛門と会話する時にはもう廓言葉を用いようとはしなかった。

「いや、どんなに礼を申しても申し過ぎることはない。お主の助力がなければ、おそらく富蔵殺しの罪はわしに着せられていたことだろう。すべてはお主の献身のおかげだ」

そこで再び頭を下げた後、惣左衛門はずっと胸の中に抱き続けていた疑問を牡丹に尋ねてみることにした。

「あの時後回しにした質問に、是非とも今答えてほしい。なぜ命の危険を冒してまで、わしのことを助けようとしてくれたのかを。お主がわしに惚れているからなどと勘違いするほどお目出度くもないのでな、さっぱり見当がつかんのだ」

「かつて戸田様からいただいた御恩をお返し申し上げるためです」

「恩？　何かお主に恩を掛けたことなどあったろうか」

牡丹の答えが何のことを指しているのか見当がつかず、惣左衛門は戸惑った。

「ここに来る以前、私の名はお糸と申しました。御記憶にございますでしょうか」

「記憶？　すると、わしは吉原に勤める前のお主に会ったことが……？」

「戸田様はもうお忘れでしょうね。私たち一家が戸田様の家作を立ち去る時、戸田様は『息災でな』と仰りながら、庭に植わった花を手折って下さいました」

「お糸……そうか、お主は春庵先生の娘の！」

たちどころに十二年前の別れの場面が脳裏に浮かんだ。惣左衛門はまったく気づかぬうちにお糸との再会を果たしていたのだ。

だからここを初めて訪れた日に惣左衛門の顔を目にした牡丹があのような驚きの表情を見せたのかと納得がいったが、それと同時に他にもすとんと腑《ふ》に落ちたことがあった。なぜ牡丹が花魁の掟に背いて芳三の居場所を惣左衛門に明かしたのか。その際、なぜ『枕草子』を謎掛けに用いたのか。

「あの時の春庵先生の御講義は『枕草子』だったのか」

「はい、香炉峰の雪の段でございました」

「道理で聞き覚えがあったわけだ」

父の春庵が詐欺にあったために、牡丹は吉原に身を売らなければならなくなった。だから芳三が同様の詐欺を働いて多くの無辜の人々を苦しめていると知ったからには、どんな上客であろうとも芳三をそのまま放っておくわけにはいかない。さりとて花魁として職業上の倫理は守らなければならず、馴染みをおいそれと町方の手に引き渡すのも躊躇《ためら》われる。

牡丹は板挟みになって悩んだが、かつて惣左衛門が春庵の講義を聞きに寺子屋を訪ねてきたことを記憶していた。そこで、『枕草子』を引用して芳三の隠れ場所を暗示することにより、事の正否を惣左衛門に委ねたのだ。

「戸田様が父の講義の内容を覚えていらっしゃるかは五分五分だと考えたのです。戸田様をお試しするような不遜《ふそん》な真似をいたしまして申し訳ございません」

「お主と別れた日のこともずっと忘れてはおらんかったぞ。だが、恩を返すとはどういう意味だ」

花を幾本かお糸にやったのは間違いないが、それが命懸けの恩返しの対象になるほどのことだとは思えない。

「丹精込めて育てていらしたでしょうに、戸田様は何ら躊躇する素振りも見せずに花を手折って下さいました。何の花だったか覚えていらっしゃいますか」

「はて、確か色は白だったが、種類までは……」

「牡丹でございました」

遠くを見るように牡丹は少し目を細めた。

「あの時、私の行く手はまったくの闇に閉ざされてしまっておりました。真っ黒に塗りつぶされた視界の中で、牡丹の花の白さがどれほど輝いて見えたことか。また、戸田様は別れ際に『息災でな』と仰って下さいました。あの牡丹の花と戸田様のお言葉とが、つらく苦しい吉原での暮らしの中で今日に至るまで私の生きるよすがとなっております。牡丹という私の源氏名も、そこからつけたものです」

「………」

惣左衛門は返す言葉もなく、ただ項垂れるより他なかった。十二年間苦渋を味わい続けたために、お糸は記憶の中の惣左衛門を実態以上に美化してしまっている。そのように想い続けてもらうほどの価値など、自分にはいささかもないのだ。

あの時確かに惣左衛門はお糸に強い憐憫と同情を覚えていた。しかし、お糸をこの手で救い出してやろうなどとは欠片《かけら》も考えなかった。無論どう足掻《あが》いてもそんなことは実現不可能とわかっていたからだが、それにしても惣左衛門はお糸の以後の消息を尋ねようとすらしなかったのだ。

吉原には決して足を踏み入れないという信条にしても、同じく口先だけの綺麗事だ。遊女を金で買う客がいなければ、借金を返して足を洗うことがかえって不能となってしまう。また、吉原という苦界の存在を公認しているのは幕府であり、惣左衛門はその幕府に仕えることによって禄を食《は》み、生きているのだ。己の存念などただの偽善であり、お題目に過ぎない。

またしても自分の心が抱える大きな瑕疵《かし》を思い知らされ、惣左衛門は暗然とした。そんな惣左衛門の動揺を見て取ったのだろうか、

「それほどまでに私は戸田様をお慕い申し上げておりましたのに、戸田様は私のことをすっかりお忘れになっておいででしたのでひどく落胆いたしました」

牡丹は悪戯《いたずら》っぽく微笑むと、からかうような口調で言った。思いもかけぬ不意打ちに狼狽した惣左衛門は慌てて手を振りながら、

「そ、それはだな、お主があまりに美しく変貌していたからであって、致し方のないことだ」

「ぬし様はお口がたいそうお上手でござんす」

にわかに廓言葉に戻って、牡丹は朗らかに笑った。

「いや、これは決して世辞などではないぞ」

惣左衛門は急いでそう弁解すると、決まりの悪さを隠すために煙草を吸おうとした。ところが、いくら懐をまさぐっても見つからない。つい先ほどまで確かに持ち歩いていたはずなのに、またどこかに置き忘れてきてしまったのだろうか。すると出し抜けに牡丹が、

「お探しの物はこれでございますか」

と言いながら、煙草入れを差し出した。それは紛れもなく惣左衛門のものであっ

た。なぜ牡丹の手に、と頭を捻ったその刹那、疑問が氷解した。そうか、いつも「今宵はゆるりと」などと言いながら身を寄せてきたのは――

「花魁が身につけるべき技能の中に巾着切りがあったとは、ついぞ知らなんだ」

「ですが、こうでもしなければ二度と足を運んでは下さいませんでしたでしょう?」

牡丹はそう言うと、満面に無邪気な笑みを浮かべた。

その時、やにわに窓の外から高い鳴き声が聞こえてきた。そちらに目をやると、連子ごしに鳶《とんび》が空高く舞い上がっていくのが見えた。

しばしの間、惣左衛門は澄み渡った空を悠然と飛び続けるその姿を眺めていたが、

(次はわしの番だ)

ふとそんな思いが惣左衛門の胸間を過《よぎ》った。今こそ言葉ではなく、行動が必要な時なのだ。今度は自分がいかなる犠牲を払おうとも、牡丹を救わなければならない。牡丹を吉原という籠から解き放ち、あの鳶のように思う様羽ばたかせてやろう。惣左衛門は固く決意した。

それと同時に、もしかしたら自分はようやく答えを見つけることができたのかもしれない、惣左衛門はそう思い至った。とうとう自分は巡り会うべき女性に巡り会えたのではないか、と。

気がつくと、牡丹も窓外に目を向けている。二人は無言のまま、大空のかなたに姿

が消えてしまうまで鳶を見つめ続けていた。

ちびまんとジャンボ

白井智之

Message From Author

スポーツや競技というのは大半が良くできるほど人に褒められるものですが、中にはやればやるほど人に叱られるものもあり、その代表格が大食いや早食いだと思います。

汚い。もったいない。身体に悪い。マナーも悪い。でもそんなことは百も承知で大食いに人生を懸ける人たちのことを考えるうちに、大食いの小説を書いてみたくなりました。

白井智之（しらい・ともゆき）
1990年千葉県生まれ。東北大学卒業。第34回横溝正史ミステリ大賞の最終候補作『人間の顔は食べづらい』が2014年に刊行されデビュー。特異な設定を得意とし『東京結合人間』が第69回日本推理作家協会賞の候補作、『おやすみ人面瘡』が第17回本格ミステリ大賞の候補作になる。他に『少女を殺す100の方法』、『お前の彼女は二階で茹で死に』など。

0

バケツのフタを開けると、フナムシがキィキィと耳障りな音を立てていた。無数の触角がバケモノの体毛みたいに蠢《うごめ》いている。フナムシの大群が自分に襲いかかってくるような気がして、反射的にフタを閉めた。

「――最悪」

乾いた唇を舐《な》めて深呼吸をした。右手に持ったペンライトの明かりを除けば、地下倉庫は暗闇に覆われている。壁を照らしてみると、組み上げられた戸棚にバケツや機材が無造作に並んでいた。四階で行われているイベントの様子が脳裏によみがえる。

時刻は午前六時過ぎ。もう躊躇《ちゅうちょ》している暇はない。ライトを床に置くと、ポケットから携帯用の灰皿を二つ取り出した。小銭入れほどの大きさで、どちらにもトリカブトの茎を乾燥させて磨《す》り潰《つぶ》した粉末が入っている。

息を止めると、バケツのフタを開けてフナムシに粉末を振りかけた。一か所にかたまらないように灰皿を動かしながら、まんべんなく粉末をまぶしていく。

これで自分も人殺しだ。明日の夜、あいつはアコニチン中毒で死ぬ。

本当は人を殺したくはなかった。やつのことは憎んでいるが、自分の手で殺したいと考えたことは一度もない。それでも自分は、やつに毒を盛らなければならないのだ。脳裏に浮かぶのは、一緒に泥沼から抜け出そうと誓った友人の笑顔だった。

「最悪だよ」

灰皿の底を指で弾《はじ》くと、残っていた粉末がひらりとバケツに落ちた。

1

『――こちらが十四日の夜、ちびまんさんが参加したイベントが行われていたテナントビルです。一階には八百屋が入っています。四階のフロアで開催された早食い大会で、ちびまんさんが昆虫を喉に詰まらせ、意識を失ったまま舞台裏へ運ばれた――そんな証言が、イベントを観覧していた男性から寄せられました』

トレンディ俳優みたいな風采のリポーターが、スキヤキビルの窓からカメラへ目を向ける。

『ちびまんさんは家族や友人とも連絡が途絶えており、現在も安否の分からない状態が続いています。番組では早食い大会を主催していたもぐもぐ興行へ取材を試みましたが、イベントのチラシに記載された電話番号は解約済みのものでした』

テレビの明かりがちびまんの死体を照らしている。ちびまんは風俗情報誌の表紙モデルみたいに、美人だが個性のない顔をしていた。ワンピースには小便を引っかけたみたいなシミができている。

　事務所には団子三兄弟が揃《そろ》っていた。レザーチェアで足を組んでいる態度のデカいデブが長男のもぐら、ソファで白湯《さゆ》を飲んでいる陰気なデブが次男のもぐり、部屋の真ん中でおれの両腕を締め上げている力士みたいなデブが三男のもぐるだ。この胃もたれしそうな三人組が、おれのばあちゃんを騙《だま》してケツの毛まで毟《むし》り取った挙句、借用書と引き換えにおれの人生を奪ったもぐもぐ興行の役員たちだった。

「困ったな」

　もぐらはテレビを消すと、億劫《おっくう》そうにちびまんの死体を見下ろした。役員名簿には三人仲良く名を連ねているが、事業に携わっているのは長男のもぐらだけで、もぐりともぐるが仕事をしているところは見たことがなかった。

「困ってんのはおれだよ。このデブを何とかしてくれ」

　おれはうんざりした気分で言った。もぐるは一時間近く、ドラム缶みたいな図体でおれを床に押さえ付けている。うなじに鼻息が当たって気持ちが悪い。もぐるは三兄弟の中でも特盛りのデブで、不審者に腹を刺されても顔色を変えず、自分の脂肪を千切って投げ返したという武勇伝を持っていた。

　もぐらは気《け》だるそうに息を吐いて、床に押し付けられたおれの顔を見下ろした。

「自分がなぜ捕えられたか分からないのか？」

「それが分からねえんだ。まさかちびまんが死んだからとは思えねえしな」

おれは唇《くちびる》にくっついたホコリを鼻息で吹き飛ばした。先週の大食いヘルス嬢バトルロイヤルでも、素人《しろうと》がパエリアに入ったカタツムリを喉に詰まらせて死んだばかりだ。参加者が死んだくらいで騒いでいたら仕事にならない。

「それはそうだ。大食いのほかに取り柄のないバカが長生きしても意味がない」

「若い女は美味《うま》いしね」

もぐるが相槌《あいづち》を打つ。もぐるはXLサイズの胃袋を活かして、二人の兄が殺した人間を処分する役割も果たしていた。

「でもな、バレたらダメなんだよ」もぐらが子供を躾《しつ》けるみたいに言う。「さっきのテレビは何だ？　こいつが死んだことが世間にダダ漏れじゃねえか。おれは口の軽いやつと正義ヅラしたやつが大嫌いなんだ」

「よく聞いてくれ。おれは悪くないんだ」

おれは首をもたげて言った。もぐらが苛立《いらだ》たしげに舌打ちする。

「お前はもぐもぐ興行のイベント運営責任者だ。どう考えてもお前が悪い」

「違う。ちびまんが死んだのを知ってるのは、あの日もぐもぐランドにいた百三十五人のオタクだけだ。おれは全員に『何があっても自己責任、何を見ても口外しない』

って誓約書を書かせてる。誰かが誓約を破って、マスコミに情報を流したんだ」

「分かってるよ。ちびまんのファンだろ」

「そうだ。だから悪いのはおれじゃない。その裏切者だ」

「誰が情報をリークしたか分かるのか？」

「リストがある。端から順に締め上げれば誰かが吐くだろ」

おれがオットセイみたいに上半身を持ち上げると、もぐるがおれの右腕を後ろに捻《ひね》った。身体の中から板が割れるような音が聞こえる。おれは悲鳴をあげて冷たい床に倒れた。

「すすむ、お前は事態の深刻さが分かってない。テレビも新聞もちびまん死亡疑惑を報じてる。この事務所にも今朝、週刊誌の記者が来たらしい。なあもぐる」

「うん。センズリこいてたら、ウツボみたいな女が玄関にいてびっくりした」

もぐるが気の抜けた声で答える。

「今ここにいるのも危ないってことだ。百三十五人を締め上げる？　そんな能天気なことを言ってる場合じゃない」

「お前は警察を買いかぶりすぎだ。令状がなけりゃ事務所にも入れやしない。あと一週間は大丈夫さ」

「バカはそうやってヘマをやらかすんだ。一週間でできそうなことは、大抵一日ででできる」

「急に社長ぶり始めたな。とにかくオタクを締め上げるしかねえんだよ。こんなときのためにあのネクラを飼ってんだろ？」

おれは顎でもぐりを指した。次男のもぐりは人間を解剖するために医学部へ入った筋金入りの人体破壊マニアだ。チンピラを腰まで土に埋めて稲刈り機で轢《ひ》き殺したり、老人の胃に手術で穴を開けて餓死させたりと、誰もやったことのない方法で人を殺すのが楽しくて仕方ないのだという。

「もぐりに手伝わせるのか。悪くない。おいもぐり、じょうろだ」

もぐらが言うと、もぐりは無言のまま立ち上がってロッカーからブリキのじょうろを取り出した。側面にもぐらマークのシールが貼られている。注ぎ口の先っぽが注射針みたいに尖《とが》っていた。いやな予感がする。

「待てよ。おれを嬲《なぶ》っても何も解決しねえぞ」

「そうでもない。もぐる、すすむの頭を押さえろ」

ニキビだらけの腕がおれの首を絞める。息を吸おうと口を開けた瞬間、もぐらがじょうろの注ぎ口を喉へ突っ込んだ。喉仏の裏のあたりに激痛が走る。腹の底から嘔吐《えず》きが込み上げた。

「ぴったりだ。こいつでお前の胃袋へ、ちびまんの煮込みを突っ込んでやる。それからお前を川に投げ込むんだ。海辺で死体が見つかるまでにトンズラを決めれば、事件は変態人食い男の猟奇殺人として片が付く」

「なるほど、兄ちゃんは天才だなあ」

もぐるが腹の肉をぶるぶる震わせて笑った。ジョークでないことは分かっている。こんな八つ当たりみたいな計画で殺されたらとても成仏できない。

「はへ、はへふへ」

おれはもぐるの隙を突いて腕を伸ばすと、もぐらのズボンの裾を引っぱった。

「どうした、早くエサが欲しいのか？」

もぐらがじょうろを掻《か》き回すと、背筋に火箸を刺したような痛みが走った。唇からぬるぬるした液体が溢《あふ》れる。おれはうつ伏せに倒れると、マジシャンになった気分で口からじょうろを引っ張り出した。

「なんだよ、往生際が悪いな」

「話を聞いてくれ」おれは咽《む》せ込みながら言葉を吐いた。「おれが悪かった。それは認める。でもおれは死にたくない」

「おれたちだってそうだよ」

「良いことを教えてやる。お前は勘違いをしてるんだ。おれを川へ流しても問題は解決しない」

「なぜだ？」

「ちびまんはフナムシを喉に詰まらせて死んだんじゃねえ。あいつは殺されたんだ」

おれは二時間ドラマの刑事みたいに啖呵《たんか》を切った。もぐらが胡散臭《うさんくさ》そうに目を細める。

「殺された？　大日本フナムシ食い王決定戦の最中にか？」

「そうだ。ちびまんはBAKAGUI時代から活躍するフードファイターだぜ。メシを詰まらせるようなヘマはしねえよ」

「理由はそれだけか」

「違う。あいつは試合の途中から様子がおかしかった。身体がびくびく痙攣《けいれん》してたし、手も痺《しび》れてフナムシを摑《つか》めなくなっていた。試合中にメシを喉に詰まらせた連中とは明らかに違う。あいつは毒を盛られたんだよ」

「もぐる、こいつの言ったことは本当か？」

「さあ。食うのに夢中だったから分かんねえ」

もぐるが澄ました声で応える。おれを締め上げているこの男も、大日本フナムシ食い王決定戦の決勝に参加していた。

「メシを食ってるとき、お前は何も考えてないんだな」

「兄ちゃんは何か考えてるのか？」

「当たり前だ。臭《くさ》い、苦い、硬い、苦しい。いろいろある」

「そうか。おいらはモンスターだからみんなと違う。食えるものは人間でも食う、大食い糖尿モンスター。その名もジャンボSPだ」

もぐるは誇らしげに自身のファイトネームを唱えた。

「もぐり、お前はどう思う。ちびまんは毒を盛られたのか？」

もぐらが医学部の秀才に水を向ける。もぐりはおもむろに腰を曲げると、ちびまんの死体を眺めて頷《うなず》いた。

「解剖しないと分からないけど、アコニチン中毒だと思う」

「アコニチン？」

「トリカブトに含まれる猛毒だよ」

「ほら、おれの言った通りだ」

おれは声を張りあげた。もぐらがもぐりの後ろから死体を覗《のぞ》き込む。

「もぐる、よく考えろ。変態人食い男が、食材を手に入れるのに毒を使うと思うか？」

「うっかり胃袋の中身を食ったら死んじまうな」

「その通り。ちびまんに毒を盛った真犯人がどっかにいるんだ。おれに濡《ぬ》れ衣《ぎぬ》を着せたところで、お前らは一生そいつに怯《おび》えて暮らすことになるぜ」

「大袈裟《おおげさ》だな。殺せばいいだろ」

「観衆の面前でちびまんを仕留めた切れ者だぞ。簡単に尻尾《しっぽ》を摑ませるようなタマじゃねえ。まして貴重な目撃者であるおれを殺したら、犯人にたどり着くのはますます難しくなる」

おれはヨダレを飛ばして言った。命がかかっている以上、足掻《あが》けるだけ足掻くしかない。

もぐらはレザーチェアに腰掛けると、もぐりの水筒を開けて白湯を喉へ流し込んだ。水筒のフチからこぼれた水滴が、掌《てのひら》から肘の先へ伝い落ちる。おれを殺すか悩んでいるのだろう。もう一押しだ。

「おれに一週間くれ。ちびまんを殺した犯人を連れてきてやる」

「甘えるな」もぐらの声は乾いていた。「一日だ。明日の朝までに犯人を見つけろ。できなきゃお前を殺す」

「一日？　冗談だろ。警察だって裏取りに一週間はかかる」

「一週間でできることは大抵一日でできる。できないなら今すぐ死ね」

おれは深呼吸をして思考を落ち着かせた。犯人は大日本フナムシ食い王決定戦の観客の中にいる。炙《あぶ》り出す方法がきっとあるはずだ。

「分かった。何とかしてやる。ちなみに失敗したら？」

「同じだ。その場でお前を殺す」

じょうろの先っぽから血と痰《たん》の混じったどろどろが垂れ下がっていた。

＊　＊　＊

二日前の夜、もぐもぐランドは空前絶後の熱気に包まれていた。

「決勝戦の司会はわたくし、肉汁《にくじる》すすむが務めさせていただきます」

クイズ番組の司会者を真似したダミ声で叫ぶと、フロアから早くも歓声があがった。ピンク色のTシャツを着た男たちが狂ったようにちびまんの名前を叫んでいる。

もぐもぐランドでは連日のように大食い・早食い・ゲテモノ食いのイベントが開催されていたが、フロアが満員になるのは初めてだった。

「一人目の出場者の登場です。食えるものは人間でも食う、大食い糖尿モンスター、ジャンボSP！」

おれの紹介に続いて、もぐるが笑いながらステージへ歩み出た。前歯が胃酸でガタガタになっている。ジャンボSPというファイトネームは、愛用している巨大なスプーンが由来だった。

もぐるはもぐもぐ興行の役員でありながら、自分たちが主催するイベントに出場して数々のタイトルを獲得していた。もぐるが優勝した分だけ、もぐもぐ興行は賞金の支出を減らすことができる。もぐるはもぐもぐ興行の金庫番であり、大食いファンにとっては憎らしい悪玉でもあるというわけだ。

「対する出場者の登場です。揚げまんじゅう屋が生んだ食いしん坊ムスメ、ちびまん！」

ちびまんがステージの袖から飛び出て会釈《えしやく》をすると、フロアから割れんばかりの歓声があがった。ピンク色の応援団は「まん！」「まん！」と奇妙な雄叫《おたけ》びをあげている。

もぐもぐランドが異様な興奮に包まれているのにはわけがあった。ジャンボSPとちびまんの対決はこれが初めてではなかったのだ。

五年前、地方テレビ局が制作したBAKAGUIという深夜番組がきっかけとなり、第二次大食いブームが起きた。大食い競技を勝ち抜いたファイターがチャンピオンとなり、予選を勝ち抜いたチャレンジャーとの一騎打ちに挑むというのがBAKAGUIの基本ルールだ。大食い番組としては破格の三千万円の賞金や、試合中のトラブルをそのまま放送するドキュメンタリー風の番組作りも話題となった。そこで無敗のチャンピオンとして君臨したのがジャンボSPであり、チャレンジャーとして数々の名勝負を繰り広げたのがちびまんだった。

だがＢＡＫＡＧＵＩが三年目で人気の絶頂を迎えていたころ、ブームはあっけなく幕を下ろすことになる。小学生がＢＡＫＡＧＵＩの真似をしてこんにゃくを喉に詰まらせ、病院へ運ばれる事故が起きたのだ。小学生は一命を取り留めたが、意識を取り戻したときには自分の名前も分からなくなっていた。ＢＡＫＡＧＵＩは放送中止に追い込まれ、第二次大食いブームは終焉を迎えた。

そこで頭を抱えたのが、三流以下のフードファイターたちだった。ある者は体重が増え過ぎて骨格が歪《ゆが》み、ある者は胃腸がボロボロになって食事と嘔吐を繰り返すだけの肉の塊になっていたにもかかわらず、食いブチの番組が突然なくなってしまったのだ。まともな仕事へも復帰できず、大食いでしか生計を立てられないデブが大量に生み出されてしまったのである。

そんな状況に目を付けたのがもぐらだった。当時のもぐもぐ興行は、ローカルタレントを脅迫し、地方の芸能事務所にノーギャラで仕事をさせる悪名高いイベント会社だった。ＢＡＫＡＧＵＩの放送終了を知ったもぐらは、弟のもぐるを足掛かりに三流フードファイターを掻き集め、独自の大食いイベントを開き始めた。ＢＡＫＡＧＵＩの終了に不満を抱いていた大食いファンを、一手に呼び込もうと考えたのだ。

もぐらの目論見《もくろみ》は成功し、イベントは大きく賑《にぎ》わった。ＢＡＫＡＧＵＩチャレンジャーの中にはアイドル的な人気を持つ女性ファイターも多く、彼女たちの熱狂的なオタクがこぞってイベントに押し寄せたのだ。もぐもぐ興行はスキヤキビルに専用のイベントスペース「もぐもぐランド」を開設し、イベントを連日開いて大食いファンの囲い込みに成功した。

雲行きが変わったのは、もぐもぐ興行が新人ファイターの発掘を始めたことがきっかけだった。BAKAGUIチャレンジャーを呼ぶだけでは集客に限りがあると考えたもぐらが、素人ファイターの参戦を解禁したのだ。

もぐもぐランドは地獄絵図と化した。予算をケチって事前審査を行わなかったため、ずぶの素人が賞金目当てにイベントへ押し寄せたのだ。素人ファイターはステージですぐにゲロを吐いた。観客ももらいゲロを吐いた。フロアに悪臭が漂い、意識を失って運ばれる観客が続出した。そんなイベントが続いたため、アイドルファイター目当てのオタクはたちまち会場から姿を消した。

だが夕デ食う虫も好き好きというやつで、もぐもぐランドには吐物まみれの試合を求めるカルトファンが集まるようになった。世間には人がゲロを吐くのを見て大はしゃぎする悪趣味な人種がいるのだ。もぐらも客層の変化に合わせて次々と過激なイベントを開催したため、もぐもぐランドは異様に生ゲロ臭い熱気を帯びるようになっていった。

そんな中で発表されたのが、アイドル系ファイターのカリスマとして抜群の人気を誇ったちびまんのもぐもぐランド参戦だった。種目はフナムシの早食い。ＢＡＫＡＧＵＩ時代には考えられないマッチメイクだ。ちびまんの参戦はさまざまな憶測を呼んだが、大食いファンの下馬評を裏切って予選を勝ち進み、ついに宿敵・ジャンボＳＰとの決勝に駒を進めたのだった。

「今日の試合はフナムシの早食いです。バケツに入った二十キロのフナムシを先に食べ終えたほうが大日本フナムシ食い王となり、賞金三十万円を獲得します」

おれは手元のカンペを読み上げた。低い天井の下に百三十五人の観客が鮨詰《すしづ》めになっている。

もぐらが考案したさまざまな競技の中でも、おれが一番嫌いなのがフナムシの早食いだった。二十歳の夏に押入れで腐ったばあちゃんを見つけて以来、触角の生えたすばしっこい生物を見ると胃酸が込み上げてくるのだ。フナムシはゴキブリを潰して平べったくしたような見た目で、頭からは長い触角が、ケツからは枝分かれした尾が生えていた。エビと同じ甲殻類のくせに泳ぐのが下手《へた》で、海に落ちると死んでしまうこともあるらしい。おれは一刻も早くイベントを切り上げて、冷えた缶ビールを喉へ流し込みたい気分だった。

「なおこの試合はＧルールで行います」

おれが言葉を付け足すと、ピンクTシャツの男たちが揃って顔をしかめた。アイドル系ファイターのちびまんにGルールは不利と悟ったのだろう。

ステージでは観客の右手にちびまん、左手にもぐるが座っていた。二人の距離は一メートルほど。ちびまんが真剣な顔でフロアを見渡しているのに対し、もぐるは退屈そうに天井の配管を眺めていた。

「Gルールでは試合開始から五分ごとに、照明を一分間落とすGタイムが設けられます。この一分間、ファイターは足元のエチケットバケツにゲロを吐くことができます」

おれはステージの中央へ進むと、長机にかかったテーブルクロスをめくった。二人の足元にアルミ製の特大バケツが一つずつ置かれている。

「ただしGタイム終了後に生きたフナムシがバケツに入っていた場合は、その時点で失格となります。きちんと咀嚼《そしやく》してから飲み込むように気を付けてください。またGタイム以外にゲロを吐いた場合も失格です。お二人ともよろしいですね？」

もぐるとちびまんがばらばらに頷く。Gルールは本来の食事量を超えた大食いが可能になるため、好事家《こうずか》のファンからの支持が強かった。

「それでは今日の勝負を決める、二十キロのフナムシをお持ちしましょう」

おれは舞台袖に引っ込むと、台車を押してステージに戻った。荷台には生臭いバケツが二つ並んでいる。バケツの腹にはモグラをかたどったシールが貼られていた。もぐらが考案したもぐもぐ興行のロゴマークだ。

おれは台車を止めると、バケツを持ち上げて机まで運んだ。二つ目のバケツを運ぶ途中で、姿勢を崩し、危うく中身をぶちまけそうになる。見ればバケツの把手《とって》が外れかけていた。もしフナムシの大群に襲われたら泡を噴いて失神しかねない。おれは冷や汗をかきながら、バケツを二人の正面に並べた。

「それでは合図とともに試合を始めます。ジャンボSPとちびまん、大日本フナムシ食い王となり賞金三十万円を獲得するのはどちらか。皆さん、準備はいいですか？」

おれの裏返った声を、観客の歓声が掻き消した。

「よーい、もぐもぐ！」

おれは左右同時にバケツのフタを開けた。もぐるのバケツから水滴が流れ落ちる。

二人はほぼ同時にフナムシにかぶりついた。バケツの中からカサカサと不気味な音が聞こえる。大量の触角が縦横無尽に揺らめいているのを想像して、二日酔いの朝みたいな気分になった。

おれは腕時計を確認すると、上手《かみて》に移動して深呼吸をした。ここまでイベントは順調に進んでいる。もぐるは身勝手なデブなので、試合開始直後に騒ぎを起こすことが多いのだ。二日前のなめこ早食いトーナメントでも、自分だけなめこの量が多いと駄々をこねて、となりの出場者とバケツを取り替えさせていた。おれがきちんとバケツを計量していることを知っているくせに、ケチをつけるのだから質《たち》が悪い。

おれは柱に寄りかかってフロアを見下ろした。ヤジだか応援だか分からない雄叫びが鼓膜に突き刺さる。「食え！」「飲み込め！」「吐け！」「殺せ！」「死ね！」「まん！」「まん！」

スタートダッシュはちびまんがやや優勢のようだった。ちびまんは一匹ずつフナムシに齧《かじ》りつくわんこそば方式で、フナムシを着実に胃へ流し込んでいる。一方のもぐるはBAKAGUI時代から愛用している巨大スプーンでフナムシをすくって、五匹くらいずつまとめて口の中へ押し込んでいる。殻が硬いフナムシはまとめ食いに向いていないようで、咀嚼から嚥下《えんげ》までにかなり時間がかかっていた。

「まもなく一回目のGタイムに入ります。五、四、三、二、一、スタート！」

おれは叫びながら、柱の裏のスイッチを下ろした。天井のライトが消え、視界が闇に包まれる。ステージからちびまんの嘔吐きと、バケツへゲロが落ちる音が響いた。フロアからも息を呑《の》む音が聞こえる。おれは柱の裏で蛍光腕時計を見つめた。

「あと五秒でGタイム終了です。三、二、一、試合再開！」

ふたたびライトを灯《とも》すと、二人はすでにフナムシを食べ始めていた。もぐるが口を開いて豪快なゲップをかます。

おれはステージの中央へ進んでテーブルクロスをめくり、エチケットバケツの中を確認した。ちびまんのバケツにはフナムシの残骸や生臭い体液が散らばっていたが、もぐるのバケツは空のままだった。Gタイムを無視してメシを食い続け、相手と差をつけるのがもぐるの戦術なのだ。

「不正なし！　続行！」

腰を上げて叫ぶと、上手に移動してふたたびフロアを見渡した。ちびまん応援団の顔から血の気が引いている。ちびまんの瞼《まぶた》は赤く腫れており、居酒屋を蹴り出された酔っ払いみたいな顔になっていた。ワンピースにもシミができている。好きだったアイドルの嘔吐《おうと》直後の顔を見たら、ファンの具合が悪くなるのも無理はない。

「おい、司会者！　便所はどこだ！」

フロアの真ん中あたりから罵声が飛んだ。中年男のとなりで、ピンクTシャツのダルマみたいな男がうずくまっている。もらいゲロをもよおしたらしい。

「この階にトイレはありません。一階の共有トイレを使ってください」

おれは淡白に答えた。本当はフロアのすぐ後ろにトイレがあるのだが、先週の大食いヘルス嬢バトルロイヤルで死んだエクレアという女が、大量のゲロを吐いたため便器が詰まってしまったのだ。うっかり観客がクソをしないように、トイレのドアはジャンボSPの等身大ポスターで覆い隠してあった。

ダルマ男は口を押さえたまま、ふらふらとフロアを出て行った。

それからもGタイムを重ねるたび、ちびまんの仕草はますます苦しげになった。顔が土気色になり、頬《ほお》や唇がぴくぴく痙攣している。手から落ちたフナムシが逃げ出しそうになる一幕もあった。

一方のもぐるはというと、ぐぼぅ、げぶぇ、んぐぅ、と牛みたいなゲップを連発しながらも、スタートからペースを落とさずにスプーンを動かし続けていた。カレーでも食べるような顔で、平然とフナムシを頬張り続けている。やはりBAKAGUIチャンピオンの実力は伊達《だて》ではない。

異変が起きたのは五回目のGタイムだった。おれがライトを消すのとほぼ同時に、

「おえええええええええっ！」

もぐるが凄《すさ》まじい嘔吐き声をあげたのだ。大量のゲロがバケツへ落ちる音が続く。もぐるが勝ち試合で見せる、定番のまとめゲロだった。気の早いファンが口笛を吹いている。

Gタイムが終わると、ふたたびエチケットバケツをチェックした。もぐるのバケツになみなみとゲロが入っている。咀嚼はちびまんよりも荒いが、生きたフナムシは見当たらなかった。

「不正なし！　続行！」

顔を上げると、もぐるが残りわずかのフナムシをスプーンですくいとるところだった。これは勝負ありだ。やはり初参戦のちびまんにGルールは過酷だったのだろう。

「……なんで？」

ちびまんの擦《かす》れ声が響く。

目を向けてぎょっとした。ちびまんの全身がバイブみたいにぶるぶる震え、いまにも椅子《いす》から転げ落ちそうになっている。ケツからぶりゅりゅりゅと下品な音が聞こえた。

明らかに様子がおかしい。

「だ、大丈夫か？」

ちびまんはもぐるを横目に見ると、両手で摑んだフナムシを無理やり口へ押し込んだ。活け造りの鯛みたいに首が跳ね上がる。鼻と口から勢いよくゲロが噴き出し、おれの顔面を直撃した。

「うえ！」

おれはゲロにまみれて足を滑らせ、ステージから落っこちた。フロアから悲鳴があがる。首を起こして周りを見ると、おれを避けようとした観客が将棋倒しになっていた。

「ちびまん選手、嘔吐のため失格！　勝者、ジャンボSP！」

おれはゲロねずみのままステージに這《は》い上がると、もぐるの左手を摑んで叫んだ。

肩からうえがゲロで生温かい。ちびまんは頭をバケツに突っ込んでうつ伏せに倒れていた。

「死んじまうぞ！　なにやってんだ！」

観客の下敷きになったピンクTシャツの男が、蒼白《あおじろ》い顔で叫んだ。

「うるせえな」

おれはちびまんを荷台に載せると、舞台袖へ運んだ。出場者が倒れたくらいで騒いでいたら、もぐもぐランドの司会は務まらない。観客のヤジは耳に入らなかった。

「えー、ちびまん選手は手当てを受けていますのでおかまいなく。大日本フナムシ食い王のタイトルを獲得したジャンボSP選手に大きな拍手を」

おれはステージに戻るなり叫んだ。もぐるが嬉《うれ》しそうに笑いながら、特大のゲップを決める。ピンク色の集団はパニックを起こしかけていた。

「ジャンボSP選手の獲得タイトルは十七となりました。さすが糖尿デブの怪物！　そして名勝負を繰り広げたちびまん選手にも拍手を！」

カンペをしまいながら舞台袖に目をやると、ちびまんがゲロにまみれて動かなくなっていた。

2

もぐもぐ興行の事務所を蹴り出されたおれは、中学校の同級生で成績が一番良かった馬喰山《ばくろやま》を訪ねることにした。一日で犯人を捕まえるなんて真似《まね》は頭の良いやつにしかできない。餅《もち》は餅屋というやつだ。

「キミ、腕折れてるよ。大丈夫？」

馬喰山はわざとらしく話題を逸《そ》らすと、疎《うと》ましそうに壁時計へ目を向けた。時刻はすでに午後四時過ぎ。のんきにおしゃべりしている暇はない。

「話を聞いてたか？　明日までに犯人を見つけねえと殺されちまうんだ。それに比べりゃこんなの擦り傷だろ。頼む。知恵を貸してくれ」

「どうしてぼくなのさ」

馬喰山は心底迷惑そうな顔をした。

「耳かき水没事件を覚えてるか？　おれはあんときから、お前が天才だと信じてたんだ」

おれは嚙《か》んで含めるように言った。中学一年のころ、授業参観に来たばあちゃんが、大切な耳かきを校庭の池に落としたのだ。池の底を浚《さら》ってほしいと頼み込んでも、教師どもは適当にあしらうばかり。落ち込んでいたおれに、救いの手を差し伸べたのが馬喰山だった。この小賢《こざか》しいクラスメイトは、校長のハンコを盗んで池に投げ込んだのだ。校長の命令により、教員たちは総出《そうで》で池の水を抜く羽目になった。馬喰山は一滴も汗を流さず、池から耳かきを見つけてみせたのだ。

「お前、便利屋になったんだろ。さすがだ。天職だと思うぜ」

「違う。弁理士だよ」

「便利ってことだろ。とにかく助けてくれ」

「勘弁してよ。ぼくはキミらみたいな地元のワルガキとは縁を切ったんだ」

馬喰山は怒りと悲しみの入り交じった顔をした。なにやら事情がありそうだが、こちらも引き下がるわけにはいかない。

「頼む。おれの知り合いで大学を出てんのはお前だけなんだ」

「大学は関係ないよ」

「そんなことねえ。出来の良い人間はだいたい大学を出てる」

「キミだって中学の成績は悪くなかったでしょ」

「算数と理科だけな。ばあちゃんに計算ができると金持ちになれるって聞いてがんばったんだ。でもあとは全部ダメだ」

「知らないよ。ぼくはもう子供じゃない。押しかけられても迷惑だよ」

ドアをノックする音がして、秘書らしい三十女が煎茶を運んできた。タヌキみたいなふくれっ面《つら》の美人だ。おれが鼻息を荒らげていると、女は逃げるように応接室を出て行った。おれのシャツのシミが気に入らないらしい。

「あいつはお前の愛人か？」

「そんなわけないでしょ」

馬喰山が目を泳がせる。分かりやすいやつだ。テカテカの前髪からポマードの臭《にお》いがした。

「たしかお前の嫁、水死体みたいな顔してたよな。屍姦《しかん》だけじゃ物足りねえのか」

「次のアポまで一時間だけ話を聞いてやる」

「だと思った」

おれは一昨日《おととい》の大日本フナムシ食い王決定戦で目にしたものを、細大漏らさず話して聞かせた。馬喰山は二度トイレに行ってゲロを吐いた。

「ぼくはテレビは見ないんだけど、ジャンボSPって名前は聞いたことがある」

馬喰山はおれの分まで煎茶を飲み干して言った。

「ああ、あぐりマンに刺された事件が話題になったからな」

「あぐりマン？」

「素人ファイターだ。元引きこもりで、試合に負けた腹いせにジャンボの脇腹をぶっ刺したんだ。ジャンボは贅肉クッションのおかげでびくともしなかったって噂《うわさ》だけどな」

「きなくさい業界だね」馬喰山が眉を顰《ひそ》める。「とりあえず一昨日の事件で使われた毒の名前を教えて」

「あほちんこだ」

「アコニチンか」

馬喰山はノートパソコンのキーボードを叩いた。

「致死量は二から六ミリグラム。症状は口唇や舌のしびれに始まり、手足のしびれ、嘔吐、腹痛、下痢、不整脈、血圧低下、痙攣、呼吸不全など。加熱するとアコニンに変化して毒性が二百分の一になるんだって。トリカブトならうちの実家にも生えてたから、入手経路から犯人を絞り込むのは難しいね」

「待ってくれ。加熱すると毒性がなくなるのか？」

おれは馬喰山の背中ごしにノートパソコンを覗き込んだ。

「それがどうしたの」

「ちびまんの死体も煮込めば食えるってことだろ。いやな予感がする」

「煮込む？　死体を？」

馬喰山は豚のクソを舐めたみたいに怪訝《けげん》な顔をした。

「気にすんな。それより犯人捜《さが》しだ。おれはジャンボの古参オタクが怪しいと思う。ちびまんみたいなアイドル系ファイターを毛嫌いするオタクは多いからな」

「どうだろう。その場合、犯人はちびまんだけを殺せる自信があったことになる。キミは二つのバケツをどっちの前に置くか決めてたわけじゃないんでしょ。犯人がちびまんを狙い撃ちにするのは簡単じゃないよ」

馬喰山はこともなげにおれの推理を打ち砕いた。

「たしかに。やっぱりお前、賢いな」

「なんにせよ、犯人にはちびまんのバケツに毒を入れる機会があったことになる。ひとまず混入経路を考えてみよう。フナムシの入ったバケツは、本番までどこに置いてあったの？」

「控室だ。舞台袖から廊下を十メートルくらい進んだところにある。試合開始の十分くらい前に、おれが台車で舞台袖までバケツを運んだ」

「控室への出入りはどうなってた？　観客でも忍び込めるの？」

おれは一昨日の控室の光景を思い浮かべた。もぐるの陽気な鼻歌と、ちびまんの険《けわ》しい表情がよみがえる。

「無理だ。鍵はかけてねえけど、ジャンボとちびまんはずっと控室にいたし、おれも頻繁に出入りしてた。誰かがバケツに毒を混ぜてたらバレるはずだ」

「バケツを舞台袖に運んでから本番までの十分間は？」

「それも無理だ。おれは照明や音響の調整でずっと舞台袖にいた」

「なら考えられるのは試合中だね」

「試合中？」おれはオウム返しに尋ねた。「なんだそりゃ。観客がステージに毒団子を放り込んだってことか？」

「違う。ステージにいたキミ、ちびまん、ジャンボの中の誰かが、観客の目を盗んでバケツに毒を入れたんだ」

「おれは犯人じゃねえぞ」

「ならジャンボだね。ジャンボが宿敵を殺すために、隙をついてとなりのバケツに毒を入れたんだ」

「ねえよ。二人の椅子は一メートルくらい離れてる。腕を伸ばして毒をふりかけたらバレるだろ」

「じゃあちびまんだ。彼女は自殺のために自分で毒を飲んだ」

「もっとねえよ。あいつはブルブル震えながら、びっくりして『なんで？』ってつぶやいてた。自分で毒を食らったんならあの顔にはならねえだろ」

「騙されてたんだよ。フナムシって生臭いんでしょ？　犯人は臭みを消す薬味だとか言って、ちびまんにアコニチンをかけさせたんだ」

「死んだあとで服をさらってみたけど、毒を入れるような容器はなかったぞ」

「じゃあダメだね」馬喰山はあっけなく矛《ほこ》を収めた。「本番前も本番中も犯人がバケツに毒を入れるチャンスはなかった。となると毒はもっと前から入ってたことになる。フナムシの入手経路が知りたいな。キミが一匹ずつ捕まえたの？」

「まさか。もぐらが金を貸してるウニカメ水産って会社の従業員に、浜辺で集めさせたんだ。あいつらがもぐもぐ興行を嵌《は》めるために毒薬をぶっかけたのか？」

「違う」馬喰山は首を横に振る。「それならジャンボも死ぬはずだからね。毒が混入したのは、キミがフナムシを二つのバケツに分けたあとだ」

「ああ、それもそうだ」

「だいぶ絞られてきたよ。フナムシはいつ会場へ届いたの？」

「本番前日の昼過ぎだな。ウニカメの社長が魚籠《びく》に入れて持ってきたのを、おれが受け取って地下倉庫に運んだんだ。二十キロずつ量って二つのバケツに分けたのもこのときだ」

思い出すだけで虫唾《むしず》が走る。

「地下倉庫？　それは会場と同じ建物？」

「そうだ。控室は作業するには狭いからな。四階へ運んだのはイベント当日の午後だ」

「つまりバケツは地下倉庫に一晩置きっ放しだったんだね。倉庫の戸締りはどうなってるの」

「してねえよ。盗むようなもんはねえし」

「それだ。犯人は倉庫へ忍び込んで、フナムシにアコニチンをまぶしたんだよ」

「なるほど、ありえるな」おれはゆっくり頷いた。「となると、犯人は？」

「キミがイベント用の食材を地下に保管してることを知ってたやつだ。誰か思い当たる人がいるんじゃない？　酔った拍子にベラベラしゃべった相手とか」

「そもそも隠れて運んでたわけでもねえからな。あのあたりは人通りも多いし、おれを見張ってれば誰でも分かるだろ」

「そうなの？　じゃあ犯人は分からないや。もぐもぐ興行のことが嫌いなどっかの誰かだね」

「は？」おれは馬喰山の胸ぐらを摑みそうになった。「分からねえの？」

「しかたないでしょ。錠の閉まってない地下倉庫にバケツを放置したキミが悪い」

「ふざけんなよ。犯人は観客百三十五人の誰かだろ？」

「可能性は高いだろうね。犯人が現場に戻ってくるってのは本当みたいだし。でも断言はできない」

「待て。今のは何のための演説だったんだ。お前の舌はクソの役にも立たねえな」

デスクの電話が鳴った。馬喰山が受話器を取り、相槌を打ってこちらを振り返る。

「愛人か？」

「来客だよ。もう帰ってくれるかな」

「おれを見殺しにすんのか。同級生が水死体になってもいいのか？」

「あと十秒で部屋を出ないと、業務妨害で警察を呼ぶ」

馬喰山は受話器を握ったまま言った。目ん玉に気迫がこもっている。

「クソ野郎。生き延びてお前の愛人の尻にフナムシを突っ込んでやるから覚えとけよ」

おれは捨て台詞《ぜりふ》を吐いて、馬喰山の事務所をあとにした。

3

見覚えのない男女が、スキヤキビルの出入り口を見張っていた。

どちらも肩からデカいバッグを提げている。警察官にしては女の化粧が濃すぎるから、新聞か週刊誌の記者だろう。

「こちらのビルの方ですね？」

「もぐもぐランドで行われているイベントについてはご存知でしたか？」

エントランスに入ると、案の定、男女がばらばらに声をかけてきた。男が無理やり名刺を押しつけてくる。腕をへし折ってやりたいところだが、騒ぎを起こしても自分の首が絞まるだけだ。おれは黙ってエレベータに乗り込んだ。

四階で降りると、裏口からもぐもぐランドの控室へ入った。金庫のダイヤルを回し、誓約書の束を取り出す。観客の名前をインターネットで検索して、怪しいやつを見つける作戦だった。こんなイベントを観にくる連中だから、脛《すね》にキズのあるやつもいるだろう。そいつがクロなら大当たりだし、シロでも犯人に仕立て上げるしかない。賢い作戦とは思えないが、ほかに方法は思いつかなかった。

丸椅子に腰を下ろして、パソコンの電源を入れる。煙草《たばこ》に火をつけたところで、背後のドアが開いた。

「こんにちは」

振り返るのと同時にシャッター音が響いた。厚化粧の女がファインダーを覗いている。年齢は二十代半ば。エントランスで馴《な》れ馴《な》れしく声をかけてきた、あいつだ。

「勝手に撮るんじゃねえよ。誰だてめえは」

「週刊ゴアの真野《まの》マリナです」

女が背を伸ばしたまま言う。唇が薄く、息を吸うたびに口をぱくつかせている。事務所に現れたというウツボ女の正体はこいつだろう。

「今すぐ出ていけ。警察を呼ぶぞ」

「捕まるのはあなたですよ、肉汁すすむさん」

女は気の強そうな眉を吊《つ》りあげて笑った。その表情にふと既視感を覚える。数日前にももぐもぐランドで同じ顔を見た記憶があった。

「お前、大日本フナムシ食い王決定戦の観客か？」

「よく覚えてますね」女はくるりと目を回した。「地下フードファイトの記事を書こうと思って、たまたま一昨日の試合を見にきたんです。ジャンボSPとちびまんさんのカードは話題でしたからね。もぐもぐランドは初めてだったので、Gルールの説明を聞いたときは驚きました」

「そしたらちびまんがゲロを噴いてぶっ倒れたわけか。運の強いやつだな」

「こうして司会者さんとも再会できましたしね。少し力を貸してもらえませんか？」

おれは腰を上げると、スニーカーで女の腹を蹴り飛ばした。女の口から反吐《へど》が飛び散る。後頭部がドアに激突し、腰を折ってうずくまった。足元に携帯用のナイフとスタンガンが転げ落ちる。

「なんだこりゃ。やる気マンマンだな」

「違います。それは護身用です」

「あいにくおれは立て込んでんだ。ケンカしてる暇はない。二度と来るな」

おれはナイフとスタンガンをポケットにしまった。

「待って。話を聞いてください。あなたは嵌められてます」

女は老婆みたいに顔を歪《ゆが》めて言った。おれが嵌められてる？　こいつは何を言っているんだ。

「鎌をかけたつもりか」

「違います。あたしはちびまんさんに毒を盛った犯人を知ってます。でも記事にするには証拠が足りません。だからあなたの力が必要なんです」

女の声は真剣だった。

「犯人を知ってる？」

「はい。ちびまんさんを殺したのはジャンボSPなんです」

イベントフロアで待つように真野に伝えると、おれは控室のドアを閉めて深呼吸をした。

もぐるが犯人？　そんなことがありえるのだろうか。

バカの三男に計画的に人を殺すような知恵があるとは思えない。真野の言ったことが本当だとしても、もぐるは単なる実行犯で、計画を立てたのはもぐらだろう。となればおれが命じられた犯人捜しも、端《はな》から茶番だったことになる。

だがもぐるは本当に犯人なのだろうか？　馬喰山との話し合いの結論は、犯人が地下倉庫に忍び込んでバケツに毒をまぶしたというものだった。もぐるが犯人だとすると、もぐらは二分の一の確率で弟が毒を食う危険を冒したことになる。あの男が立てた計画にしては、あまりに杜撰《ずさん》だ。

「――――」

おれの脳裏に一つの考えが浮かんだ。

いつも怠けてばかりの脳細胞が猛烈に動き始める。この推理が正しければ、もぐらの態度にも、真野の言葉にもすべて説明がつく。

おれはジャケットから携帯電話を取り出し、もぐもぐ興行の事務所の番号を鳴らした。十秒ほど発信音が続いたあと、受話器を取る音が聞こえた。

「すすむだな。もう降参か？」

もぐらの得意顔が瞼に浮かぶ。

「違《ちげ》えよ。話したいことがあるんだ」

廊下を抜けてイベントフロアへ向かうと、真野がステージのふちに腰掛けていた。見慣れたフロアにどこか違和感を覚える。あらためて見渡してみると、ジャンボSPの等身大ポスターが斜めに傾いていた。もぐらたちに見張られているみたいでうんざりした気分になる。

「あの、すいません」

真野がしおらしく顔を上げ、ポスターの前のあたりを指さした。タイルのうえで特大のゲロが飛沫《しぶき》を散らしている。おれに腹を蹴られたのが応えたらしい。

「気にすんな。ここじゃゲロは挨拶《あいさつ》みたいなもんだ」

おれはステージからフロアへ下りると、壁に寄りかかって煙草を咥《くわ》えた。

「あたしに協力してくれるんですか？」

「それはお前の話を聞かなきゃ決められねえよ。なんでジャンボが犯人だと思ったんだ？」

真野は不安そうに言葉を詰まらせたが、覚悟を決めたらしく静かに口を開いた。

「一昨日の大日本フナムシ食い王決定戦でちびまんさんを殺す理由が、ジャンボにしかないからです。他の誰かが犯人なら、わざわざイベント本番中に殺す必要はありません。帰り道に頭でもぶん殴ってやればいいんです」

「ジャンボだって同じじゃねえか」

「違います」真野が首を振る。「ジャンボはフナムシ早食いの参加者ですから、バケツの並び順によっては毒を摂取しかねない状況でした。二分の一の確率で命を落とす危険を冒してまで、ちびまんさんに毒を盛ることはありえない――誰もがそう考えるはずです。ジャンボはイベント中にちびまんさんを殺すことで、心理的なアリバイを得ることができたんです」

「なるほど。つまりちびまんだけに毒入りフナムシを食わせるトリックを使ったたってことだな」

「少し違います。ジャンボは片方のバケツではなく、両方のバケツに毒を入れていたんです」

「は？」おれは煙草を落としそうになった。「それじゃジャンボも中毒になっちまうぞ。あのデブが毒に強い特殊体質だったってのか？」

「そんな人間はいません。大日本フナムシ食い王決定戦を観戦する前から、あたしはジャンボSPの周辺取材を進めていました。BAKAGUI時代から現在まで、彼はあらゆる大食い競技で異様な強さを誇っています。特にもぐもぐランドで行われるフナムシ早食い競技の戦績は驚異的で、ほとんど無敗と言える状態です。彼に敗れたファイターから話を聞くうちに、あの人間離れした食いっぷりにカラクリがあるような気がしてきたんです。あたしは引退したファイターたちへの取材を重ねる中で、あぐりマンという男に出会いました」

あぐりマン。聞き覚えのある名前だった。

「ジャンボをぶっ刺したオタク野郎だな」

「ええ。彼は実家に十年以上引きこもった挙句、高級ヘルスに嵌まって実家のうどん屋を潰し、一攫千金を夢見てもぐもぐランドの熱湯がぶ飲みバトルロイヤルに出場します。持ち前の根気強さで予選を勝ち進みましたが、決勝でジャンボSPにボロ負け。路上でヤケ酒を呷《あお》っていたところでジャンボに遭遇し、ジャンボの腹を刺したんです」

「もぐるは脂肪を千切って投げ返したんだろ？」

「それは知りませんが、刺されても涼しい顔をしていたのは本当みたいです。あぐりマンからこの話を聞いて、あたしはようやくジャンボのカラクリが分かりました」

「どういうことだ」

思わず身を乗りだして尋ねる。

「ジャンボは胃袋にチューブを刺して、口から食べたものを体外へ排出していたんです。ジャンボの腹に垂れ下がっていたのは、ゲロを溜《た》めておくタンクでした。もぐもぐ興行の役員には医大卒の男がいますね。もともとはBAKAGUIの賞金三千万円を獲得するために、その男が胃にチューブを刺す手術を施したんだと思います」

「なるほど。あいつらならやりそうだな」

おれは真野の推理に感心していた。もぐりは半年ほど前、老人の胃に穴を開けて餓死させたことがある。弟の胃にチューブを突っ込むくらいのことは朝飯前だろう。

「もう一つ証拠があります。BAKAGUI時代の試合と比べて、一昨日の試合中のジャンボには妙なところがありました」

「妙なところ？　いつも通りのクソデブ野郎だったぞ」

「ゲップです。一昨日は普段の試合よりも、ゲップの数が多かったんじゃありませんか？」

真野が喉を指して言う。

「たしかにうるさかったな」

「ですよね。ジャンボの体型が試合の前後で変わっていないことから、タンクは伸縮しない固形の素材でつくられていることが分かります。試合前、タンクの中には空気が入っているはずですね。試合が始まり、タンクにゲロが流れ込むと、タンクの中の空気は胃袋へ押し出されます。ジャンボのゲップの正体は、タンクから溢れた空気だったんです」

おれの鼓膜にぐぼぅというゲップの音がよみがえった。

「そんじゃもぐるは、一昨日の試合でもイカサマをしてたってことか」

「はい。ジャンボが中毒を起こさなかったのはこのトリックを使っていたからです。ジャンボのバケツにもちびまんと同じ猛毒が入っていましたが、食道から胃へ入ったところで体外に排出されるため、身体に吸収される量は大幅に少なくなります。実際は毒物が致死量に達しないよう、医大卒の男が摂取量を調整したんでしょう」

「でも五回目のGタイムのあと、おれはあいつのエチケットバケツになみなみとゲロが入ってんのを見てるぜ。胃の中身がタンクに漏れてたんなら、あのゲロは何だったんだ」

「もちろんジャンボの吐いたゲロです。バケツに毒を入れたといっても、本当に毒物が付着しているのはバケツの上側のフナムシだけでしょう。タンクのサイズを調整して一定量のゲロだけが体外へ排出されるようにしておけば、バケツの下側のフナムシは普通に胃袋に溜まります。これならゲロを吐くこともできますし、観客に怪しまれる心配もありません」

「ずいぶんと危ねえ綱渡りだな。うっかり毒を吸収しちまったらあの世行きなんだぞ」

「だからあなたに司会をやらせたんですよ。いざというとき罪をかぶせるために」

真野はおれを嘲笑《あざわら》うような顔をして、すぐに口元を隠した。

「なるほど。最悪なアイディアだ」

「その通りです。あなたが生き延びるには、イカサマの証拠を掴んで警察に駆け込むしかありません。もぐるが昼寝してるところに忍び込んで、タンクを撮影するんです。どうです、あたしと手を組む気になりましたか？」

「大変光栄なお誘いだ」

おれは煙草を床に放り捨て、スニーカーで火を踏み消した。ステージへ上り、控室へ続くドアに手をかける。真野が不思議そうに首を傾《かし》げた。

「悪いがおれには、のんびり証拠を探してる暇がないんだ。さっさと決着をつけよう」

おれがドアを開けると、真野は目尻が裂けそうなほど両目を見開き、口をぱくつかせながらステージから落っこちた。地震みたいにステージが揺れる。

ドアの向こうには特大の肉がひしめきあっていた。

「押すなよ、兄ちゃん。開いちゃったぞ」

「おれのせいじゃない。勝手にドアが開いたんだ」

「すすむのせいだろ。おいバカ、脅かすな」

「あ、ウツボのお姉さんだ。こんばんは」

野太い声が三つ、フロアに響き渡る。豚小屋の柵が壊れたみたいに、団子三兄弟がステージへ転がり出てきた。

「話があるとは言ったが、盗み聞きをしろと言った覚えはねえぞ」

「おれたちは大人だからな。お前らのアツアツな雰囲気を壊さないでやったんだ。それでいったい何の用だ？」

もぐらが減らず口を並べる。

「ほざいてろ。おれはお前との約束を果たした」

おれは仰向《あおむ》けに引っくりかえった真野を見下ろして言った。

「ちびまんを殺したのはこいつだ」

4

「面白そうだな。話を聞いてやる」

もぐらはおれと真野の顔を見比べて、ニヤニヤと品の悪い笑みを浮かべた。

「まずこの女を取り押さえてくれ。おれの命はこいつの首にかかってんだ。逃げられたらシャレにならねえ」

「そうだな。もぐる、こいつが逃げられないようにしろ」

もぐらは楽しそうにもぐるのケツを叩いた。

「オッケー。おいらに任せろ」

もぐるはステージを飛び降りると、真野の頭を摑んでタイルに叩きつけた。スイカを潰したみたいな音を立てて、真野の鼻血が豪快に飛び散る。

「バカ、何やってんだよ」

もぐらが苦笑しながらもぐるの頭を突《つつ》く。

「これで逃げられない」

もぐるは得意そうに胸を張った。真野は死にかけのセミみたいに小刻みに震えている。ひん曲がった鼻をもぐりが嬉《うれ》しそうにつねった。

「で、この女が何をしたって？」

もぐらが顔を上げて言う。おれはごくりと唾を飲んだ。

「こいつのやったことを知るには、まず一昨日の大日本フナムシ食い王決定戦で起きたことを正しく理解しておく必要がある。もちろんお前らが仕込んだトリックについてもだ」

「胃袋にチューブをぶっ刺すやつか？」

「違う。それはこの女の妄想だ」

おれは真野の鼻を指した。

「なんでそう言い切れるんだ？　もぐるの腹にはタンクがぐるぐる巻きになってるかもしれないぜ」

もぐらが子供をからかうような笑みを浮かべる。

「ありえねえよ。もぐるの胃にチューブが刺さってたとしても、あほちんこを体外に排出するトリックは成功しない」

「証拠はあんのかよ」

「ある。五回目のGタイムのあと、もぐるが吐いた特大のゲロだ」

おれはもぐらを見返して啖呵を切った。

「ゲロ？」

「ああ。おればばあちゃんのおかげで理科が得意なんだ。この女の言う通りなら、試合の終盤にはもぐるの胃袋もタンクもゲロでぱんぱんだったことになる。タンクに入っていた空気は、すべてゲップとして外へ出たあとだ。この状態で胃袋のゲロを吐いたら何が起こる」

「ははん」もぐらが頰を緩めた。「逆流だな」

「そうだ。胃袋とタンクをチューブでつないだ状態で、胃袋のゲロが外へ飛び出たら、タンクのゲロも同時に胃袋へ逆流する。とはいえチューブは食道よりも切り口の面積が小さいだろうから、タンクから胃袋へのゲロの移動にはより時間がかかる。嘔吐が終わった時点で、タンクから逆流したゲロは胃袋にとどまっていたはずだ。このゲロにはあほちんこが含まれてるから、胃粘膜から吸収すれば確実に死ぬ。もぐるがぴんぴんしてんのが、この女の推理がデタラメである証拠だ」

「なるほど。おいもぐる、お前が証拠だぞ」

もぐらがもぐるの腹を突くと、

「おいらが証拠かあ」

もぐるはまんざらでもなさそうに頭を掻いた。

「これで話が振り出しに戻ったわけだ。おれたちはイカサマをしていなかった。犯人はどうやってちびまんに毒を飲ませたんだ？」

「違う。胃にチューブをぶっ刺さなかっただけで、お前らがズルをしていたのは事実だ。お前らはもっと簡単な方法で、試合の勝利を確実にしていた」

「簡単な方法？　なんのことだ」

もぐらがわざとらしく肩をすくめる。往生際の悪いやつだ。

「ヒントは水滴だ。試合開始の瞬間、おれがバケツのフタを開けたら、もぐるのバケツから水滴が落ちたんだ。熱々のちゃんこを入れてたわけでもねえのに、なんで水滴が流れたんだ？」

「フナムシが湿ってたからだろ」

「違うね。フナムシは泳ぐのが下手で、自分から海には入らない。雨で濡れていた可能性はあるが、それなら水はバケツの底に溜まるはずだ。バケツのフチから流れ落ちることはない」

「何が言いたいんだ。バケツに熱々のフナムシラーメンでも入ってたのか？」

「違う。ゲロだよ。バケツの中にほかほかのゲロが入ってたんだ」

おれが言うのと同時に、真野がカニみたいな泡を噴いた。

「どういうことだ」

「言葉通りだよ。もぐるのバケツには、上半分にフナムシ、下半分にゲロが入っていた。おれが試合前にうっかりバケツの中身をこぼしそうになったのは、把手が外れかけていただけじゃなく、中身が揺れやすいゲロだったからだ。前列の観客や対戦相手が臭いで気づきそうなもんだが、もとからフナムシが生臭いせいで分からなかったんだ」

「おれの弟はゲロ食いマニアだったのか？」

「違えよ。ちびまんに勝って賞金を守るための工作に決まってんだろ。試合が始まると、もぐるはデカいスプーンで豪快にフナムシを頬張るふりをして、実際はフナムシを少しずつ食い進めた。バケツの上半分のフナムシを食い尽くせば、バケツの中身はほとんどゲロになる。そこでGタイムを利用して、机の上と下のバケツを入れ替えたんだ」

「そいつは愉快なアイディアだ」

「考えたのがお前だからな。バケツにもぐもぐ興行ロゴのシールを貼っておいたのは、Gタイム中に剝《は》がしてエチケットバケツに貼り換えることで、バケツの入れ替えをごまかすためだ。あとは豪快な嘔吐き声をあげておけば、観客にはもぐるが特大のゲロを吐いたように見える。デカいスプーンでゲロをすくってバケツの底へ落とせば、口から出たゲロがバケツへ落ちたように聞こえるしな。最後にちょっとだけ残しておいたフナムシを食って、もぐるがちびまんに競り勝ったように見せるまで、全部お前のシナリオだったんだろ」

「想像に任せるよ」もぐらが澄まし顔で言う。「一つ質問がある。お前は試合前、バケツの並べ順を決めていなかったはずだ。もしもバケツの位置が逆で、ちびまんがゲロを食うことになったらどうするつもりだったんだ？」

「駄々をこねてバケツを入れ替えさせればいいだろ。こいつがメシの量にケチをつけんのは日常茶飯事だ」

「ゲロ入りバケツも上半分はフナムシなんだろ。それじゃ半分食うまでアタリかハズレか分からないぞ」

「目印を決めりゃいいじゃねえか。把手がちゃんと付いてるほうのバケツがゲロなし、外れかけてるほうがゲロありとかな。そろそろ認めろよ。お前らはイカサマをしてたんだろ？」

団子三兄弟は顔を見合わせて、ヘラヘラと下品な笑みを浮かべた。

「ちびまんは人気だからな。しかも食うのが速い」

「そうだ。あいつはずるい。真面目なおれたちがずるに負けるのはよくない」

「だからおいらもちょっとずるをしたんだ」

もぐるは自分のおっぱいを掴むと、腕を捻って左右を無理やり入れ替えた。もぐらが豪快な笑い声をあげる。

「楽しそうだな」

「司会者の頭がここまでキレるとは思わなかったからな。で、肝心の話はいつ始まるんだ？　おれたちはちびまんを殺した犯人が知りたいんだ」

もぐらが深呼吸で息を落ち着かせて言う。おれも一つ咳《せき》ばらいをした。

「さっきから言ってるように、ちびまんを殺した犯人はこの真野って女だ。初めに控室で話を聞いたときから、おれはこの女を疑っていた。こいつがなぜか、ちびまんが毒を盛られたことを知ってたからだ」

「ニュースで見たんじゃねえのか？」

「違えよ。テレビじゃちびまんは虫を喉に詰まらせて意識を失ったってことになってる。ちびまんが窒息死じゃないことに気づいたのは、おれがこれまでメシを詰まらせて死んだ連中を散々見てきたからだ。試合を見ていた連中も、あれが中毒症状だとは気づいてなかった。なのにこの女は、どういうわけかちびまんが毒を盛られたことを知っていたんだ」

「マヌケな女だな」もぐらが鼻を鳴らす。「自分から乗り込んできて、自分から正体を明かしちまったのか」

「ただこの女の推理も途中までは正しかった。地下倉庫に保管してあった二つのバケツのうち、ちびまんがどっちを食うかは予測できない。この女は両方のバケツに毒をぶっかけたんだ」

「ならどうしてもぐるは死なないんだ?」

「イカサマの下準備のおかげさ。もぐるは試合の前に、フナムシを半分食ってゲロを吐く必要があった。観客が見てるわけじゃねえから、生きたのをそのまま食う必要はない。お前は食いやすいようにフナムシを調理したんだろ。あほちんこは加熱で毒性がなくなる。だから中毒を起こさずにすんだんだ」

「そうなのか?」

もぐらが水を向けると、

「おいら、煮た」

もぐるがぺこりと頷いた。

「そういうことだ。試合中に生で食ったフナムシは、もともとバケツの底にいたやつらで、あほちんこも大してかかってなかったんだろうな。でも大事なのは手段じゃない。なんでこの女が、わざわざ試合中のファイターを殺そうとしたのかだ」

「そりゃちびまんを恨んでたからだろ。こいつらの人間関係までは知らねえよ」

「違う。大食いの試合なんてどんなトラブルが起きるか分かったもんじゃねえ。もぐるが序盤でうっかりゲロを吐いたら、その時点で試合は終わっちまうんだ。この女が本当にちびまんを恨んでたんなら、もっと安全にブチ殺す手段を選んだはずだ」

「分からないな。本当の狙いはもぐるを殺すことだったのか？」

「可能性はある。頭をバットでぶん殴れば死にそうなちびまんと違って、こいつを殺すのは至難の業《わざ》だ。なんたってナイフで刺されても死なねえ怪物だからな。いろいろな方法を検討した結果、毒を盛る以外に手がないという結論に至ったのかもしれない。だがこの女の腹を蹴ったとき、妙なことがおきた」

「今度はなんだよ」

「スタンガンとナイフが落ちたんだ。こいつは今朝、事務所でもぐると顔を合わせてる。いくら贅肉のバケモノでも、電流を食らってナイフで急所を刺されたら助からない。標的がもぐるだったんなら、こんな機会を逃す手はなかったはずだ。でもこいつはもぐるを殺さなかった。この女はちびまんにももぐるにも殺意を抱いていなかったんだ」

「殺意がない？　それじゃ何のために毒を入れたんだ」

「おれが真相に気づいたきっかけは、この女のゲロだった」

おれはポスターの前に落ちたゲロを見下ろした。フードファイターのゲロを見慣れ

ている と、一般人のゲロがかわいく見える。

「控室にもゲロが落ちてたが、なんで吐いたんだ？」

「さっきも言ったとおり、おれがこいつの腹を蹴ったんだ。控室でゲロを吐いたあと、グロッキーなままこっちへやってきて、お代わりにもう一発ゲロを吐いたんだ」

「床に向かってか。大胆だな」

「だろ？　まともな教育を受けた大人は、吐きたくなったら便所へ駆け込むもんだ。こいつは便所を探す余裕もなかったんだろうか」

「ん？　ここの便所は使えないはずだろ」

もぐらはジャンボSPの等身大のポスターを振り返って、ぎょっと目を見開いた。ポスターが傾いていることに気づいたのだ。

「あんたの言う通り、そこの便所は使えない。一週間前にヘルス嬢がゲロを詰まらせたからだ。観客が間違ってクソをしないように、ドアごとポスターで隠してある。でもどういうわけか、そのポスターがズレてたんだよ」

「この女がポスターを剝がそうとしたんだな」

「そうだ。でも吐き気がこらえられなくなって、ポスターの前でゲロを吐いたんだろ。だがこいつは、もぐもぐランドへ来たのは一昨日のフナムシ食い王決定戦が初めてだと言っていた。そのとき便所のドアはポスターで覆い隠してあったはずだ。なんでこいつは、ポスターの裏に便所があることを知ってたんだ？」

「うちの隠れファンだったのか」

もぐるが皮肉めいた笑みを浮かべる。

「Gルールも知らねえやつがファンとは思えねえが、ヘルス嬢バトルロイヤル以前にここへ来てたのは確かだ。こいつが週刊誌の記者で、記事を書くためにフナムシ食い王決定戦を見にきたってのもウソだろ。何らかの理由で、過去にもこの場所へ足を運んでいたんだ」

「不思議だね。何をしにきたんだろう」

「もう一つ分からねえことがある。この女が今日、おれに会いにきたことだ。ウソの推理を披露してまで、おれに何をさせようとしていたのか。おれはこの女ともぐもぐランドの接点が何かを考えてみた。手がかりになったのは、あぐりマンだった」

「懐かしい名前だな」

もぐらが遠い目をしてぼやく。もぐるは誇らしげに腹の肉を撫《な》でた。

「この女は引退したファイターへ取材する中であぐりマンに会ったと言っていた。だがこいつが記者ってのが出まかせなら、そんな取材もなかったことになる。この女はもとからあぐりマンと知り合いだったんだ」

「本当か？　あんなオタクに若い女の友人がいるとは思えないが」

「やつは十年来の引きこもりで、高級ヘルスにド嵌まりして実家を潰したらしい。この真野って女がヘルス嬢だったと考えれば、すべて説明がつく」

おれはスニーカーで真野の股間をつついた。

「どういうことだ」

「そもそもこの女がもぐもぐランドへやってきたのは、競技に参加する同僚を応援するためだった。こいつが見にきたのは、一週間前の大食いヘルス嬢バトルロイヤルだったんだ。だがその同僚はパエリアを喉に詰まらせてトイレへ駆け込み、控室に運ばれたきり戻らなかった」

「エクレアだな」

「そうだ。待てど暮らせど同僚は帰ってこない。こいつの頭は不安でパンパンになったはずだ。エクレアは死んだのか？　それなら死体はどこへ消えたのか？　やがてこいつは悍《おぞ》ましい想像にたどりついた。ジャンボSPが『食えるものは人間でも食う』という二つ名の通り、エクレアを食ったんじゃねえかと考えたんだ」

「大正解だな」

「若い女は美味いからな」

もぐらともぐるが顔を見合わせる。

「交番に駆け込んだところで相手にされるとは思えねえ。かといってジャンボがエクレアを消化し終えちまったら、真相は永久に藪《やぶ》の中だ。こいつは悩んだ挙句、ジャンボを毒殺することにした」

「なんでだよ。もぐるが死んだら事件の解明はますます難しくなるぞ」

「だから毒を盛ったのさ。おれの友人に便利屋の男がいるんだが、こいつがガキの頃から切れ者でね。おれのばあちゃんが池に落とした耳かきを見つけるために、校長のハンコを池に投げ込んで、教師どもが池を浚うように仕向けたんだ。この女の動機もよく似てる。こいつはもぐるの胃袋からエクレアの残骸を発見させるために、もぐるに毒を食わせて、警察がもぐるを解剖するよう仕向けたんだ」

おれが人差し指をもぐるの腹に向けると、

「お、おいらの解剖？」

もぐるは三歳児みたいな声を上げた。

「たとえわずかな欠片《かけら》でも、死体が見つかれば警察は捜査に動かざるをえない。エクレアの死の真相を知るには、ジャンボの胃袋を調べさせるしかないと考えたんだ」

「計画が杜撰すぎないか？　ステージでもぐるが死んだら、お前は普段通り死体を舞台袖に隠すはずだ。警察に見つかるようなヘマはしない。客としてヘルス嬢バトルロイヤルを見てたんならそれくらい予想できるだろ」

「だからオタクが大量に押し寄せる一昨日の試合に的を絞ったんだ。もぐもぐランドの試合を見慣れてねえやつが多いほど、事件を隠し通すのも難しくなる。実際にマスコミが事件を嗅ぎつけちまったわけだしな」

「なるほど。こいつの思惑通りにことが運んだのか」

「一方でこいつの企《たくら》みは肝心なところで失敗に終わる。フナムシを煮込んだおかげで、もぐるが運良く中毒を免れたんだ。ちびまんだけが死んだせいで、事件の様相は随分と変わっちまった。だからこいつは作戦を変えて、ジャンボをちびまん殺しの犯人に仕立て上げることにしたんだ。今ならまだ食いかけのエクレアの死体も残ってると踏んだんだろう。記者のふりをしておれに近づいたのは見事だったが、こじつけのためにめちゃくちゃなトリックを披露したのは失敗だったな」

おれはそう言って、真野の頭を蹴り飛ばした。唇からヒルみたいな舌が飛び出す。

「おれの弟に毒を盛るとはふざけたやつだ」

「おいらもそう思う。とてもひどい女だ」

もぐるが真野に跨《また》がって首を絞めようとするのを、もぐらが右腕で制した。

「やめろ、殺すな。おいもぐり、ようやくお前の出番だ」

もぐらがもぐりの肩を叩く。もぐりは唇を舐めてニヤリと笑った。

5

インターホンを鳴らしてしばらく待つと、ドアが開いてふくれっ面の女が顔を出した。

「どうも、宅配便です」

女はおれの顔を見るなり、蜂《はち》にケツを刺されたみたいに跳び上がった。マンションの廊下に悲鳴が響く。

「悪いな」

ドアの隙間に右脚を押し込むと、顔めがけて金属棒を振り降ろした。ボコッと風呂の栓を抜いたみたいな音がして、女は仰向けに引っくりかえった。

おそるおそる部屋を覗き込む。田舎《いなか》のラブホテルみたいなワンルームから、安い芳香剤の臭いがした。テレビの中の女子アナがしたり顔で原稿を読んでいるだけで、部屋に人の姿はない。

おれは安堵《あんど》の息を吐いて、ジャケットからシガレットケースを取り出した。フタを外してフナムシの死骸をつまみ出す。テカテカした背中に触れるだけで胃が締まった。

「屁《へ》をこくなよ」

おれは女のスカートを捲《めく》ってパンツを引き下ろした。ケツ毛を掻き分け、フナムシの頭を尻に突っ込む。肛門からうんこが半分飛び出しているみたいで、思わず噴き出しそうになった。

「便利屋によろしくな」

腰を上げ、シガレットケースをジャケットにしまう。ドアノブとインターホンの指紋をハンカチで拭き取って、廊下へ出た。

ワンルームには女子アナの猫撫で声が響いていた。

「二十五日の深夜に松鳥湾《まつとりわん》で見つかった遺体の身元は、山台市《やまだいし》に住む風俗店従業員、真野マリコさんであることが分かりました。警察は真野さんが何らかのトラブルに巻き込まれたとみて、引き続き捜査を進めています。マリコさんの胃腸から人間のものとみられる肉片が見つかったとの報道もあり、近隣住民には不安が広がっています。

――」

探偵台本

大山誠一郎

Message From Author

本作は、我孫子武丸さんの傑作『探偵映画』へのオマージュです。

『探偵映画』では映画監督が失踪し、未完成の映画の劇中の殺人事件を巡って俳優やスタッフたちが推理合戦を繰り広げますが、本作では小劇団の脚本家が火事で煙を吸って意識不明となり、燃え残った台本の劇中の殺人事件を巡って俳優たちが推理合戦を繰り広げます。

オマージュとして恥ずかしくない作品にするべく、工夫を凝らしました。お楽しみいただければ幸いです。

大山誠一郎（おおやま・せいいちろう）
1971年埼玉県生まれ。京都大学在学中は推理小説研究会に所属。海外ミステリの翻訳を手がける一方、2002年「彼女がペイシェンスを殺すはずがない」をe-NOVELSに発表。2004年『アルファベット・パズラーズ』を刊行し本格的に作家デビューした。2013年、密室づくしの短編集『密室蒐集家』で第13回本格ミステリ大賞を受賞。近著に『アリバイ崩し承ります』など。

1

駅から家路をたどっていた和戸《わと》宋志《そうじ》が、丘の外《はず》れに建つ古い一軒家の前に差しかかったときだった。

その家の窓が、夜の闇の中、異様に赤く輝いていた。不審に思って近づくと、室内で炎が躍っているのが見えた。火事だ。畳の上に人が倒れているのも見える。

和戸はスマートフォンを取り出すと、一一九番通報した。このまま消防車の到着を待とうかと思ったが、警察官としての職業意識がその思いを抑えつけた。今なら、中にいる人間を助けられるかもしれない。

玄関に突進してドアを開けた。家の中には煙がうっすらと漂っている。廊下が奥に続いていた。炎が躍っていた部屋は、廊下の右手に位置するはずだ。そのドアの隙間から煙が漏れている。思い切ってドアを開けたとたん、圧倒的な熱気が押し寄せてきた。

布団が敷かれた六畳間。その布団が炎を上げていた。すぐそばに電気ストーブがあった。火事の原因はそれだろう。電気ストーブに布団や衣類などの燃えやすいものが接触したことによる火事が、ストーブ火災の中で一番多いと聞いたことがある。

布団のそばに男が倒れていた。布団が燃え出して目が覚め、布団から逃れたものの、煙を吸いすぎて意識を失ったのだろう。

和戸は廊下で大きく息を吸い込むと、息を止め、部屋に飛び込んだ。意識のない男の両脇の下を持って、廊下へ引きずり出す。炎が広がらないように部屋のドアを閉めた。止めていた呼吸を再開したとたん、煙を吸い込んでしまい、激しく咳《せ》き込んだ。ようやく咳《せき》が治まったので、再び男の両脇の下を持って、廊下を玄関へ引きずった。玄関の外まで運び出したところで力尽きて、その場に座り込んだ。

そこで、男が何かを握りしめていることに気がついた。Ａ４のプリントアウトの束だ。和戸はそれを手に取った。火《ひ》の粉《こ》を浴びてところどころ焼け焦げている。一枚目の一行目には黒の万年筆で「孤島殺人事件」、二行目に「春日壮介《かすがそうすけ》」と記されている。三行目からは登場人物表。二枚目以降は台詞《せりふ》が書かれていた。ドラマか芝居の台本だろうか。

遠くからサイレンの音が近づいてくると、消防車と救急車が目の前で停まった。和戸は状況を説明した。消防隊員たちが消火活動を始め、救急隊員たちが意識のない男を担架に載せて救急車に運び込んだ。

見送ろうとしたところで、プリントアウトの束を持ったままであることに気がついた。男が握りしめていたところから見て、大事なものかもしれない。意識を回復したとき、プリントアウトが見当たらなかったら困るだろう。そう思った和戸は、衝動的に、「私も乗らせてください」と救急隊員に頼んだ。相手はためらったが、和戸が警察官だと名乗ると、しぶしぶながら認めてくれた。

＊

病院に着くと、男は慌ただしく集中治療室へ運ばれていった。和戸はプリントアウトの束を持ったまま、人気《ひとけ》のないロビーの長椅子《いす》に腰を下ろした。俺はいったい何をしているんだろう、と思う。

男の身内に連絡を取っておいた方がいいかもしれない。プリントアウトの一枚目にあった「春日壮介」が男の名前だろう。スマートフォンでその名前を検索すると、〈風舞台《かぜぶたい》〉という劇団のサイトが一番にヒットした。そこの座付脚本家のようだ。すると、握っていたプリントアウトの束は、書き上げたばかりの新作なのかもしれない。サイトにあった連絡先の電話番号にかけてみた。

「――はい、緒川《おがわ》です」唸《うな》るような声が応えた。

春日壮介が火事で病院に運び込まれたことを知らせると、相手は驚きの声を上げ、仲間とすぐにそちらに向かいます、と言った。

三十分ほどして、ロビーに五人の男女が駆け込んできた。

「先ほどはどうも……。座長の緒川文雄《ふみお》です」

三十過ぎの、熊のような容貌の男が頭を下げた。和戸が詳しい状況を話すと、劇団員たちは口々に礼を言った。それから自己紹介する。

二十代後半の、ほっそりして怜悧《れいり》な印象の男が井藤浩一《いとうこういち》。

三十前後、勝気な印象の女が上野晶子《うえのあきこ》。

同じく三十前後、小柄で貧相なからだつきの男が江本大吾《えもとだいご》。

二十代前半、可憐《かれん》な顔立ちの女が秋山美保《あきやまみほ》。

「これを春日さんが握りしめていたんです。新作の台本でしょうか?」

和戸はプリントアウトの束を緒川に渡した。

「そうです。春日は今度は推理劇を書くって言っていました。あいつ、書き上げてプリントアウトしてから寝てしまったんだな。火事に気がついて、慌てて新作をつかんだものの、意識を失ったんでしょう」

ちょっと失礼、と断ると、緒川はプリントアウトに目を通し始めたが、「……あれ、途中から先がない」と言った。

「え、本当?」と上野晶子。

「ああ。殺人が起きて、これからというところで終わってる」

「すみません」と和戸は言った。「春日さんの部屋に台本の残りが落ちていたのかもしれませんが、気づかなかった」

緒川は手を振ると、

「いえ、気になさらないでください。春日を助け出してくださっただけでありがたいです」

あたしにも読ませてくれる、と上野晶子が言ったので、緒川は彼女にプリントアウトを渡した。上野晶子が読み終えると、江本大吾に渡す。そうして劇団員たちが読んでいった。

「よろしかったら、お読みになりますか」

全員が読み終えたところで、緒川が和戸に台本を差し出した。

「いいんですか」

「ええ、どうぞ」

和戸は台本を手に取った。

題名は「孤島殺人事件」。登場人物表では、各登場人物名のあとに、括弧《かっこ》書きで、演じる役者の名前が記されていた。登場人物の名前と演じる役者の名前は最初の一字が同じなので、各登場人物は役者に当て書きして作られたようだ。

秋田《あきた》友香《ゆか》（※秋山美保）明央大学。■■■一年生。
井場《いば》博史《ひろし》（※井藤浩二）法智大学。■■■二年生。
上村《うえむら》薫《かおる》（※上野晶子）日本学院大学。■■■三年生。
駅前《えきまえ》英樹《ひでき》（※江本大吾）東西大学。■■■四年生。
緒方《おがた》優《ゆう》（※緒川文雄）南北大学。■■■五年生。

大学名のあとの「〇学部」という所属学部名らしき三文字分が、どれも焼け焦げて読めなくなっていた。和戸はページをめくり、第一場を読み始めた。

2

第一場

何の小道具も置かれていない、空っぽの舞台。俳優は現れず、声と音だけが流れる。

正体不明の声（ボイスチェンジャーで甲高《かんだか》く変えられ、性別がわからない）高校三年のときだった。夏休みに、両親と北海道へ旅行した。空港でレンタカーを借りて走らせた。父が運転席、母が助手席に座り、自分は後部座席に座っていた。地平線の彼方《かなた》へ延びる二車線道路。周囲は見渡す限り草原で、他には何も見えなかった。通る車もほとんどなかった。三十分ほど走った頃だろうか。前方から、車が一台近づいてきた。もう少しですれ違うというとき、その車は不意にセンターラインを越えてこちらに向かってきた。父が慌ててステアリングを左に切った。だが、切り方が急すぎたのか、車は横転した。

急ブレーキの音と悲鳴、ガラスが砕ける音。次いで静寂。少しして、二人の人間の足音が近づいてくる。

若い男の声　大変だ……。

年配の女の声　（遠慮がちに）あなたが落とした携帯電話を拾おうとするからでしょう。だから運転がおろそかになったのよ。とにかく、携帯電話で早く救急車を呼びましょう。

若い男の声　母さん、駄目だ。

年配の女の声　（信じられないように）駄目？　どうして？

若い男の声　一一九番通報をすると、通報者が使っている電話の契約者の住所や氏名が自動的に消防本部に通知される仕組みになっているんだ。固定電話だけじゃなく、携帯電話でもね。今年から新たに導入されたシステムだって新聞に出ていた。

年配の女の声　それが？

若い男の声　僕の携帯で通報したら、僕の氏名が消防本部に通知されるってことだよ。そんなことになったら困るのはわかるだろう？　だって……。

正体不明の声　『だって』のあとに何か言葉が続いた覚えがある。だけど、どうしても思い出せない。そのあと、意識を失ったからだ。意識を回復したときには、病院のベッドで横になっていた。父と母は亡くなったと告げられた。シートベルトをしていなかったので、頭部をフロントガラスに激しくぶつけたのだという。事故を通報してくれたのは、しばらくして通りかかった車のドライバーだった。事故のきっかけを作ったあの車の二人は通報せずに逃げたのだ。あの二人が通報していれば、父と母はもっと早く病院に運ばれ、助かったかもしれない。そもそも、あの若い男が運転を誤らなければ、事故が起きることもなかっただろう。父と母を殺したのはあの若い男なのだ。あの若い男はいったい誰だったのか。そして、彼が『だって』のあとに続けた言葉は何だったのか――。

第二場

瀬戸内海に浮かぶ小島。男性三人、女性二人の大学生が船で上陸し、島に建つ別荘に入る。

駅前英樹　さあ、どうぞ。

上村薫　うわあ、すごい……。（周囲を見回しながら）ここは広間ですか？

駅前　そうです。

秋田友香　こんなところに泊まらせていただけるなんて、夢みたい。

駅前　僕のいる大学は推理小説研究会がないので、同世代のミステリマニアと話す機会がなかなかなくて寂しい思いをしていたんです。それで、関西の各大学の推理小説研究会からお一人ずつこの別荘に招待しようと思ったんですよ。皆さん、招待に快く応じてくださって、どうもありがとうございます。

井場博史　いえ、こちらこそありがとうございます。この別荘はふだんはどなたが管理されているんですか。

駅前　ふだんは管理人です。今回は、孤島ミステリの雰囲気を皆さんに味わっていただこうと思って、管理人には三日ほど本土に戻ってもらいました。食事は管理人が調理しておいたものを冷蔵庫や冷凍庫に入れていますので、それを温めます。
緒方優　迎えの船が来るのは明後日《あさって》ということですね。
駅前　はい。……それでは、あらためて自己紹介しましょうか。みんなでざっくばらんに語りたいので、学年には触れずにね。僕は駅前英樹。東西大学の法学部です。
緒方　俺は緒方優。南北大学の文学部です。
井場　僕は井場博史。法智大学の商学部ですよ。
上村　あたしは上村薫。日本学院大学の理学部でーす。
秋田　秋田友香といいます。明央大学の経済学部です。
駅前　じゃあ、部屋を案内しましょうか。僕たちが今いるのが広間です。右手が食堂と厨房、左手が図書室、演奏室、当主の書斎と寝室。当主の書斎と寝室は、現在は僕が使っています。そして二階はすべて、客室です。客室は五部屋あるので、どこでも好きな部屋を使っていただいて結構ですよ。
秋田　演奏室って何ですか？
駅前　他の部屋を気にせずに楽器を演奏できるよう、防音対策を施した部屋です。僕はヴァイオリンが趣味で、今回も練習しようと思って一挺《ちょう》、持ってきたんですよ。演奏室で練習するので、皆さんに迷惑をかけることはありません。
秋田　ヴァイオリンを弾《ひ》きはるんですか！　すごいですねえ。

駅前　ヴァイオリンは勉強にも効果的ですよ。ヴァイオリンのおかげで集中力がついて、大学にも現役で入れましたから。
緒方　（小声で面白くなさそうに）ふん、ブルジョア野郎め。こちとら特待生でい続けるために、留年もできへんのに……。
駅前　何か言いましたか？
緒方　（慌てて）いえ、何でもありません。
上村　それにしても、駅前というのは変わった苗字ですね。これまで同じ苗字の人に会《お》うたことはありますか？
駅前　ありません。調べてみたら、日本全国でうちの家だけみたいですね。父は僕が中学生のときに、母も今年、亡くなったので、この苗字は今では日本で僕だけです。
上村　うわあ、何だか責任重大ですね。
駅前　珍しい苗字なので、いろいろとからかわれたこともあります。でも、僕はこの苗字に誇りを持っています。絶えないようにしないとね。
井場　（スマートフォンを取り出して）あれ、ここは圏外ですか。
駅前　ええ、この島は、いまだに携帯の電波の圏外なんです。二〇二四年だっていうのにね。だから、電話したいときは、僕の書斎と広間にある固定電話を使ってください。

（中略）

第三場

翌朝、食堂で。上村、緒方、井場の三人が食卓についている。

上村　昨日の夕食、おいしかったですね。管理人さんが作って冷蔵庫や冷凍庫に入れておいたものを温めただけやったけど、それでもあたしが作るよりずっとおいしかった。

緒方　朝食はどんなメニューなのか、待ち遠しいな。

秋田　（食堂に入ってくる）おはようございます。駅前さんはまだいらっしゃらないんですか。

井場　ええ、まだです。そろそろ起こしにいった方がいいかもしれない。

四人は駅前の寝室、次いで書斎に行くが、どちらにも駅前の姿はない。演奏室に行くと、駅前が床に倒れている。

四人全員（いっせいに）駅前さん！

　四人は駅前に駆け寄る。傍《かたわ》らにヴァイオリンが落ちている。

秋田　病気ですか……？

緒方　いや、頭に血が付いとる！

井場　（ヴァイオリンを指しながら）どうやら、これで殴られたみたいですね。

緒方　ということは……駅前さんがヴァイオリンを練習しているところに犯人がやって来た。駅前さんは練習を中断してヴァイオリンを置くと、犯人に応対した。犯人はヴァイオリンを手に取ると、駅前さんの頭に振り下ろした……。

上村　とにかく、警察に通報しないと……。（スマートフォンを取り出し、はっとしたように）そうや、ここは圏外やった！

秋田　じゃあ、固定電話で通報しましょう。確か、駅前さんは、書斎と広間にあると言っていました。

　四人は広間に向かう。だが、そこで立ち尽くす。

上村　(茫然《ぼうぜん》として)コードが切られてる……。

緒方　いったい誰がこんなことを?

井場　駅前さんを殺した犯人でしょう。少しでも警察の到着を遅らせようと思ったに違いない。

秋田　じゃあ、書斎の方も……。

四人は書斎に向かう。恐れていた通り、ここの固定電話もコードが切られている。

井場　(ため息をついて)このままだと、迎えの船が来る明日まで待つしかありませんね。

(中略)

第四場

井場　そうだ。楽器を練習する人は、自分の演奏の出来を確認するためにスマートフォンに録音して聴いたりするそうです。ひょっとしたら、駅前さんも同じことをしているかもしれません。そこに犯人とのやり取りが録音されているかもしれない。

秋田　ありえますね。

井場　探してみましょう。（駅前の胸ポケットからスマートフォンを発見する）調べてみましょうか。

上村　ちょっと待って。一人で操作するのはやめてくれる？　あなたが犯人で、録音をこっそりと消去するかもしれへんから。

井場　じゃあ、二人で操作しましょう。

上村　……録音が今も続いてる。犯人がやって来て練習を中断したとき、駅前さんはうっかりして録音を止めるのを忘れたみたい。

井場　録音を止めて、再生してみましょう。

　ヴァイオリンを弾く音。それが止《や》む。何者かが入ってくる足音。

駅前　やあ、いらっしゃい。僕の提案は考えてくれた？

　相手は答えず無言のまま。

駅前　僕とそんな関係になるのはいやですか？　姓は変わってしまうけど、あなたにとっても損にはならないはずですよ。

人がすばやく動く音がして、駅前の悲鳴が響き、どさっと倒れる音がする。そのあと、犯人が急ぎ足で部屋を出ていく音。それからは何も聞こえない。

上村　何てこと……。

井場　これは、まさに犯行場面ですね。ただ、残念ながら、犯人が一言も喋《しゃべ》っていない。

秋田　駅前さんが奇妙なことを言ってはりますよね。『僕とそんな関係になるのはいやですか？』って。

緒方　駅前さんはこれより前に犯人に何らかの関係を結ぶことを提案していて、そのときは犯人は返事を保留していた。それで、犯人が部屋に来たとき、返事を求めたんだろう。

秋田　『そんな関係』ってどんな関係なんでしょう？

井場　『姓は変わってしまう』ということは、婚姻関係――駅前さんは犯人に結婚を申し込んだのだと考えられます。

3

　そこから先の台本はなかった。和戸はプリントアウトを緒川文雄に返した。

「四人のミステリマニアの大学生を孤島に招待した、資産家の大学生。その夜、資産家の大学生は殺害され、孤島はクローズドサークルと化していた……何ともベタな設定ですね」

　と秋山美保が言う。

「春日が推理劇を書くのは初めてだったからね。まずはベタな設定で書いてみようと思ったんだろう」

　と緒川文雄。

「どうして登場人物を関西の大学生にしたんでしょう？」

「春日が関西の大学出身だからじゃないか。こういう設定は関西が似合うよな」

　緒川文雄が言ったが、和戸には意味不明だった。

　上野晶子がいいことを思いついたように、

「みんなで推理して、犯人を当ててやろうじゃない。春日はいつも自信満々で偉そうだから、意識を回復したら犯人の名前を突き付けて、ぎゃふんと言わせてやろう」

「いいですね。やりましょう」と井藤浩一がうなずく。

どうやら、和戸の〈ワトソン力《りょく》〉が発動しているようだった。

〈ワトソン力〉とは、そばにいる人間の推理能力を飛躍的に向上させる特殊能力である。和戸はこれまで、クローズドサークルで起きた殺人事件に出くわした体験をいくつも持っているのだが、そこで発動したこの能力に影響を受けた関係者たちが推理合戦を行い、結果として事件が解決してしまうということが何度もあった。そして、解決したのは和戸だと思われ、名刑事だとほめそやされることになるのだ。今回もその〈ワトソン力〉が発動しているようだった。

上野晶子が言う。

「第四場の最後で井場博史が言ってるよね。『「姓は変わってしまう」ということは、婚姻関係――駅前さんは犯人に結婚を申し込んだのだと考えられます』って。駅前英樹に結婚を申し込まれたということは、犯人は女、つまり、上村薫か秋田友香ということになる」

上野晶子はうれしそうだった。推理劇で脚光を浴びるのは探偵役と犯人役だからだろう。秋山美保もにこにこしている。一方、井藤浩一と緒川文雄は不満そうな顔だった。

「問題は、上村薫と秋田友香のどちらが犯人かということね」

上野晶子が言い、秋山美保に目を向ける。二人の女のあいだで目に見えない火花が散ったようだった。

「どちらかが彼を殺した……。面白いですね。わたしが犯人であることを証明してみせます」

秋山美保が言う。役柄になり切っているのか、「秋田友香が」ではなく「わたしが」と言っている。

「犯人は、駅前に結婚を申し込まれた方の女。つまり、犯人の方がもう一人の女より魅力的ということよね」

上野晶子が自信に満ちた口調で言い、「魅力ならわたしも負けていません」と秋山美保が返す。二人のあいだの緊張がさらに高まったようだった。

「あのう、駅前に結婚を申し込まれたことが示すのは、あくまでも駅前にとって魅力的だった、ということであって、客観的に魅力で上回るということではないし、そもそもこれは芝居の話だから……」

それまで黙っていた駅前英樹役の江本大吾が、上野晶子と秋山美保のあいだの緊張に耐えかねたのか、おずおずと口を挟んだが、路傍の石のごとく無視された。

そのときだった。二人のやり取りを眺めていた緒川文雄が口を挟んだ。

「女は秋田友香と上村薫という前提で話しているけど、どうしてそう言える？」

「何が言いたいの」

「俺が演じる緒方優は、男じゃなく女だということだよ」

「はあ？」

上野晶子が、太陽が西から昇ると聞かされたような顔をした。

「緒方優が男だとは、どこにも書いていないだろ？　優っていう名前は男にも女にもあるから、優が女であってもおかしくはない」

「おかしいって。第二場冒頭のト書きには、『男性三人、女性二人の大学生』ってあるんだよ。緒方優が女だったら、女が三人になってト書きと食い違うじゃない」

緒川文雄は座長ということだが、上野晶子がタメ口をきいていることから見て、立場は同等のようだ。

「女は三人にならないよ」

「どうして？」

「上村薫が男だからさ。薫っていう名前は女にも男にもある」

上野晶子の目に怒りの炎が宿った。

「……あたしが男ですって？　何ふざけたこと言ってるのよ！　あたしのどこが男だっていうの！」

「君が男だとは言ってないよ。君が演じる上村薫が男だと言ってるんだ」

「上村薫が男って、そんなわけないでしょ！」

「でも、犯人が女だと限定されて、上村薫か秋田友香のどちらかが犯人だったら、犯人当てとしてあまりにつまらないじゃないか。緒方優や井場博史という登場人物のいる意味がない。だけど、男だと思われていた登場人物のどちらかが実は女で、犯人だった――ということになれば、意外な犯人になって面白い。そして、緒方優と井場博史という名前のうち、女でもありうるのは緒方優の方だ。つまり、緒方優が犯人だということになる」

「でも、緒方優は『俺』って言ってるわよ」

「わざと『俺』って言う女性もいるよ」

「あんた、そうまでして犯人になりたいの」上野晶子は見下げ果てたという顔をした。

「いや、そう考えないと犯人当てとして面白くないということさ」

「だいたいあんた、そのごつい顔とごついからだで実は女ってどういうことよ。あんたが演じる登場人物が実は女だって明かされたら、お客全員が失笑するわよ。失笑するならまだしも、金返せって怒り出すかも。登場人物の名前から考えて、春日は明らかに登場人物をあたしたちに当て書きしてる。井藤みたいな優男ならともかく、あんたみたいな熊男が実は女だなんて、いくら舞台の上でもまったく説得力ないわよ」

「そうですよ。説得力ありませんよ」

秋山美保が口を挟む。さっきまで対立していた上野晶子の側《がわ》に立っている。

「緒川さんが女を演じられるとしたら、熊の世界を舞台にしたお芝居で雌熊になるぐらいですね」

可憐な顔をしていながら言うことが上野晶子以上にきついので、和戸は呆《あき》れた。

「ねえ、井藤はどう思う？　緒方優が実は女なんておかしいよね？」

上野晶子が優男の劇団員に同意を求めた。

4

「確かにおかしいですね」

井藤浩一が微笑しながらうなずいた。

「そう、おかしいよね」

「そもそも、『姓は変わってしまう』という台詞から、駅前英樹が犯人に提案していたのが婚姻関係だと結論付けるのがおかしいと思います。まあ、そう結論づけたのは劇中の僕――じゃなかった、井場博史なんですが」

「——どういうこと？」

「結婚しても男性の方が姓を変える場合だってあり得ます。確かに女性が姓を変える場合の方が多いけど、法律でそう定められているわけではない。あくまでも、それがこれまでの社会的な慣習だったから、そうする人が多いということに過ぎません」

「でも、婚姻関係じゃなかったら、他にどんな関係が考えられるっていうの」

「養子縁組です」

「——養子縁組？」

「駅前は犯人に、養子にならないかと提案していたんです。民法第八百十条に、『養子は、養親の氏を称する』とあります。養子になったら、養親の姓に変わるということです。結婚したからといって姓が変わるとは限りませんが、養子になれば必ず姓が変わります。だから、駅前は『姓は変わってしまう』と言ったんです」

「でも、駅前と他の学生は数歳の差しかないでしょ。それだけしか差がないのに養子縁組ができるの？」

「できます。相手が生まれたのが自分より一日でも遅ければ、その相手を養子にすることができます」

「あんた、よく知ってるわね」

「このあいだ、弁護士役をしたときに、役作りのために六法全書を全部読んだので」

「――役作りのために六法全書を全部読んだ？　あんた、今すぐ司法試験を受けなさい。大根役者やってるより本物の弁護士になる方が向いてるから」

上野晶子がつけつけと言い、

「じゃあ、駅前さんが養子を取ろうとした理由は何なんですか？」

と秋山美保が取りなすように口を挟んだ。

「駅前自身がはっきりと言っています。『この苗字は今では日本で僕だけです』『僕はこの苗字に誇りを持っています』『絶えないようにしないとね』と。つまり、養子を取ることで、駅前という姓を持つ人間を増やそうとしたんです。島に招待した学生の中に、気に入った相手がいたんでしょう」

「駅前という姓を持つ人間を増やしたかった？　ちょっと無理がありません？」

「でも、日本でその姓を持つ人間が一人しかいなかったら、それぐらいのことは考えるんじゃありませんか。それに、メタ読みすると、春日さんが台本で駅前という変わった姓をわざわざ用いた理由はそれしか考えられません」

井藤浩一は銀縁眼鏡《めがね》を押し上げると、

「ここで、第一場の正体不明の声に話がつながります。正体不明の声の主は、駅前が数年前に事故のきっかけを作ったせいで肉親を失った人物だったんです。そしてその人物は、駅前が、自分の姓を残すために養子に取りたい、と持ちかけた人物でした。

その言葉を聞いたとたん、その人物は、事故直後の駅前の台詞をすべて思い出しました。

『僕の携帯で通報したら、僕の氏名が消防本部に通知されるってことだよ。そんなことになったら困るのはわかるだろう？　だって……』

『だって……』のあとに続いた言葉は、おそらく、『僕の名前は変わっているから、一度報じられたら、憶《おぼ》えられてしまう……』というものだったのだと思います。その人物は、事故のきっかけを作ったのが駅前であることを悟った。そして、彼に殺意を抱いたのです」

他の劇団員たちは井藤浩一の推理に聞き入っていた。無理筋なところもあるが、井藤の推理は、駅前という変わった姓が選ばれた理由や、謎めいた第一場も取り込み、これまで出された説の中ではもっとも整合性がある。

井藤浩一は言葉を続けた。

「駅前が犯人に養子にならないかと提案していたのだとすれば、犯人は駅前より年下だったことになります。そして、四年生の駅前より年下なのは、一年生の秋田友香、二年生の井場博史、三年生の上村薫の三人。この三人の中に犯人がいることになります」

なるほど、と和戸は感心した。井藤浩一は、駅前が犯人に提案していたのは結婚ではなく養子縁組だとすることで、自分の役を容疑者に加えることに成功したのだ。

緒川文雄が反論する。

「駅前英樹は、『みんなでざっくばらんに語りたいので、学年には触れずにね』と言っている。もし年齢が犯人を絞り込む条件となるのなら、作者の春日は学年に触れさせていたんじゃないか？　今のままだと、学年について知りえるのは観客だけで、劇中の登場人物たちは知りえない」

「台本は途中で途切れています。このあと、登場人物たちが、それぞれの学年について触れる箇所があったに違いありません」

「納得できんな」

緒川文雄が、蜂蜜《はちみつ》を手に入れられない熊のような不満そうな顔をする。彼が演じる緒方優は五年生という設定で、駅前より年上なので、養子にはなれない、つまり犯人ではないことになるから、納得できないのも無理はない。

「なかなかいい推理じゃない」と上野晶子が満足そうに言う。

「井藤さん、頭いいですね」と秋山美保が微笑《ほほえ》む。

井藤浩一は一礼すると、推理を続けた。

「では、三人のうち誰が犯人なのでしょうか。駅前英樹が養子を取ろうとしていたのが自分の珍しい姓を残すためだとすれば、養子に取るのは男のはずです」

「……どうしてよ」上野晶子が急に警戒したように言う。

「現代の社会では、結婚した場合、女性が姓を変える方が圧倒的に多い。つまり、女性の場合、養子縁組によって駅前という珍しい姓に変わったところで、結婚によってその姓がまた変わってしまう可能性が高いわけです。それを考えると、珍しい姓を残すためには、男性を養子に取る方がいい。とすれば、養子候補の三人のうち、駅前が養子に取りたかったのは僕――いや、井場博史だと考えられます。したがって、井場が犯人ということになります」

「この性差別主義者！　保守反動男！」と上野晶子。

「井藤さん、見損ないました！」と秋山美保。

二人ともついさっき井藤をほめそやしたのに、と和戸は呆れた。

不意に緒川文雄が目を輝かせて言った。

「なあ、今気がついたんだけど、緒方優って、学年は五年生で駅前より上だけど、だからって年齢が駅前より上とは限らないよな」

「……どういうことですか」今度は井場博史が警戒したように言う。

「緒方優は現役で大学に入ったのに、駅前英樹は二浪していたとしたらどうだ？　駅前の方が一歳年上になるじゃないか。緒方優は男だから、珍しい姓を残すためなら男を養子に取る方がいいという条件も満たしている」

「でも、駅前は現役で大学に入ったって書かれていますよ」

「じゃあ、緒方優は二年飛び級したんだ」

「飛び級？　それなら、それについての伏線がないといけません。そんな伏線ありましたか？」

「お前、伏線伏線っていちいちうるさいな」

「これは犯人当てなんですよ。導き出される真相にはちゃんと伏線がないといけませんせん」

他の劇団員たちも、緒方優が二年飛び級したというのは無理があると同意した。

「はいはい、犯人はお前さんたちの中にいますよ」

緒川文雄がふてくされたように言う。

5

「僕を殺した犯人がわかった」

幽霊が発したような言葉に、和戸はぎょっとした。

江本大吾だった。被害者の駅前英樹を演じる彼は犯人になれないので、それまで推理合戦に加わらず、ずっと黙り込んでいたのだ。「僕を殺した」と言うところから見て、他の劇団員たちと同じく、自分が演じる役に完全に一体化している様子だ。

　江本大吾が言う。

「この台本には、これまで論じられていない奇妙な点が三つある」

「——三つも？」上野晶子が怪訝な顔をした。

「第一点。登場人物は全員、関西の大学生なのに、登場人物表で『〇年生』と表記されているのはおかしい。関西なら『〇年生』とせずに『〇回生』とするはずだ」

「え、そうなの？」

　そうなんだよ、と江本はうなずいた。

「でも、春日がそのことを知らなかった可能性もあるんじゃない？」

「それはない。春日は関西の大学出身だぞ」

「ああ、そうだった……」

「第二点。登場人物表のプロフィールの一部が焼け焦げて、それぞれ三文字分、読めなくなっている。僕たちはこれまで、学部名が焼け焦げていると思ってきた。だけど、台本と照らし合わせてみるとそれはおかしいことがわかる。第二場の自己紹介のくだりを思い出してくれ。秋田友香は『経済学部です』と言っているんだ。経済学部は四文字だから、焼け焦げた三文字分には収まらない」

「確かに……」

「第三点。緒方優は五年生だという。しかし、彼は文学部で、六年制の医学部や薬学部じゃない。また、駅前に向かって『こちとら特待生でい続けるために、留年もできへんのに』とこっそり悪態をついていることからわかるように、留年はしていない。それなのに五年生というのはおかしい」

江本が台本の細かな点にまで気を配っていることに、和戸は感心した。

「これらの点から導かれる真相は、登場人物表の焼け焦げの三文字は学部名ではないということだ。■■■は「二〇〇」だった。つまり、「■■■五年生」というのは、「■学部五年生」ではなく、「二〇〇五年生」と、生まれた年を示していたんだ。

第一点の、関西なら『〇年生』とせずに『〇回生』とするはずという謎はこれで解消する。第二点の、秋田友香の所属学部は四文字という謎も解消する。第三点の、緒方優が五年生なのはおかしいという謎も解消する。ちなみに、二〇〇五年生まれの人間が大学生になるのは二〇二四年頃だが、劇中の時代設定は二〇二四年で、ちゃんと符合する」

「ああ、なるほど！」

「とすれば、焼け焦げのない登場人物表は以下のようなものだったことになる。

秋田友香　明央大学。二〇〇一年生。

井場博史　法智大学。二〇〇二年生。
上村薫　日本学院大学。二〇〇三年生。
駅前英樹　東西大学。二〇〇四年生。
緒方優　南北大学。二〇〇五年生。

五年生の緒方優が一番年上、一年生の秋田友香が一番年下だと思われていたけど、実は逆だったんだ。二〇〇五年生まれの緒方優が一番年下、二〇〇一年生まれの秋田友香が一番年上だった。被害者の駅前英樹は二〇〇四年生まれだから、彼より年下なのは二〇〇五年生まれの緒方優ただ一人。つまり、彼が犯人だということになる」

深夜の病院のロビーに拍手の音が響いた。他の劇団員たちが拍手しているのだった。

「すごいですね、江本さん。一番存在感がなかったのに、最後に一番いいところをさらっていきましたね」

秋山美保がにこにこしながら言う。「一番存在感がなかった」は余計だよ、と江本は苦笑すると、

「台本を書いた春日が意図していたのは、駅前英樹が犯人に養子縁組を提案したことから、犯人が駅前より年下だと限定し、ただ一人、緒方優に絞り込むというロジック

だった。ところが、登場人物表にできた焼け焦げにより、登場人物たちの年齢の上下関係が逆に考えられてしまい、その結果、年齢から犯人が一人に絞り込めなくなり、犯人当てが春日の意図を超えて複雑化したんだ。

登場人物たちの所属大学が同じなら、上回生は下回生にタメ口をきくのでどちらが年上かすぐにわかっただろうが、所属大学が異なるので、年齢差があっても皆、丁寧語で喋り、どちらが年上なのか台詞からではわからなくなっていた。所属大学を変えたのは、お互いによく知らないという設定のためだが、結果的にそれが、年齢の上下関係を勘違いする手助けをすることになった」

「ありがとう、俺を犯人にしてくれて！」

緒川文雄が江本大吾に抱きついた。

「気持ち悪い、やめてくれ」熊のような男に抱きつかれて、江本は悲鳴を上げる。

そのとき、看護師が近づいてきた。あまりにうるさいので注意されるのだろうか、と和戸は心配した。

「皆さん、春日壮介さんのお知り合いの方ですか？」

はい、と劇団員たちはうなずいた。何を告げられるのかと不安そうな顔をしている。

看護師はにこりとした。

「春日さんが意識を回復されました。よかったですね」

劇団員たちは歓声を上げた。

解説

福井健太（書評家）

二〇〇一年刊の『本格ミステリ01』を皮切りに、本格ミステリ作家クラブ編の年鑑アンソロジーは講談社ノベルスで刊行されてきた。『ベスト本格ミステリ2014』までの十四冊が文庫になり、以降の四冊は収録作を絞った〈ベスト本格ミステリ TOP5〉シリーズとして再編集・文庫化されている。そんなコンパクト化の流れを受けて、大幅なリニューアルを遂げた年鑑アンソロジーが〈本格王〉である。分量への賛否はあるにせよ、さほど分厚くない文庫に纏《まと》めることで、手軽なスタイルを得たことは確かだろう。作家と評論家が本格ミステリのベストを選ぶという贅沢なプロセスで編まれるだけに、クオリティの高さは折り紙つき。従来の読者はもちろん、新たに存在を知った人も楽しめるはずだ。

収録作を順に見ていこう。飴村行は一九六九年福島県生まれ。東京歯科大学中退。二〇〇八年に『粘膜人間』で第十五回日本ホラー小説大賞長編賞を受けてデビュー。

一〇年に『粘膜蜥蜴《とかげ》』で第六十三回日本推理作家協会賞（長編および連作短編集部門）を受賞した。グロテスクな暴力描写のイメージが強いものの、妄想力に長けた怪奇幻想譚の紡ぎ手でもある。「ゴルゴダ」（『小説新潮』一八年二月号）は小説好きが往年の推理作家・堀永彩雲の旧家を訪れ、怪しげな男に堀永のエピソードを聞かされる話。胡乱《うろん》なムードとトリッキーな趣向を備えた秀作だ。

長岡弘樹は一九六九年山形県生まれ。筑波大学第一学群社会学類卒。二〇〇三年に「真夏の車輪」で第二十五回小説推理新人賞を受賞し、〇五年に『陽だまりの偽り』で単行本デビュー。〇八年に「傍聞《かたえぎ》き」で第六十一回日本推理作家協会賞（短編部門）に輝いた。一三年刊の警察小説集『教場』が「週刊文春ミステリーベスト10」の第一位に選ばれ、本シリーズにも「オンブタイ」「最後の良薬」「にらみ」の三篇が採られた長岡は、当代屈指の短篇ミステリの名手に違いない。「逆縁の午後」（『オール讀物』一八年三月号）は転落死した消防士の父が〝お別れの会〟を開き、息子の想い出をスピーチする一幕劇。巧みな伏線と構成でサプライズを演出した職人芸である。

友井羊は一九八一年群馬県生まれ。國學院大學文学部哲学科卒。第十回「このミステリーがすごい！」大賞の優秀賞『僕はお父さんを訴えます』で二〇一二年にデビュー。他の著書に〈スープ屋しずくの謎解き朝ごはん〉シリーズや『ボランティアバスで行こう！』『スイーツレシピで謎解きを』などがある。瑞々《みずみず》しい語り口、柔らかな叙情性、シビアな人間観、弱者への眼差しなどを活かし、ドラマ性の強い謎解きを綴る俊英だ。「枇杷の種」（『小説推理』一八年九月号）は連続殺人が起きている市で高校生の変死体が発見され、悲愴な過去を持つ男が真相を見抜く物語。加害者家族の苦悩や歪《ゆが》んだ親子関係を抉《えぐ》る筆致は著者の真骨頂だろう。

本書には新人の作品も採られている。戸田義長は一九六三年東京都生まれ。早稲田大学卒。二〇一七年に『恋牡丹』が第二十七回鮎川哲也賞の最終候補に残り、一八年に同作を改稿した『恋牡丹』で単行本デビュー。北町奉行所の定町廻り同心「八丁堀の鷹」こと戸田惣左衛門とその長男・清之介が活躍する同書は「花狂い」「願い笹」「恋牡丹」「雨上り」の四篇で構成されており、本書収録の「願い笹」（『ミステリーズ！』vol.90→『恋牡丹』）はその第二話にあたる。吉原の大籬《おおまがき》である丸屋の主人・富蔵が怪しげな宗教に散財し、妻のお千は富蔵を殺そうと決意した。惣左衛門は脅迫状が届いたというお千に警護を頼まれるが、衝立《ついたて》に囲まれた〝方霊場〟で富蔵が刺殺される。倒叙スタイルで和風の密室殺人を扱った野心作だ。ウェブマガジン『Ｗｅｂミステリーズ！』には本篇の前日譚「神隠し」が掲載されている。

白井智之は一九九〇年千葉県生まれ。東北大学法学部卒。第三十四回横溝正史ミステリ大賞の最終候補作『人間の顔は食べづらい』で二〇一四年にデビュー。他の著書に『東京結合人間』『おやすみ人面瘡』『少女を殺す１００の方法』『お前の彼女は二階で茹で死に』がある。暴力とインモラルに染まった世界を背景として、特殊なルールや小道具に基づくロジカルな推理を展開する異才だが、その持ち味は「ちびまんとジャンボ」（『小説宝石』一八年十二月号）にも遺憾なく発揮されている。フナムシの早食いイベントでフードファイターのちびまんが毒殺され、イベント運営責任者のすむは翌朝までに犯人を捜せと脅される。ゲテモノと吐瀉物まみれの世界に合理的な伏線や動機を混ぜ、インパクトの強い本格ミステリに仕上げた一篇だ。

大山誠一郎は一九七一年埼玉県生まれ。二〇〇二年に犯人当て小説「彼女がペイシェンスを殺すはずがない」を電子書籍販売サイト『e-NOVELS』に発表。〇四年に『アルファベット・パズラーズ』で本格的にデビュー。一三年に『密室蒐集家』で第十三回本格ミステリ大賞（小説部門）を受賞した。他の著書に『仮面幻双曲』『赤い博物館』『アリバイ崩し承ります』がある。連作ごとに共通のモチーフを使い、多彩なトリックや発想の転換を基調とする正統派の本格ミステリ作家だ。

本書収録の「探偵台本」（『ジャーロ』No.66）は「我孫子武丸さんの『探偵映画』へのオマージュ」として書かれた小品。警察官の和戸《わと》宋志《そうじ》が舞台脚本家・春日壮介を火事から救出し、五人の劇団員たちは春日の握っていた「孤島殺人事件」の台本に目を通す。資産家の大学生が四人の仲間を孤島の館に招待し、ヴァイオリンで撲殺される――という台本の後半は焼失していたが、和戸の「そばにいる人間の推理能力を飛躍的に向上させる」ワトソン力が発動し、五人は真犯人を推理していく。軽快なゲーム性に徹したフーダニットだ。和戸が狂言回しを務める〈ワトソン力〉シリーズは現在までに七篇が書かれている。

トリッキーな心理スリラー、巧妙な逆転劇、業を負った人々の苦いドラマ、不可能犯罪を描く時代ミステリ、キッチュな犯罪譚、遊戯色の強い犯人当てという具合に、本書には本格ミステリの多彩な魅力が詰まっている。今回のリニューアルをきっかけとして、この愛すべき文芸のファンが増えることに期待したい。

既刊にも興味のある方のために、最後にノベルス版と文庫版の対応表を載せておこう。本を探す際の参考になれば幸いである。

・『本格ミステリ01』(〇一)→『紅い悪夢の夏』(〇四)/『透明な貴婦人の謎』(〇五)
・『本格ミステリ02』(〇二)→『天使と髑髏の密室』(〇五)/『死神と雷鳴の暗号』(〇六)
・『本格ミステリ03』(〇三)→『論理学園事件帳』(〇七)
・『本格ミステリ04』(〇四)→『深夜バス78回転の問題』(〇八)
・『本格ミステリ05』(〇五)→『大きな棺の小さな鍵』(〇九)

・『本格ミステリ06』（〇六）↓『珍しい物語のつくり方』（一〇）
・『本格ミステリ07』（〇七）↓『法廷ジャックの心理学』（一一）
・『本格ミステリ08』（〇八）↓『見えない殺人カード』（一二）
・『本格ミステリ09』（〇九）↓『空飛ぶモルグ街の研究』（一三）
・『本格ミステリ'10』（一〇）↓『凍れる女神の秘密』（一四）
・『ベスト本格ミステリ2011』（一一）↓『からくり伝言少女』（一五）
・『ベスト本格ミステリ2012』（一二）↓『探偵の殺される夜』（一六）
・『ベスト本格ミステリ2013』（一三）↓『墓守刑事の昔語り』（一七）
・『ベスト本格ミステリ2014』（一四）↓『子ども狼ゼミナール』（一八）
・『ベスト本格ミステリ2015』（一五）↓『ベスト本格ミステリ　TOP5　短編傑作選001』（一八）　※五篇のみ再録
・『ベスト本格ミステリ2016』（一六）↓『ベスト本格ミステリ　TOP5　短編傑作選002』（一九）　※五篇のみ再録
・『ベスト本格ミステリ2017』（一七）↓『ベスト本格ミステリ　TOP5　短編傑作選003』（一九）　※五篇のみ再録
・『ベスト本格ミステリ2018』（一八）↓『ベスト本格ミステリ　TOP5　短編傑作選004』（一九）　※五篇のみ再録

●初出一覧

飴村行「ゴルゴダ」……………………………（「小説新潮」２月号 2018.2）
長岡弘樹「逆縁の午後」…………………（「オール讀物」３月号 2018.2）
友井羊「枇杷の種」……………………… （「小説推理」９月号 2018.7→
『特選 THE どんでん返し』双葉文庫）
戸田義長「願い笹」……………………………… （『恋牡丹』創元推理文庫）
白井智之「ちびまんとジャンボ」……… （「小説宝石」12月号 2018.11）
大山誠一郎「探偵台本」…………………（「ジャーロ」No.66 2018.12）

本格王《ほんかくおう》2019

本格《ほんかく》ミステリ作家《さっか》クラブ選《せん》・編《へん》

講談社文庫

定価はカバーに
表示してあります

2019年7月12日第1刷発行

発行者——渡瀬昌彦
発行所——株式会社 講談社
東京都文京区音羽2-12-21 〒112-8001
電話 出版 (03) 5395-3510
販売 (03) 5395-5817
業務 (03) 5395-3615

Printed in Japan

デザイン——菊地信義
本文データ制作—講談社デジタル製作
印刷—豊国印刷株式会社
製本—株式会社国宝社

ISBN978-4-06-516491-4

講談社文庫刊行の辞

二十一世紀の到来を目睫に望みながら、われわれはいま、人類史上かつて例を見ない巨大な転換期をむかえようとしている。

世界も、日本も、激動の予兆に対する期待とおののきを内に蔵して、未知の時代に歩み入ろうとしている。このときにあたり、創業の人野間清治の「ナショナル・エデュケイター」への志を現代に甦らせようと意図して、われわれはここに古今の文芸作品はいうまでもなく、ひろく人文・社会・自然の諸科学から東西の名著を網羅する、新しい綜合文庫の発刊を決意した。

激動の転換期はまた断絶の時代である。われわれは戦後二十五年間の出版文化のありかたへの深い反省をこめて、この断絶の時代にあえて人間的な持続を求めようとする。いたずらに浮薄な商業主義のあだ花を追い求めることなく、長期にわたって良書に生命をあたえようとつとめるところにしか、今後の出版文化の真の繁栄はあり得ないと信じるからである。

同時にわれわれはこの綜合文庫の刊行を通じて、人文・社会・自然の諸科学が、結局人間の学にほかならないことを立証しようと願っている。かつて知識とは、「汝自身を知る」ことにつきていた。現代社会の瑣末な情報の氾濫のなかから、力強い知識の源泉を掘り起し、技術文明のただなかに、生きた人間の姿を復活させること。それこそわれわれの切なる希求である。

われわれは権威に盲従せず、俗流に媚びることなく、渾然一体となって日本の「草の根」をかたちづくる若く新しい世代の人々に、心をこめてこの新しい綜合文庫をおくり届けたい。それは知識の泉であるとともに感受性のふるさとであり、もっとも有機的に組織され、社会に開かれた万人のための大学をめざしている。大方の支援と協力を衷心より切望してやまない。

一九七一年七月

野間省一

講談社文庫 最新刊

濱《はま》 嘉《よし》之《ゆき》
警視庁情報官 ノースブリザード
"日本初"の警視正エージェントが攻める！「北」をも凌ぐ超情報術とは。〈文庫書下ろし〉

桐野夏生
猿の見る夢
反逆する愛人、強欲な妹、占い師と同居する妻。逆境でも諦めない男を描く過激な定年小説！

朝井まかて
福 袋
舟橋聖一文学賞受賞の傑作短編集。どれを読んでも、泣ける、笑える、人が好きになる！

横関 大
ルパンの帰還
妻子がバスジャックに巻き込まれた和馬。犯人の狙いは？ 人気シリーズ待望の第2弾！

西尾維新
掟上今日子の挑戦状
一晩で記憶がリセットされてしまう忘却探偵。今回彼女が挑むのは3つの殺人事件！

山本一力
ジョン・マン5
〈立志編〉
航海術専門学校に合格した万次郎は、首席卒業を誓う。著者が全身全霊込める歴史大河小説。

江波戸哲夫
ビジネスウォーズ
〈カリスマと戦犯〉
経済誌編集者・大原史郎。経済事件の真相究明に人生の生き残りをかける。〈文庫書下ろし〉

鳥羽 亮
提《ちよう》灯《ちん》斬り
〈鶴亀横丁の風来坊〉
横丁の娘を次々と攫《さら》う怪しい女衒《ぜげん》を斬れ！彦十郎の剣が悪党と戦う。〈文庫書下ろし〉

高田崇史
神の時《と》空《き》
〈五色不動の猛火〉
江戸五色不動で発生する連続放火殺人。災害都市「江戸」に隠された鎮魂の歴史とは。

織守《おりがみ》きょうや
少女は鳥籠《とりかご》で眠らない
新米弁護士と先輩弁護士が知る、法の奥にある四つの秘密。傑作リーガル・ミステリー。

講談社文芸文庫

野崎歓

異邦の香り　ネルヴァル『東方紀行』論

解説＝阿部公彦

のH1

オリエンタリズムの批判者サイードにも愛された旅行記『東方紀行』。国境を越えた遊歩者《フラヌール》であった詩人ネルヴァルの魅力をみずみずしく描く傑作評論。読売文学賞受賞。

978-4-06-516676-5

オルダス・ハクスレー　行方昭夫　訳

モナリザの微笑　ハクスレー傑作選

解説＝行方昭夫　年譜＝行方昭夫

ハB1

ディストピア小説『すばらしい新世界』他、博覧強記と審美眼で二十世紀文学に異彩を放つハクスレー。本邦初訳の「チョードロン」他、小説の醍醐味溢れる全五篇。

978-4-06-516280-4

深水黎一郎　ジークフリートの剣《つるぎ》
深水黎一郎　言霊《ことだま》たちの反乱
深水黎一郎　世界で一つだけの殺し方
深水黎一郎　ミステリー・アリーナ
深水黎一郎　倒　叙　の　四　季〈破られた完全犯罪〉
深見　真　硝煙の向こう側に彼女〈武装強行犯捜査・塚田志士子〉
深町秋生　ダウン・バイ・ロー
古市憲寿　働き方は「自分」で決める
船瀬俊介　かんたん「1日1食」!!〈万病が治る！20歳若返る！〉
二上　剛　黒薔薇　刑事課強行犯係　神木恭子
二上　剛　ダーク・リバー〈暴力犯係長　葛城みずき〉
藤野可織　おはなしして子ちゃん
古野まほろ　身元不明《ジェーン・ドウ》〈特殊殺人対策官　箱崎ひかり〉
古野まほろ　陰　陽　少　女
藤崎　翔　時間を止めてみたんだが
藤井邦夫　大江戸閻魔《えんま》帳《ちょう》
藤井邦夫　三　つ　の　顔〈大江戸閻魔帳㈡〉
辺見　庸　抵　抗　論
星　新一　エヌ氏の遊園地
星　新一編　ショートショートの広場①～⑨
本田靖春　不　当　逮　捕
保阪正康　昭和史七つの謎
保阪正康　昭和史　七つの謎　Part2
保阪正康　天　皇〈「君主」の父、「民主」の子〉
保坂和志　未明の闘争㊤㊦
堀江敏幸　熊　の　敷　石
堀江敏幸　燃焼のための習作
本格ミステリ作家クラブ編　珍しい物語のつくり方〈本格短編ベスト・セレクション〉
本格ミステリ作家クラブ編　法廷ジャックの心理学〈本格短編ベスト・セレクション〉
本格ミステリ作家クラブ編　凍れる女神の秘密〈本格短編ベスト・セレクション〉
本格ミステリ作家クラブ編　からくり伝言少女〈本格短編ベスト・セレクション〉
本格ミステリ作家クラブ編　探偵の殺される夜〈本格短編ベスト・セレクション〉
本格ミステリ作家クラブ編　墓守刑事の昔語り〈本格短編ベスト・セレクション〉
本格ミステリ作家クラブ編　子ども狼ゼミナール〈本格短編ベスト・セレクション〉
本格ミステリ作家クラブ編　ベスト本格ミステリTOP5〈短編傑作選001〉
本格ミステリ作家クラブ編　ベスト本格ミステリTOP5〈短編傑作選002〉
本格ミステリ作家クラブ編　ベスト本格ミステリTOP5〈短編傑作選003〉
本格ミステリ作家クラブ編　ベスト本格ミステリTOP5〈短編傑作選004〉
星野智幸　毒　　身
星野智幸　われら猫の子
星野智幸　夜は終わらない㊤㊦
本田靖春　我、拗ね者として生涯を閉ず㊤㊦
本城英明　警察庁広域特捜官　梶山俊介〈広島・尾道「刑事《デカ》殺し」〉
堀田純司　スゴい雑誌〈「業界誌」の底知れない魅力〉
堀田純司　僕とツンデレとハイデガー〈ヴェルシオン　アドレサンス〉
本多孝好　チェーン・ポイズン
本多孝好　君　の　隣　に
穂村　弘　整　形　前　夜
穂村　弘　ぼくの短歌ノート
堀川アサコ　幻　想　郵　便　局
堀川アサコ　幻　想　映　画　館
堀川アサコ　幻　想　日　記　店
堀川アサコ　幻　想　探　偵　社
堀川アサコ　幻　想　温　泉　郷
堀川アサコ　幻　想　短　編　集
堀川アサコ　幻　想　寝　台　車
堀川アサコ　大奥の座敷童子

堀川アサコ おちゃっぴい〈大江戸八百八〉
堀川アサコ 月下におくる(上)(下)〈沖田総司青春録〉
堀川アサコ 芳《ほう》一《いち》
堀川アサコ 月夜彦
堀川アサコ 魔法使ひ
本城雅人 境界〈横浜中華街・潜伏捜査〉
本城雅人 スカウト・デイズ
本城雅人 スカウト・バトル
本城雅人 嗤うエース
本城雅人 贅沢のススメ
本城雅人 誉れ高き勇敢なブルーよ
本城雅人 シューメーカーの足音
本城雅人 ミッドナイト・ジャーナル
堀川惠子 裁かれた命〈死刑囚から届いた手紙〉
堀川惠子 死刑の基準〈「永山裁判」が遺したもの〉
堀川惠子 永山則夫〈封印された鑑定記録〉
堀川惠子 教誨師
堀川惠子 小笠原信之 チンチン電車と女学生〈1945年8月6日・ヒロシマ〉
ほしおさなえ 空き家課まぼろし譚
誉田哲也 Q《キ》r《ュ》o《ロ》s《ス》の女
松本清張 草の陰刻
松本清張 黄色い風土
松本清張 黒い樹海
松本清張 連環
松本清張 花氷
松本清張 ガラスの城
松本清張 殺人行おくのほそ道(上)(下)
松本清張 塗られた本
松本清張 熱い絹(上)(下)
松本清張 邪馬台国 清張通史①
松本清張 空白の世紀 清張通史②
松本清張 銅《カミ》と青の迷路 清張通史③
松本清張 天皇と豪族 清張通史④
松本清張 壬申の乱 清張通史⑤
松本清張 古代の終焉 清張通史⑥
松本清張 新装版増上寺刃傷
松本清張 新装版 紅刷り江戸噂
松本清張 大奥婦女記〈レジェンド歴史時代小説〉
松本清張他 日本史七つの謎
松谷みよ子 ちいさいモモちゃん
松谷みよ子 モモちゃんとアカネちゃん
松谷みよ子 アカネちゃんの涙の海
眉村卓 ねらわれた学園
眉村卓 なぞの転校生
丸谷才一 恋と女の日本文学
丸谷才一 輝く日の宮
麻耶雄嵩 翼ある闇〈メルカトル鮎最後の事件〉
麻耶雄嵩 夏と冬の奏鳴曲《ソナタ》
麻耶雄嵩 メルカトルかく語りき
麻耶雄嵩 神様ゲーム
松浪和夫 警官魂〈激震篇〉〈反撃篇〉
松井今朝子 仲蔵狂乱
松井今朝子 奴《やっこ》の小万《こまん》と呼ばれた女
松井今朝子 似《に》せ者《もん》
松井今朝子 そろそろ旅に
松井今朝子 星と輝き花と咲き
町田康 へらへらぼっちゃん